U0749259

保罗·策兰诗全集 | 第八卷　孟明 译

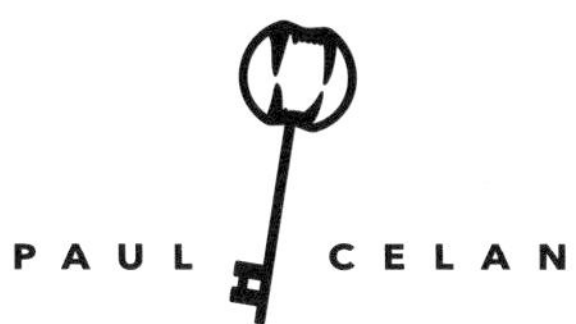

暗蚀

华东师范大学出版社
上海

华东师范大学出版社六点分社 策划

保罗·策兰，1964 年，巴黎（Gisèle Freund 摄）

本书翻译过程中的疑难之处，得到保罗·策兰遗稿编辑执行人、策兰研究会秘书长、巴黎高等师范学校日耳曼语言文学教授 Bertrand Badiou 先生以及策兰之子 Eric Celan 先生的无私帮助；本书中的珍贵图片，亦承蒙 Eric Celan 先生授权使用。谨此，我向他们表达我最诚挚的谢意。

目 录

中译本序 ……………1

暗蚀 (1968)

不假思索 ……………5

光明放弃之后 ……………7

清晰 ……………11

从高索上 ……………13

越过人头 ……………17

你投下 ……………19

问罪石 ……………21

暗蚀 ……………23

把那荒寒 ……………25

袭来 ……………27

跟着我们 ……………29

暗蚀外篇 (遗作)

你脸四周 ……………33

熔化的金子 ……………35

思想之奄奄一息 ……………37

棱角分明 ……………41

底掏空了 ……………43

因为羞耻 ……………45

兜圈子 ……………47

那伤疤一样真的 ……………49

与那团旋转的 ……………51
或者是它来了 ……………53
危难之歌 ……………55
时间空隙 ……………57
戴上大叶藻佩饰 ……………61
绳 ……………63
空寂的中间 ……………67
这烧红的铁上 ……………69
不要完全熄灭 ……………71
荒凉 ……………73
别把你写进 ……………75
精神 ……………77
浇祭 ……………79
毁灭？ ……………83
随风而来 ……………87
椴树叶的 ……………89

夜之断章（手稿）(1966 年 5 月底—7 月中旬)
晦
［1］浪游者在空中 ……………95
［2］熄灭了 ……………101
［3］在浇沥青的凹坑 ……………107
［4］在地槽里 ……………111
［5］在地槽里〔二稿〕 ……………113
［6］苦难的鸡毛蒜皮 ……………115
［言语之间］
［1］言语之间 ……………117
［2］万物 ……………119

［3］你听见 ……………121

夜之断章

［1］在地槽里 ……………123
［2］你听见 ……………125
［3］言语之间 ……………127
［4］万物 ……………129
［5］火星云 ……………131
［6］废气排出的圣迹 ……………133
［7］源头破裂的静脉里 ……………135
［8］声音的裂罅里睡着 ……………137
［9］上下遭暗杀 ……………139
［10-1］纷裂的思想乐章〔一稿〕 ……………141
［10-2］纷裂的思想乐章〔二稿〕 ……………143
［10-3］纷裂的思想乐章〔三稿〕 ……………145
［11-1］被施舍的骨头〔一稿〕 ……………149
［11-2］被施舍的骨头〔二稿〕 ……………151
［11-3］被施舍的骨头〔三稿〕 ……………153
［12-1］在薄如蝉翼的金色面具上缝补丁〔一稿〕 ……………155
［12-2］在薄如蝉翼的金色面具上缝补丁〔二稿〕 ……………157
［13］额缝肿起来的歌 ……………159
［14-1］在人工营养液里栽培〔一稿〕 ……………161
［14-2］在人工营养液的眼睛里栽培〔二稿〕 ……………163
［15］化成钟虫 ……………165
［16-1］去吧〔一稿〕 ……………167
［16-2］去吧〔二稿〕 ……………169
［17-1］一根生锈的钉子 ……………173
［17-2］多少 ……………175

注释 ……………*181*

保罗・策兰著作版本缩写 ……………*331*
本卷策兰诗德文索引 ……………*338*

中译本序

1

精神领域晦暗的事物，尤其那些被视为“疾病”的骇异方面，一旦成为人的亲历，便具有了命运的色彩。这种情形落在诗人身上，往往被视为天使降黜那样的神秘事件，其诗歌生命也成为吾人阅读经验中超乎文字和版牍的冥暗之物。不消说，此种窘境带来的困难也在于，如果我们仅从纯粹的语言经验出发，极有可能在繁琐的解释中失之意度。

《暗蚀》这部书大概属于此种情形。时至今日，人们对这部书谈论甚少。也许我们不该称之为“命运”，毕竟这个词听来多少具有宿命的意味，而缺少希腊人那种更乐于领受生之“份额”的含义。领受是自主性的，且本身就是此在的特征。在策兰之前，言及黑暗，大概只有神学家雅各布·伯默曾经触及其中要害：“切莫以为，黑暗的生命会沉入痛苦，似乎它是伤悲的就将被遗忘。伤悲并不存在，只是依此一征象伴随我们在大地上的所谓伤悲，在黑暗中依黑暗者的本质却是力量和欢乐。因为伤悲是整个湮没于死亡的东西；而死亡和垂死正是黑暗之物的生命……”[1] 伯默这段话非常睿智地道出了伤悲的本质及其对立面：纯粹的伤悲是不存在的，它只是在黑暗者身上成为依托；没有作为生命本质的最高欢乐在大地上召唤，就不会有伤悲来纠缠我们。何为伤悲？

---

1 参看雅各布·伯默《神智论六题》(*Sex puncta theosophica*)第九章第13节，载《雅各布·伯默全集》(*Jacob Böhme's Sämmtliche Werke*)第六卷，约翰·安勃洛修斯·巴特(Johann Ambrosius Barth)出版社，莱比锡，1846年，第383-384页。海德格尔后来谈到天才诗人斯蒂芬·格奥尔格(Stefan George, 1868-1933)一首题为《词语》的诗时，也表达了类似的意见：“本真的伤悲处在与最高欢乐关联的基调中，一旦最高的欢乐退隐，它也随之在这种退隐中踌躇和自行克制。”参看海德格尔《语言的本质》一文，载《通向语言之途》(*Unterwegs zur Sprache*)，奈斯克(Günther Neske)出版社，Pfullingen，1959年，第169页。

狂野的诗，晦而
不明，在纯粹的
匆匆诵读的血迹前。

每一个没有黎明的白日，
每一个白日就是它的黎明，
万物
在场，空无
标记。

这是策兰未竟手稿《夜之断章·晦》中的一个片段。按常人的看法，伤悲乃是变暗的血（le sang noir），此种变暗的血在沉沦之际甚至将承载其奔流的肉身整个携入黑暗。然依伯默之见，大地上本无伤悲，只是因为欢乐之物退隐，伤悲才成其为伤悲。是故黑暗之物怎么黑暗，伤悲绝非弃绝，而是一种自行克制，将力量和欢乐隐入其中。策兰这个手稿片段作于"暗蚀"期间，确切地说，作于《暗蚀》诸稿完成，诗人即将出院的前夕。手稿中，"诗"，"晦而不明"，"血迹"，"万物"，"标记"这几个词语几乎以线性的跳跃方式进入我们的眼帘，而上下两节之间有一种因果关系：伤悲的根源不是生活中的挫败感，而是存在的根基从根本上丧失：空无标记。《断章》与《暗蚀》诸稿的关系有待进一步的察考，但我们有这样的直觉，这个总括性的后续片段应是诗人为《暗蚀》诸稿留下的附注之一。假若这个推断言之成理，我们不妨将它移过来，暂且作为我们进入《暗蚀》这部书的路径或导语。根据作者的提示，诗人落入晦而不明的境地，并非万事皆空，而是存在的权利被褫夺了。细心的读者会注意到，在紧接这个片段的另一手稿[1]中，事情讲得更加明白：

1　《夜之断章·晦》手稿［2］。

再也没有你的名字，容貌。

这个“你”是谁？当策兰写下“万物在场，空无标记”这个前所未有的诗句，我们又如何从“空无标记”中确定一个在场者，或曾经的在场者？在其前期作品中，譬如1958年完成的《密接和应》那首著名长诗中，诗人曾以最直接的方式让垂在历史下面的死者的“残屑飞灰”浮出地表，这个宏大而沉重的主题一直占据他写作的主线；在《暗蚀》这部书里，历史叙事暂时地埋入了作品的隐线，诗的追问更多地指向“空无标记”何以成为我们这个人文的时代如此被人淡忘的事情。我们可以读一读《越过人头》这首诗：“奋力擎起／这标记，如大梦燃烧／在它命名的方位。”如果不是人的“头脑”在历史记忆面前暗蚀了，诗人为什么要如此奋力去擎起那种作为见证的东西？战后，人们确实在草草打发着历史和记忆，一种充满“血迹”的时间。但对于策兰，见证的东西不会自行消亡，它只是如同焚毁的星座，必须重新点燃并给它标出一个方向。诗人转向历史记忆存在的理由，从而有力地反驳那些对其诗歌不理解，甚至怀抱敌意，将《死亡赋格》和《密接和应》这样的作品说成是作者利用身世“在乐谱上玩音乐对位法”的人。我们在《暗蚀》组诗收篇之作《跟着我们》这首“示儿诗”的最初稿本里，可以读到策兰对此写下的悲愤诗句：“多少／读歪了的词语／多少旁观的看客”[1]。

诗人有他对事物的把握。在策兰看来，文字这个东西是很轻的，只有言语（一个诗人的表达）能还事物以真相。“不要完全熄灭——就像他人曾经这么做”，策兰写《暗蚀》这部书时只是对自己有这么一个要求。这已经是一个困难的考量。可以想象，在他那个年代用诗歌这种抒情体裁去讲述罪行是一件多么困难的事情，这其中还有一种来自人性的尺度——不是诗歌伦理学，而是道义，诗人拒绝对苦难的升华。走出废墟的一代人急于书写新时代的气象，而那些以“战争”名义（或其他名义）企图淡化和抹去历史记忆者大有人在。《暗蚀》成篇距我们已逾半

1 参看本书注释〔33〕；另见《全集》HKA版，第12卷，前揭，第124页。

个世纪，读这本书我们可曾想过“没有名字和容貌”是何意味？历史仿佛还是一种伤悲。世人只是议论和悬想，而策兰写真实的东西。

这个你和你，都得留下：

还给你们
想好了别的东西，
哀叹也要
回到哀叹之中
回到自身之中。

（《戴上大叶藻佩饰》）

如何倾听这样一种总要回返到自身的伤悲呢？策兰诗歌中的“你”和“我”，自伽达默尔那本从解释学观点出发的专门论著[1]问世以来，这两个人称成为学界津津乐道的一个策兰话题。也许将是一个说不尽的话题。尽管从语文分析的层面，我们可以把这两个人称视为文本中的叙事主体或言说者。譬如“你”，它常常是诗人面对自我——他作为幸存者不由自主地把自己摆到另一面，将“我”视为死难者中的一个，因此更多的时候这个人称代词超越了他个人的命运而指代每一个在历史大劫难中消失的亲人。语言这个东西，从未像在策兰诗中那样凝聚了历史和人的命运。“你”和“我”，甚至在诗人将它们写进作品之前，这两个人称代词就已先期地成为历史命运的承载。

早在一首估计作于1941年的青年时期作品《异乡兄弟之歌》中，策兰曾经自称“我们黑暗之人”（“Wir Finstern”）[2]。自从1938年途经

1　汉斯-格奥尔格·伽达默尔（Hans-Georg Gadamer）著《我是谁，你是谁？——对策兰“呼吸的结晶”组诗的解释》（*Wer bin Ich und wer bist Du ?Kommentar zu Celans »Atemkristall«*），Suhrkamp出版社，法兰克福，1973年。

2　参看露特·克拉夫特辑录《保罗·策兰1938-1944年诗稿》（*Paul Celan, Gedichte 1938-1944*），Suhrkamp出版社，法兰克福，1986年，第35页；芭芭拉·魏德曼《保罗·策兰诗全编》全一卷注释本（*Paul Celan, Die Gedichte, Kommentierte Gesamtausgabe*），Suhrkamp出版社，法兰克福，2003年，第384页。

柏林目击了“水晶之夜”，诗的抒情性就不再明亮了。“黑暗之人”这个悲怆的词语虽然着墨不多，但它再也没有离开过作者的笔端，而是不时以更强烈的笔触出现在他后来不同时期的写作中。

“*万物在场，空无标记*”——这个碑铭式的诗句，是诗人刻在这个大地上的碑文。万物，在这里是诗人对生命的指称，包括作为历史记忆的作品本身。人称指代成为一种生命的延续。

2

1971 年，也就是策兰从米拉波桥投河自尽后第二年，人们清理他在巴黎高等师范学校教师办公室的遗物时，发现装在一个破旧牛皮纸大信封里的《暗蚀》手稿，信封上有作者亲笔标注的 Eingedunkelt［暗蚀］字样。不久，策兰生前指定的遗稿协助整理人贝达·阿勒曼教授又在巴黎十六区隆尚街策兰生前寓所找到诗人本人在圣安娜精神病院住院期间誊写诗稿的“蓝白皮练习簿”，以及装在另一信封、由妻子吉赛尔代为归档的部分同期手稿。这些文稿蒐集到一起，共有 192 页之多（含打字稿和誊写稿）。除作者生前已发表的“暗蚀”组诗 11 首的原始稿本外，还包括未发表的同期诗作 24 首和未竟手稿《夜之断章》，以及标为《残篇》的片断。《断章》26 篇（尤其首章《晦》诸篇）原是为配合妻子的铜版画而作的[1]，不是为了凑成一个集子，却具有一部书的分量；它与《残篇》一起，由诗人的妻子注明“未刊诗稿”。

本卷所录文稿大致涵盖上述作品，列为《残篇》的手稿片断除外。这里需要说明的是，《保罗·策兰全集》德文权威版本（HKA 历史考订本）只将《暗蚀》组诗及《外篇》（德文本称为“暗蚀遗诗”）辑为一卷（第十二卷），未包括手稿《夜之断章》和相关《残篇》；这后两部分另行辑入作者 1963 年至 1968 年遗稿卷（列第十三卷）。中译本未完全循其

1 参看《保罗·策兰与吉赛尔·策兰－莱特朗奇通信集》卷 I，Seuil 出版社，巴黎，2001 年，第 477 页。

例，考虑到《夜之断章》与《暗蚀》的密切关系，而将之统辑于一卷，附于书末。望读者详察。

《暗蚀》作为一部完整的诗集尚未有通行本刊世，目前所见较好的本子是《保罗·策兰全集》HKA 考订本第十二卷。此卷由两部分构成，书名统称《暗蚀》，前半部依策兰 1968 年发表《暗蚀》组诗 11 首时排定的篇次，后半部《暗蚀遗诗》依作品成稿日期釐定篇次。策兰暗蚀期遗稿中原有三份初步拟出的“目录”，显示诗人生前有意将这些诗稿蒐辑成书。由于三份目录均不完全，篇次亦不一致，加之作者没有明确留下有关这些作品结集出版的意图和说明，因此在诗人过世后，按其草拟的目录编辑一个涵盖组诗和外篇的“全本”似乎不大可能了[1]。

《暗蚀》组诗及《外篇》是策兰 1966 年 2 月初至 6 月中在巴黎圣安娜精神病院住院期间的作品。《外篇》虽属遗稿，但除个别篇存有文字修改未定的痕迹外，大部分已写定；列“夜之断章”总题下的 26 篇诗稿则是一部初具规模但未完成的手稿，前章《晦》写于圣安娜精神病院，后二章《言语之间》和《夜之断章》作于作者出院后的短暂期间，故亦属同期作品。这些作品见证了诗人生活中最为艰难的一个时期。

光明放弃之后：
信人捎来这明亮的，
回响的白日。

盛世开花的消息，

1　1991 年，策兰遗稿编辑执行人贝特朗·巴迪欧及其助手让－克洛德·兰巴赫尝试在策兰手稿资料的基础上编辑“暗蚀”诗稿，辑成一册《〈暗蚀〉组诗及相关诗稿》单行本，由 Suhrkamp 出版社推出。这个单行本保留作者生前已发表的组诗 11 首及其原来篇次，同时又在组诗之外，依作者在圣安娜精神病院住院期间誊抄诗稿的原始稿本（“蓝白皮练习本”）另行编定作品篇次，当中所缺作品则依同期手稿档案所见散页补阙附于书末。这个本子虽力图体现作者生前打算将“暗蚀”手稿辑成一部诗集的意图，但体例显得芜杂，编辑者为了保持手稿原始风貌，除了书中多篇作品重复出现，还保留部分诗作存有两个不同稿本。

尖厉更尖厉，
抵达流血的耳朵。

这首六行短诗，在作者生前编定的《暗蚀》组诗中篇次列第二，排在《不假思索》一诗下，仅从首句（亦是诗题）就可以想象它在整部诗集中的地位。言人“放弃光明”，即使从生存之义着眼，无论哪一方面都属“危言”，基调显然超越人们对“光明”的一般理解。

写这首诗时，正值四月来临春花初放的季节，也是诗人被卫生部门强制送进精神病院四个月后迎来的第一个春天。春花怒放的气息并没有给诗人带来值得喜悦的慰籍；相反，外界传来的消息更加尖厉刺耳。“消息”这个多少乏味的词在诗中是如此的冷漠，仿佛它以世间的方式粗暴地回应了诗开头多少让人震愕的那句“光明放弃之后”产生的效应。

最早的一份手稿，“光明放弃”曾作“在那放弃的空间”——空间即现世，犹言“这个世界”，诗人仿佛已置身其外。兴许诗人是坐在医院的病榻上谈论他与这个世界的关系，这当中两次传来消息，一次是关于另一种“白昼”的音信，第二次是尖厉刺耳的春花盛开的消息。如果说诗下阕写诗人得知的是世间事，上阕那个身份不明的词语 Botengang（此词指跑腿的差事或给人送信）倒是让人想到天意——出乎一切意料和传说，诗人决定放弃光明之后，他的世界并没有黑暗下去，反而有一个神秘信使给他捎来另一种“明亮的／回响的白日”。如此说来，这首诗里有一个明亮的天地，似乎暗示沉沦并非弃绝，或者说沉沦是向另一片视野敞开。可是，我们这样对诗脉络的梳理不是过于简单了吗？诗上阕那些明亮的词语中不是含有某种比“流血的耳朵”更沉重的东西吗？说实在的，我们这样的逐字逐句读解还是有不得要领的感觉。

伤悲不是弃绝。但无论如何，一个人说“放弃光明”总是一件重大的事，一件比谈论死还要大的事。写下这首诗时，诗人面对一种在任何人都可称作“沉沦”的情形——由于生活中的许多事（这些事隐含地写在这部诗集中），他面临一种黑夜，后期荷尔德林那样的精神黑夜。

3

谈论这部书是困难的，不是因为这些诗作出自上面我们言及的情形，而是诗人思考问题的深度，以及他思考的方式。

我们有这样一个总体印象：这部《暗蚀》书不是一部松散的作品结集，也不是一部围绕单一主题的主题诗集。它的结构类似一个多声部，至少两条线索交织其间，一条是“精神黑夜”，一条是历史的暗蚀，而蒐于书名下的各篇作品呈现出不同的思路和多重角度。读者进入书中，可能会惊叹于这部仅由35首诗构成的集子的深度和广度。

书名“暗蚀”见于列正篇之同题诗；这首同题诗似得自俄国基督教哲学家列夫·舍斯托夫一部著作的篇名“钥匙的权力”[1]，但题旨和用意完全不同。舍氏著作借圣经之言“天国的钥匙”来表达一种自古以来就有的人类理想——人与生俱来追求自由幸福的理想；舍氏为此在书中批评经院式的科学理性将这种理想变成了距离人的现实遥远的知识命题。策兰不同，他这首诗则是指出，由于我们世纪所经历的巨大历史悲剧，这把通向自由之路的“钥匙”已经暗蚀了。从内容看，诗题不像它作为书名那样涵盖广阔。但也不足为怪，这首诗分量不轻。

暗蚀了
那钥匙的权力。
獠牙统治着，
从白垩的痕迹而来，
对抗人世的
分秒。

“白垩”，这个词在诗中是如此的显著，仿佛是从黑暗的断层中

1　参看本书注释〔22〕。

浮出的山体。如果我们阅读手稿，会发现《暗蚀》一诗原有一个围绕“血钟”展开的尾声，作者在定稿的时候将它删舍了。即便作这样处理，历史线索仍然呈现在“白垩”这个赫然进入读者眼帘的词语下面。在策兰的语汇里，这个词指的是“白垩沟”——大屠杀抛尸弃骨的尸场和沟壑。原稿中是这样写的：这里“没有什么再浮上来／数得出的和数不出的／残屑飞灰，木质的，悬浮着，与万物垂在下面［……］”这些诗句中沉重的历史叙事，已见于策兰前期的许多作品，现在则是“暗蚀”这个主题下的一条隐线，它解释了诗人何以做出这样一个判断：历史没有终结，而人的理想终结了！“血钟”，一种流血的时间；这只钟还在走，诗人还得面对这种时间。这个有关历史进程的“血钟之思”，自作者 1938 年途经柏林目击“水晶之夜”起，就一直占据他写作的中心，只是在近三十年后，在《暗蚀》这部书里，“血钟”线索又加上了一条思想史线索。

在策兰的思考中，这个暗蚀的时间可以从 20 世纪回溯到很远，譬如席勒曾经描述的欧洲思想史上人类和平共居的美好“中间”消失的年代[1]，或者更远——历史学家们在圣经叙事里看到的一个民族脱离奴役走向自由的往事，这些都在历史时间中一次次暗蚀了。

空寂的中间，我们曾经为之助歌，
当它向高处耸立，明亮，

当它放过每一块麦饼，有酵的和无酵的，

红得四周变暗了，因他人，
因疑问，跟在你后面，

1 参看本书注释〔81〕相关部分，译者对“Mitte”一词的解释以及注中所引席勒长诗《女人的尊严》和《厄琉息斯庆典》的片段。

长久以来。

这首仅由一个长句一气呵成，分四节，以两韵间一韵交迭方式递进的六行诗，是策兰“暗蚀”期最深远博大的一篇作品。从“麦饼”(有酵的和无酵的)这个出自《圣经》(《出埃及记》)的叙事到世界“红得四周变暗”，策兰在一个诗句里完成了人们在漫长的思想史考察中踌躇着不愿做出的结论。谁能想象，一个民族脱离奴役走向自由的往事到了20世纪变得暗淡呢?

长久以来——作者嘎然打住,可我们感觉这个结束语并没有结束。在策兰看来，人类共居之地本应是一切人都能过往和居止的，而以往德意志精神乃至欧洲理念中那个“好客的”、人类共居的“中间”向何处去了呢？黑暗与光明的界限从未因杀戮的火光而如此被人含糊其辞，摩西所言“我的力量、我的诗歌”以及人们对“自由”和“拯救”所做的伟大阐释，都因此打上了疑问。长久以来——历史时间已长，疑问由来已久，诗人思考这些问题也已颇有时日。他自觉有责任对历史叙事和“传译失真的彼岸”提出看法。

在《暗蚀》书的另一些作品里，我们能找到作者对这些问题的更多思考。从组诗的《暗蚀》篇到外篇中的《空寂的中间》、《这烧红的铁上》和《不要完全熄灭》等篇作，我们看到——民族往事，家园，自由之路的诠释，这些思想史线索在诗人笔下连接起来了。这是《暗蚀》书中的一条主线，诗人在时间的子午线上穿越，他想说明一些事情。

策兰的诗里没有象征，只有事实。从书中那些像岩石裸露的词语，我们可以找到他穿越历史时间的经历和足迹。诗也一样，在这种经历中才得以铸出。诗和诗人就像并排的身影，穿过荒凉的边界——“走进吹息/再从中出来”；穿越思想者的孤独——“荒凉，织进了我们四周的白昼。// 独往独来，一次/又一次”；穿越个人的命运——“那望断虚空也不模糊的目光”，“毅然漂游渡过命运之途”。诗人作诗，其思也深。关于这种“穿越”，似乎得从他早年的一段经历讲起。

4

1947年冬，年二十七岁的保罗·策兰决定离开铁幕开始降下的罗马尼亚。他从首都布加勒斯特往西北方向走，前往罗匈交界的边地，冒险偷越边境抵达匈牙利首都布达佩斯，辗转多地长达半个月后，复经斯洛文尼亚东北角进入奥地利东部，抵达意为“影子农庄”的边陲小镇沙滕道夫，而后前往维也纳。这段经历，策兰过去从未与人提起，直到近二十年后，才在一篇写给一位维也纳熟人——奥地利诗人马克斯·赫尔泽（Max Hölzer）的书简体诗中提到它：

> 亲爱的马克斯·赫尔泽 / 我相信，我对“边界” / 有所体会——1947年12月 / 某个深夜，我偷偷越过 / 斯洛文尼亚和布尔根兰交界处 / 冻得僵硬的田野，/ 经过这样一道边界，// 我敲了敲 / 黑得颤巍巍的窗户 / 而后——便进入当地 / 最近的 / 一个农庄——叫沙滕道夫（或沙伦道夫）。/ 穿越，能有几回。而且 / 出乎一切期待 / 和传说，一个声部 // 半明半暗，人的一生 / 就为瞬间的永恒而固定下来。

这封诗简没有标注日期，似乎也没有寄出。策兰将它夹入《夜之断章》同期文稿[1]。诗简原稿为铅笔稿，字迹飘逸，写在一页信笺和一页打字纸上。按其归档的方式，我们有理由相信，这篇给马克斯·赫尔泽的诗简应该是在圣安娜精神病院期间或出院后不久起草的。

> 穿越，能有几回。而且
> 出乎一切期待

1　参看《保罗·策兰全集》HKA本，第13卷，Suhrkamp出版社，柏林，2011年，第一版，第265-266页。

和传说，一个声部

半明半暗，人的一生
就为瞬间的永恒而固定下来。

在策兰暗蚀期手稿中，《夜之断章·晦》第一章第5篇篇首标有“Halblicht”［半明半暗］一语，似与诗简所言之事有关连。这篇手稿作于1966年6月11日，正好是诗人从圣安娜精神病院出院那天。手稿分三节共13行，行文中有若干医学专词，让人想到诗人在病院度过的日子。根据《全集》HKA本第13卷编辑者的意见，标在第5篇手稿上端的“Halblicht”一词，出自诗人夹入《夜之断章》同期文稿的《致马克斯·赫尔泽诗简》，可能是为这节手稿提供一个附注。或者，诗人也有意将它作为这篇手稿的标题。诗人度过一段艰难的经历，尽管不是第一次，但他又一次走过来了，他的头顶出现一个新的天空。我们在此尝试按作者的修改手迹，将这篇未完成的诗稿誊写如下：

在地槽里，不可驱除，
亚昏迷的奥秘在呼啸，
这新的天空：
请勿把它搅乱。

栏木的声响
脑流图，电流图

火星云，脑浆般奔流：链节
在/苦涩的情感之间，
玻璃浊物，来自所有的世界，
在这里精心织成，

蒙住你
被栏木的噪杂
笼罩的眼睛。

阅读手稿可以注意到，这篇诗稿的首节是同一章原第 4 篇的改写，在《夜之断章》第二部分中又做了多次修改。“地槽”，或称基坑，基建开挖的土坑，黑夜的墓穴？这个词不管人们怎么读，在诗人的词汇表里勾起的联想就是“白垩沟”，那种不久前还在人们记忆中历历在目的抛尸场。可是诗人出院了，他经历了一次“地槽”的埋葬。他在脑浆奔流的黑夜没有被四面八方障碍思想的喧嚣遮蔽眼睛，而是瞥见一线光亮，如同破晓的天色，他称之为一个“新的天空”。这篇用词相当酷烈的诗稿，可以说诗人以某种方式总结了他在《暗蚀》书中几乎开篇就预感到的天命：“**回响的白日**”。诗人回想起 1947 年那次出走，那是他在另一道铁幕下逃亡，穿过边界和荒草萋萋的原野，为了躲避抓捕，还曾藏入布达佩斯的“红灯区”。诗人为何在他一个“暗蚀”期结束的时候特别言及这一经历，并把它作为自己生平中具有特殊意义的一件事？

1966 年的“暗蚀”与 1947 年的逃亡并接起来了，仿佛是一个偶合。如同历史常有的那种反复，一个人的生平中也有许多相似的时刻。确如诗人所言，在黑夜时代，在人的大脑普遍沉沦的年代，在“基坑”那样的黑暗通道里，在逃亡中，不用说瞥见光明，就是在黑暗中摸索到一根救命稻草，从而对世界之事有所察知，不至于在历史的巨大暗蚀中丢掉性命或丧失自我，也需要勇气和决断的。这样的决断，人的一生中能有几回？诗人出院了，他想到一个往事，把它作为“附注”记入诗稿。如同昔时尼采在阿尔卑斯山高山小镇西尔斯·玛利亚听见同一者永恒轮回的“天命之启”，策兰在沙滕道夫看见了决定一个人命运的晦明之光。

一个声部

半明半暗，人的一生
就为瞬间的永恒而固定下来。

精神的领域总是晦暗的。世界历史也是晦暗的，尽管人们对历史进程有更多光明的看法。《暗蚀》书中不止一次提到人被激流“冲蚀”和“底掏空了”的问题。沙滕道夫，半明半暗——这件小事，如同生活中值得庆幸的一件事情，在诗人后来生活和写作的每一艰难时刻一再想起。这就如同去向不明的旅途，窥见一线光亮，你就知道了什么叫做与命运赴约。《致马克斯·赫尔泽诗简》虽然谈论的是精神生活，但策兰信中也想告诉朋友，1947 年那次越境逃亡，对他的一生来说是多么重要的一个经历。这首优美的书简体诗出现在诗人生活最为艰难的一个时刻，不是一桩平常事，它再次为诗歌划出一条轨迹，因此也为我们阅读《暗蚀》这部书提供了一种经验——半明半暗的经验。

5

诗在晦明之间，可是《暗蚀》这部书 —— 按诗人的说法，又是一部日常之作。书中的作品直接出自作者在病院的日常生活，他称之为“**日常诗**”，大都在成篇之后随信抄寄妻子吉赛尔。

这些诗的来源，按作者对待日常事物的方式，大致可归为几类。有些是读书偶得，题材或起意得自读书笔记中的某个词语或意象，经作者的语言之勺或词语调色板，转化成完全个人化的东西；有些则是对“处境”的思考，譬如列全书篇首的《不假思索》一诗，粗粗看上去好像是写一个人在病室炽红的灯光下抵抗一种叫做“精神疾病”的东西，其实是一篇将个人当下的经历与历史记忆（纳粹集中营烙在囚犯皮肤上的印记）融合到一起的切肤之作；再如外篇中《底掏空了》一诗，仿佛作者只是在谈论灵魂、词语和写作之大忌，其实也隐含地将那种被医学称作临床经验的痉挛疗法转化为词语之外震撼心灵的形而上学事件；尤其列外篇的《毁灭？》一诗，以及手稿中出现的“在这弹尽粮绝的疯宅破院”等诗句[1]，直接来自病院生活。另有一些作品则更像是某种“疯宅手记”，如《思想之奄奄一息》——它在诗集中的地位至关重要。这首气度不凡的诗，放眼远天，纵论思想人格，高山伟岸，很像一篇思想自白，既是作者设身处地，同时也是对一个既古老又现实的问题提出疑问，结论是诗人陷入“精神黑夜”并不意味着思想奄奄以亡。

策兰住在一间四人病室。他的写作空间是在床头和室友不时发出的痉挛和嚎叫声之间。他曾在信中以灰谐的语气向妻子描述这种日常[2]。可以想象那是多么缺乏诗意的日常啊！可是诗人称他的作品是“**日常诗**”。甚至把它们称作“**度日诗**”[3]。这后一个说法有点稀奇，仿佛诗人有什么难言之苦，譬如度日如年那种感受，或者是出于谦逊给自己的作品所下的自谦之辞。诗人如此度日，但不能说诗人安于日常。

诗人有自己对诗的定义。这些“日常诗”，你能从字里行间感受到每个词语的重量，但总的调式（包括词语本身）很切近日常。有些诗甚至接近口语，尤其那些作者称作“小诗”的短小之作——譬如那首为儿子埃里克写的四行诗《或者是它来了》，几乎是轻松和轻盈的。

的确，策兰这个暗蚀期的作品有形式见小的特点，相当一部分是短诗。研究手稿我们会发现，几乎每一首诗在写作过程中都数易其稿，有的前后易稿达十次，个别甚至二十次之多，同一首诗不同的手稿片段加起来往往超出数十行之量，经作者一再删稿压缩，最后成为一首四行诗或六行诗。这叫日常诗吗？作者删诗，给人以诗人“吝词”的印象。如果我们的眼光能透彻这些小诗的内涵，我们会发现这是一种“大诗”。不仅形式感和句式，空白也带来压力，几乎每一个词都具有张力和不可替代的性质。策兰发明了一种短小的“大诗”。譬如那首题为《空

---

1 参看本书注释〔53〕《因为羞耻》一诗手稿异文。

2 参看 1966 年 5 月 4 日策兰从圣安娜精神病院写给妻子吉赛尔的信，《保罗·策兰与吉赛尔·策兰－莱特朗奇通信集》卷 I，前揭，第 462 页。

3 参看策兰 1966 年 3 月 29 日致妻子信，《保罗·策兰与吉赛尔·策兰－莱特朗奇通信集》卷 I，前揭，第 406 页。

寂的中间》的六行诗，我们仿佛跟随作者穿越了漫长的历史时间并思考了许多事情。诗人也在一封信里奉劝人们，不可小觑短诗的分量，短诗也是难以估量的，我们“要有勇气接受这么短小的诗”[1]。

当我们进入这些“日常诗”，从题材和内容上仔细撩一眼，我们就注意到，这些作品不是一般意义上的“小诗”，它们没有通常人们所说的日常诗的日常和琐碎，更多的是诗人对精神生活和个人命运的思考。有些主题是很大的，也很抽象，譬如命运和黑暗，在作者高度概括的词语空间里，由于叙事的细腻，它们也成了某种日常中的抽象，或抽象中的日常。一种两栖之物。有些诗属于个人题材，很沉重，譬如《问罪石》这篇自述性质的作品，诗人在叙述它的时候用了平实的语调，坦然反而加重了诗的分量和感染力。即使是写日光下的一棵树，策兰也能写出它的人格来。在诗人的“圣安娜破庙”日常里，诗之物就像视线中的叶子闪跳，常常从沉闷无力的现实跃到时间上来，仿佛没有什么东西比诗更有疗病的功效了。当诗人的写作浮想联翩，诗歌的天敌就是垂死的常态。这部《暗蚀》书的特点，如果说里面有诗人生活的秘密，那就是词语击破了“无边之单调”。有些短小之作，譬如《椴树叶的》这一首，读者甚至可以闻到一种罕见的自然气息。这里试举一二例：

椴树叶的眩晕无力，那
向上翻卷之物
铮铮作响的
诗篇。

这首题为《椴树叶的》四行诗，我们既看不见树梢，作者也没有描写它的树干，仅透过遽然发出的一阵声响，一棵苍劲的椴树就活脱脱出现在我们眼前。这里没有一个多余的赘词，诗人只用一个细节，就把一

1 参看策兰1966年5月2日致妻子信，《保罗·策兰与吉赛尔·策兰-莱特朗奇通信集》卷I，前揭，第451页。

棵树的全貌推到我们跟前，并且将它上升到诗人性格的高度。叶子——Blätter，这个词在德语中不就是书页吗？诗在这里急促翻卷向上，从眩晕无力的静止状态发出钟铃般的响声，如同生命从死亡中突起，堪与歌德那首《一切之巅峰》[1]相匹敌，尽管两者取意不尽相同。

圣安娜精神病院的院子和行道旁有许多高大的椴树。我们猜想，诗人一定是从病室的窗口看见外面在风中簌簌拂动的椴树枝条。可是，再细致的观察也只是观察。一首聊聊数语的四行诗，把一棵树写得如此荦荦有声飘逸若人，假若不是“一个高如／参天大树的思想／在弹奏光之音”[2]，怎么可能写得出这样充满自然之思的作品来呢？

这首诗中有一个容易被人当作“模棱两可”来看的词：klirrend。这个德文词（动词 klirren 的第一分词做形容词）的多义性可能让读者感到棘手，其基本释义指金属等硬物碰撞发出震颤声，转义指风凛冽呼啸。如果我们仅凭单纯的语言经验，以为依风动树叶之象可以顺理成章地将诗结尾句翻译成“秋风萧瑟的／诗篇”那样的句子，那就大错特错了。在诗人的听觉里，那是一种金属般的声音，铮铮铁骨的响声。策兰在给妻子的信中对此有专门的解释，klirrend 这个词须读作“金属声的”，指音韵铿锵，犹如风动草木发出金石般碰撞的声响。诗人在向妻子解释这首诗时，甚至提供了一个相对自由，颇有法国诗韵味的法文译本。策兰写过不少以树为题的诗。我们不妨试将这首音韵独特的“椴树诗”同诗人大约一年前在另一场合写下的《疯人碗》[3]作个比较。

《疯人碗》也是在精神病院写的，那是 1965 年 5 月，经妻子劝说，策兰进位于巴黎西郊的勒维西奈（Le Vésinet）精神病院接受治疗的短暂期间。诗题本身说明了这段日子的特殊氛围；诗里也写到了病室外面

---

1 歌德名篇《一切之巅峰》，系其题为《浪游者之夜歌》（*Wandrers Nachtlied*）一诗的姐妹篇（*Ein gleiches*），为歌德青年时代脍炙人口的作品。

2 策兰为人传诵最广的名篇之一《棉线太阳》中的诗句，载 1967 诗集《换气集》，《全集》HKA 本，卷 7/1，Suhrkamp 出版社，法兰克福，1990 年，第 26 页。

3 《疯人碗》（*Irrennäpfe*），此诗编入 1967 年出版的《换气集》；详见《全集》HKA 本，卷 7/1，Suhrkamp 出版社，前揭，第 90 页。

的一棵树，但不是椴树，而是梣树。诗是这样写的：

疯人碗，底
坏了。

假如我是——

这么说吧，假如我是
那棵——它弯向何处？——
外面的梣树，

我愿意去陪你，
亮闪闪的灰色菜肴
携着穿过你长出来，又匆匆
咽回去的肖像
和那勾画
细密，闪跳不定的
思想之圆，它环绕着
你俩。

这首诗没有《段树叶的》那么飘逸和明亮，但基调亦属于诗人“暗蚀”期那种艰涩的写作，故有许多同工异曲之处。诗中的梣树，除了诗人暗自寻思它弯向何处，没有特别的特征，但诗人愿意他就是这样一棵树，以便能探头到院子外面去陪伴一个人，向她倾诉一些事情。

据策兰后来说，其实他从病室窗口看见的是树干很高的橡树，他以为是梣树，把它写进了《疯人碗》一诗，后来将错就错，不再改了[1]。这里，

1　参看策兰 1965 年 5 月 11 日致妻子信，《保罗·策兰与吉赛尔·策兰 - 莱特朗奇通信集》卷 I，前揭，第 240 页。

我们同样遇到了这种“恍若看见什么……”的读诗难度，其妙意或可用中国古哲的一句话来形容：“物物而不物于物”。这位“诗人－树人”在亲人面前所能拿出的是他那只底破了的疯人碗，或者说他就是这只跑来的疯人碗，碗中盛着“亮闪闪的灰色菜肴”——亲人相会理应有相赠和款待，可他带来的东西实在寒碜。

读到这里，我们也许会问：诗的叙述最自然的尺度是什么？是条理清晰和词语娴熟吗？毋宁说有一种东西在主导词语。

策兰反对一切隐喻和自明的真理，他宁可写实实在在的东西。如同上面那首《椴树叶的》诗，《疯人碗》也讲了一个人可思向天地万物的故事。作者使用了“假如我是——”这样的句式，但这个叙事听起来更像是一篇了不起的树语。我们也可以说，这是一篇寓言式的作品。可是，这个“诗人－树人”讲述的故事何尝不是自古以来那种放之则弥六合的自然之思呢？诗人告诉我们，一只发疯的碗也有健全的头脑。

有趣的是，我们在策兰住院期间的读书手记中，找到他读老子书的笔记。他用过的老子《道德经》（Günther Debon 1961 年斯图加特德译本）导言最后一页空白处，有他写下的这样一段话：“**老子《道德经》的教诲是：恒**。”笔记标注日期是 1966 年 4 月 6 日，与他起草《绳》一诗恰好是同一天。在同一本书内封文字的边页，另有他写下的一则旁批：“**名是现实之访客**。”[1] 批注日期亦是同一天。这些批注令策兰遗稿编辑者们好奇。他们推测，后一条旁批可能是策兰为一首“老子诗”而作的预备性提纲。但是没有证据显示，《暗蚀》一书或同期诗稿中有哪

1 参看《保罗·策兰的哲学书架》（*La Bbliothèque pholosophique de Paul Celan*），亚历山德拉·李希特、帕特里克·阿拉克、贝特朗·巴迪欧编，乌尔姆街印书馆（Éditions Rue d'Ulm）/巴黎高等师范学校出版社联合出版，2004 年，第 576 页。译按：此语出自庄子《逍遥游》：“名者，实之宾也。”策兰在圣安娜精神病院住院期间，曾请妻子吉赛尔从家中书架上找出老子《道德经》带到医院给他。吉赛尔在一封信中回覆（1966 年 3 月 22 日），书架上很乱，一时找不着这本书。《保罗·策兰的哲学书架》提供的资料显示，策兰住院期间通读了《道德经》。当是妻子后来找到这本书并送到病院给丈夫。策兰不只一次阅读老子书。1964 年至 1968 年，他至少读过不同译者的《道德经》四种译本，其中包括卫礼贤（Richard Wilhelm）1921 年的德译本和相对晚近（1949 年）的 Houang Jia-Tcheng / Pierre Leyris 法译本。

一篇作品与老子的思想有关。只有那首题为《袭来》的诗在篇中的调式相当特殊，其底蕴或有东方思想的痕迹亦未可知，但也只是一个贸然的推断而已。物以相吹息。或许“恒”的思想——通过 Dauer 这个德语词——在另一种语言的直觉中得到回响。

“物物而不物于物”，此语见于《庄子外篇·山木第二十》，言精神入于万物又不消泯于物；更深一层的意思是，人作为能思者独立于天地。此语非讲物欲缠身，而是讲精神不可同之于物而物化。东晋义学僧支遁（字道林）尝用这句话来解释庄子逍遥义，支遁因此成为中国思想中“自由”之义最早的阐释者。策兰也读过庄子（马丁·布伯节选的德译本，莱比锡，1918 年），并且在书页上作有圈点和批注；后来又购得法国加利玛出版社新出的《庄子》法文全译本（Gallimard / Unesco 联合出版，巴黎，1969 年），在该书前言的一处边页，他以诗的形式写下这样一段话：“单纯的物象／是物物于物；唯有／精神才是本真。”[1] 当然，我们不能根据这些读书笔记，就说策兰在诗中运用了老庄之学。做这样的推测只能是穿凿附会。不过我们也应该承认，在思想史上，不同的语言和不同的文明中不乏同源迸出之思。

《疯人碗》这首诗讲的事情是如此的奇妙，我们不能简单地说这是寓言笔法。这是一个能思者的故事。他在物我之境中想象他变成一棵树走出隔绝的世界去陪伴一位亲人，惟诗人想到自己在与亲人亲近的时刻有点寒碜，或者因为那位亲人是“空无标记”的一位曾经在世者，于是他的迟疑就像是目光中的观照，如同两造相逢看见自己那穿越对方长出来的肖像又匆匆咽了回去——伤悲就在踌躇中，以致诗的结尾他又回到自我，独自远观依然逗留在那儿的那对赴约之人——“你俩”。

结局妙就妙在这里，诗一人变两人。一种既自然又越出自然的尺度。这支独特的回旋曲中，那碗“亮闪闪的”菜肴给人印象至深——那是他的诗啊，用一只底破了的碗盛出来，有点灰暗，但闪闪发亮！而最打动人的是那个细密的“思想之圆”，它就像一轮深切编织出来的忽明忽暗

1 参看《保罗·策兰的哲学书架》，前揭，第 582 页。

的光，远远环绕着诗人想象的重逢，而重逢者——他们也属于策兰诗歌中说不尽的那两个人称代词：“你”和“我”。

当然，这首诗写得晦涩，然晦涩说到底不也是诗存在的一种方式么？它出自诗人的生活，而诗的存在甚至就是肉体的，它有剧烈的感觉。用策兰的话来说，晦涩的风格是：“严峻，艰涩，粗犷。”[1]

6

生存的印记有时像刀子刻入词语。策兰不忌“言私”，因为那也是生活的一部分，他以往的作品里就深埋了许多个人生活的细节，包括那些苦难的经历。熟悉诗人作品的法国古典语文学家波拉克教授甚至断言：“策兰的每一首诗都具有传记成分。”[2] 在《暗蚀》这部书里，诗人写下一些“私事”，随后又慎重地隐去了，或者以委婉的笔法将其遮蔽了。譬如《因为羞耻》一诗手稿中“疯宅破院”这个词语，再如《你投下》原稿中的“诊断／——进入其中／任四面狂风吹打”这类诗句[3]，都在定稿的时候删去了。倒是《夜之断章》有不少篇作保留了隐晦涉及“病历”的描写，手稿中甚至直接提到“圣安娜”这家古老精神病院的名称。“在横穿而过的眩晕之后［……］／巨大的，净化了的抽搐。／声音，被摘除了脑子，何处你还能久留？”[4] 这些从思想的巨痛中爆发的诗句，不仅是对诗歌语言极限的挑战，甚至使伦理学意义上的健康者之健康发生疑问。在生存的意义上，诗很多时候是“隐私”的。从 1960 年起，

1　参看策兰 1966 年 4 月 9 日致妻子信。时策兰从圣安娜精神病院将刚刚完成的《危难之歌》一诗抄寄妻子吉赛尔，信中说：“这首诗——‘日常的’——相当晦暗，但属于‘站立’和‘不顾一切’那种气度，严峻，艰涩，粗犷。”《保罗·策兰与吉赛尔·策兰－莱特朗奇通信集》卷 I，前揭，第 425-426 页。

2　参看让·波拉克（Jean Bollack, 1923-2012）《对保罗·策兰的一种解读》（*Pour une lecture de Paul Celan*）一文，载法国哲学人文杂志《界线》（*Lignes*），赛吉耶出版社（Éditions Séguier），1987 年第一期，第 155 页。

3　参看本书注释〔16〕和注释〔53〕相关部分。

4　《夜之断章·晦》手稿［2］；《全集》HKA 本，第 13 卷，前揭，第 261 页。

在长达十年的精神磨难中，策兰经历了无数风波，一度自戕，五次入院，他拒绝电击疗法和催眠疗法，只接受药物和塞克尔休克疗法。与人们通常对“精神事件”的想象不同，1966 年的“暗蚀”期反倒成为策兰创作力亢奋的一个阶段。这是因为，与诗人以往的写作一样，“隐私”成为抵抗苦难的思想传记。

历史悲剧结束之后，更大的悲剧是当人的精神“暗蚀”成为常态化、平坦化的日常性，任何光明的词语都可能成为时代的附庸。诚如诗人所言，日常诗也是严峻的。这些诗也属于诗人生活中的暗蚀之物。策兰的这个“暗面”，阿多诺（T. W. Adorno）精辟地称之为“密闭式写作”，批评家则谓之“晦涩”，然依帕斯卡尔那句“不要责怪我们不够明晰”的名言——策兰曾在《子午线》讲演中加以引述[1]，应该称作诗人在历史面前的清醒，反而比公众时代的伟大诗歌多一份真实。

闳言伟词，自古以来
在通往最敏锐听觉的路上，
尽皆凋亡

（《夜之断章》）

在奥斯威辛之后，歌颂历史的伟大诗篇消亡了。诗人拒绝对苦难的升华。“暗蚀”这个词标志着另一种诗歌的开端，它不是到了 1966 年才成为一组诗的标题，而是从 1938 年就开始了。诗人在那个时刻写下“我们黑暗之人”这个诗句，四分之一世纪后在《暗蚀》这部书里重新扮演一个角色，成为历史思考的一条主线。

读书，做笔记，思考，写作，是诗人在圣安娜精神病院住院期间的生活。诗人如此度日。这些日子里有诗人之手擦亮的东西，他有时诙谐

1 参看《全集》HKA 本，卷 15/1,Suhrkamp 出版社，法兰克福，2014 年，第 42 页。帕斯卡尔这句名言的原文是：Ne nous reprochez pas le manque de clarté puisque nous en faisons profession !（不要责怪我们不够明晰，这就是我们的职业！）

地称之为“苦难的鸡毛蒜皮”[1]。这也许是他称之“度日诗”的缘故吧。可是，进入其中，如果你洞见那里面的风雨晦明，你就会对诗有另一番理解，你会从这些“苦难的鸡毛蒜皮”中读出伟大的诗篇来。

策兰这次病院期的书单里，有歌德，艾吕雅，马拉美，巴尔扎克，乔伊斯，托马斯·沃尔夫，约瑟夫·康拉德，还有《俄国诗选》（Elsa Triolet编），《布罗克豪斯地质学袖珍读本》，荷马史诗和老子《道德经》。这个时期，除了写作，与妻子书信往来是策兰所能得到的唯一安慰。“我在为等你而等你，为了留下来，与你生活在一起，与儿子以及……一点人世生活在一起。”[2]是的，在这个世上，生活中有“一点人世”就已经是多的了。策兰这个时期的书信涉及诗歌写作虽然多是简短的附言或只言片语，却是诗人对其作品的直接表述，与作者手稿中的大量异文一样，是我们今天阅读《暗蚀》这部书最可靠的第一手资料。

7

如此对作品的来源、诗人的写作方式以及相关的背景资料做一番考察之后，我们是否多少有稳妥的信心走进《暗蚀》了呢？

诗“*在相遇的秘密里*”——策兰不仅这么说，他还告诉你，诗是孤独的，诗孤独地走在路上，但诗总是走向他者[3]。你若是问他怎么读一首诗，他会跟你说：词语已经在理解的路上。

见于外篇的《与那团旋转的》一诗讲的就是这件事情。这首诗，撇开第三节可能有所延伸的内容，大体是谈诗歌写作经验的，在书中相当独特，但不是唯一的一篇；其他一些诗作，如《底掏空了》和《浇祭》

1　参看《夜之断章·晦》手稿［6］；《全集》HKA本，第13卷，Suhrkamp出版社，柏林，2011年，第267页。

2　1966年4月27日致妻子信，详见《保罗·策兰与吉赛尔·策兰－莱特朗奇通信集》卷I，前揭，第442-443页。

3　参看策兰1960年毕希纳奖受奖辞《子午线》（*Der Meridian*），《全集》HKA本，卷15/1，前揭，第45页。

等，也写到词语和创作之事。有研究者称这些诗为“诗学诗”，这个说法恐怕轻率了点。对策兰来说，不存在什么作诗法，只有一条词语的子午线，这条子午线不是清晰的，有时甚至是看不见的，往往要穿越思想的重重迷雾，包括历史事件。谈到《与那团旋转的》这首诗的来路，策兰告诉我们：“此诗之得来几乎是两厢情愿，它那边和我这边。”[1]

“两厢情愿”这个说法，恰恰说到好处。不仅在作者如此，对读者也是如此。读懂一首诗难道不也是“两厢情愿”么？作者那边和读者这边。对诗人来说，诗是“给留意者的礼物”[2]。所以，在我们对诗有所期待时，诗已经上路，读者只需一点耐心和注意力。

我们在上面说过，谈论《暗蚀》这部书是困难的，原因也已在上文陈述。不只是诗人一个特殊时期的生活和诸稿写定的那种背景，我们把这些诗称作诗人“暗蚀期”作品只是为了便于叙述，“暗蚀”这个词语在诗人那里有特殊内涵，包括诗人选定它的理由，也即这个词所标示的一种独特的诗之思的方式，它几乎涵盖书中各条线索——历史事件、历史叙事、思想史的那些侧面、民族往事、家园、自由之路，甚至诗艺和写作本身。当然也有由“暗蚀期”而来的那种阴翳，使得作品带上了它们自身特有的调式，比如词语高度压缩，语义扬弃和重新注入内涵，句法陡峭，诗行更加短促，诗节转换无需铺垫和附带，等等；但这些都不是诗歌“晦涩”的理由。晦涩在哪儿呢？“晦涩”之说，策兰另有见解——晦涩不是风格，而是诗存在的一种方式。谁能说，语言是明晰的？只有对语言的使用，而用总是在思中之用。由于这样一种方式，暗蚀之物反而在更深的层面得以揭明。

语言，是我们天生就对之有弱点的东西。如同信仰失度，我们在语言上的纠葛往往也会失去分寸。策兰对此有痛苦的经验。我们可以读一读书中那首题为《袭来》的诗，它在诗人暗蚀期的写作中是最“晦涩”

1　1966年4月7日策兰致妻子信，详见《保罗·策兰与吉赛尔·策兰－莱特朗奇通信集》卷I，前揭，第421页。

2　参看策兰1960年5月18日《致汉斯·本德尔》（*Brief an Hans Bender*），《全集》HKA本，卷15/1，前揭，第80页。

的一篇。这首诗开篇就说“……不分之物／闯入你的语言”。从手稿研究可以得知，《袭来》虽九易其稿，但总体上干脆利落，只有尾声不同，初稿和定稿判若两个版本。为了便于我们在此探讨策兰所说的“语言”问题，暂且将此诗第一稿[1]从文档中抽出，逐录如下：

不分之物
闯入语言——

让拦路魔发威吧。

带着假意和前戏
夜的光辉此时也降临了

陌生的潮水，你听，
在冲刷
这污秽的，残破的
生命。

这首诗是处理语言问题的。在策兰前期诗歌写作中，很少看到这样的篇章。诗结尾赫然出现的“污秽的”（lausige），“残破的”（lumpige）两个形容词定语，在定稿中删去了。虽然删去了，这两个词的分量是那么的重，以致于注家们搞不懂“这污秽的，残破的／生命”在这里究竟是指什么，删去定语和不删去定语有什么重大区别，区别又在哪里。

我们暂不分析诗的结构，先来看看修改后的结束句。作者将“污秽的，残破的”两个定语删去后，诗的言路自然更加清晰，既可避免读者望文生义，同时也因去掉限定性词语而拓宽了诗本身的解释空间。这么一来诗人的言路就改变了吗？

1 手稿原文参看《全集》HKA 本，第 12 卷，前揭，第 118 页。

除了结句前的限定性词语，第一稿与我们在书中看到的最后定稿没有太大出入。此稿分四节共九行，定稿后缩为三节八行。两稿均开言即说“不分之物／闯入语言——”Ungeschiedenes［不分之物］是策兰在病院读荷马史诗《奥德修纪》德译本时从中挑出的一个词。如果我没搞错的话，自德国古典学家维尔克（F. G. Welcker）用 ungeschieden 迻译希腊词 κριτος 以来，这个译法成为通译。但无论荷马史诗还是今天的文学作品里，这个词并无特殊用法，不过是指“分不清的”，“乱糟糟的”，“未加判定的”诸如此类的释义。在策兰诗里，令人赞叹的是，这个词没有改头换面，但它从德语这个了不起的语言那种轻易就能从语法中转化的词形中脱胎，成为这类指向万物同时又能唤起特定玄思的名词化指物词中的一个。诗人不仅仅尊重词源和传统，同时给这个词注入了新的内涵。《袭来》这首诗里，这个词指的是语言和思想中不加区分的东西。

诗人欲凭借手中的武器阻挡闯入其语言的混沌不分之物。可是诗人除了语言，还有什么？诗人的手中武器当然只能是诗歌。诗中，“拦路魔”，“陌生的潮水”这些意象无非是诗人的诗歌造物，也即他的作品。诗人以语言之物去抵御语言之物，而这类借助魅力、陌生感或奇异性的形象说法，不就是语言艺术创造性的标志吗？没有魅力和陌生感的作品，是没有生命力的作品。诗人没有别的武器，只能通过他的作品，用他富有独创性的语言艺术去抵御语言中致命的东西。

说到这里，我们又不得不问：“不分之物”从何而来？难道是说语言史上那些沿革下来良莠不分的芜杂语词跑到诗人的创作里来，由此造成后果？不是的。这种致命的语言之物就在语言之中；甚至从语言而来规定了艺术作品基调的思，也会在语言内部遭罹此种厄运。

袭来的不分之物
闯入你的语言

这是定本修改后的起首句。句中增加了“你的”这个物主代词，它明确地指向一位诗人；或者就是诗人自己。经作者拆散重组的诗行和诗节打乱了原来的叙事结构，但“你的”这个小词的出现无意中把我们领入一条线索。我们会看到，结尾那个被冲刷的“生命”形象远不会因为作者划去两个形容词而改变。将两个稿本做互文比较，我们大致可以对这首诗做出这样的理解（至少是解读的可能性之一）：“不分之物”闯入这位诗人的语言，诗人要阻挡它和涤除它，然涤除是在自己身上涤除，就像自己给自己动手术。结尾那个“生命”，既是诗人使用的语言，同时也是诗人作品语言的一部分：一个双重影像。

分裂的思想乐章
书写着无尽的双重
纽结，从
熊熊燃烧的
零度之眼穿过

（《夜之断章》）

《袭来》一诗令人错愕同时又令人震撼之处，就在于作者没有把涤除之物当作一种不知从何掉下来的东西，而是他自己的东西，一个“双重纽结”。因为他的诗就在这个语言中，而这个要清理的语言就是他的语言。这首诗写得干净利落，如破竹之刀，毫不留情，但思想决裂这回事更多是在自己，如同洗面，故言“污秽”，故言“残破”。诗人刮骨疗伤。但我们有这样的直觉，这首诗比人们想象的要悲观得多。尤其，当我们想到诗人的母语——德语。他一生用它写作，为它留下无数杰出的诗篇；但这个母语，又是让他痛苦的“刽子手的语言”。

早在1947年那次从布加勒斯特出走之前，策兰就已明白德语的二十世纪命运以及他作为德裔犹太诗人与母语的千丝万结。在1946年的一首悼母诗里，他曾这样问母亲在天之灵：“妈妈，你是否还和从前在家时一样，能忍受／这轻盈的，德语的，痛苦诗韵？”[1]写下这首诗的同一年，他给苏黎世《行动报》总编辑李希纳的一封信里写道：

> 我要告诉您，一个犹太人用德语写诗是多么的沉重。我的诗发表后，也会传到德国——允许我跟您讲这样一个可怕的事情——那只翻开我的书的手，也许曾经与杀害我母亲的刽子手握过手［……］
>
> 但我的命运已经注定了：必须写德语诗。[2]

对母语的追问再次袭来，在《袭来》这首诗里深化了。诗写得含蓄，含蓄当中又有踌躇（譬如删去两个字义很重的词），因为是母亲的语言，诗人有一种近于隐私的 amor fati，命运之爱。“妈妈，谁的／手，我曾握过，／当我／携你的言语／去往德国？”[3]——1959 年他写道。

德语——自马丁·路德以降，歌德、诺瓦利斯、荷尔德林以来一种标志着德意志精神的语言，在策兰这里成了一种可疑的东西。诗人深深意识到，奥斯威辛之后某种宿命已经落在他的母语身上，成为一种巨大的语言内伤。在列外篇题为《那伤疤一样真的》诗里，我们看到，这种语言之伤如同嵌在极限中的伤痕，难以卸下来。这首诗也是处理语言问题的，与《袭来》有异曲同工之趣，堪称姐妹篇。诗中那个有点让人摸不着头脑的“入口”显得灰暗，原稿中曾两度写作“思想的栅栏”[4]。语

---

1 这首题为《墓畔》的诗，收在作者 1948 年在维也纳刊印的第一部诗集《骨灰瓮之沙》。这部诗集付梓后，因印刷错误太多，策兰决定停版不予发行。今本参看《全集》HKA 本，卷 2.-3. /1，Suhrkamp 出版社，法兰克福，2003 年，第 20 页。

2 策兰 1946 年 2 月 3 日致马克斯·李希纳（Mas Rychner）信。转引自约阿希姆·申格《保罗·策兰的诗集〈骨灰瓮之沙〉》（*Paul Celans Gedichtband »Der Sand aus den Urnen«*），载论文集《逃亡者：保罗·策兰在维也纳（1947-1948）》（*Displaced, Paul Celan in Wien,1947-1948*），维也纳犹太人纪念馆委托编撰，Peter Goßens 和 Marcus G. Patka 编，Suhrkamp 出版社出版，维也纳，2001 年，第 101 页。

3 参看策兰 1959 年长诗《狼豆》（*Wolfsbohne*），《全集》HKA 本，第 11 卷，Suhrkamp 出版社，法兰克福，2006 年，第 242 页。

4 参见《那伤疤一样真的》手稿，《全集》HKA 本，第 12 卷，前揭，第 183 页；《策兰遗作集》，前揭，第 420 页。亦可参看本书注释〔61〕所引手稿异文。

言和思想，一对孪生姊妹。在最初的第一稿[1]里，诗是这样开头的：

伤疤一样真，钩挂
在言说之物里

言说之物（Das Sprechende）——这里指的是语言的造物，诗以及一切语言艺术，包括言说本身，故伤痛就在语言和诗歌中，甚至在“精神”之中，假如我们注意到这首诗的初稿里，诗人两次提到“思想”这个词语，并且试图从思想史去追溯根源。这一切是有来源的。如同谢林曾经触及德意志精神最伟大的思想命题之一时的那种无奈——**人的自由之本质，其结构中包含了善与恶**，策兰在德语中也看到了他称之为“不分之物”的根源。

自少年时代起，从歌德、荷尔德林到尼采，策兰获益良多；尤其荷尔德林，他一生崇敬的诗人荷尔德林！但在思想面前，感情可以割舍。

1970年3月，策兰最后一次德国之行，出席在斯图加特召开的荷尔德林诞辰两百周年纪念大会，在会议的一个场合，他说了令举座震惊的一句话：“荷尔德林的诗歌里有腐朽的东西。”[2]

母语的内伤，迫使诗人去重新审视自荷尔德林以来德语诗歌对神性事物的弘扬。在他后期的诗歌写作中，策兰几乎以极端的方式去“拆解”

---

1 详见《全集》HKA本，第12卷，前揭，第183页；《策兰遗作集》，贝特朗·巴迪欧等编，Suhrkanmp出版社，法兰克福，1997年，第420页。另参看本书注释〔59〕相关部分所引手稿异文。

2 策兰这句话，当年外界未曾报道，可能是在一个小型聚会的场合说的。与策兰一起出席斯图加特荷尔德林诞辰两百周年纪念大会的法国诗人安德烈·杜布谢（André du Bouchet, 1924-2001）直到16年后，于1986年出席在图宾根召开的“法国视野中的荷尔德林”学术研讨会，才正式透露这件事情。杜氏在文中解释了他之所以迟迟不愿透露这件事的缘由，因为他一直没有足够的准备来理解和谈论策兰的这句话。参看杜氏在图宾根研讨会的发言稿《图宾根，1986年5月22日》（*Tübingen, 22 mai 1986*），载会议论文集《法国视野中的荷尔德林》（*Hölderlin vu de France*），伯恩哈德·博申斯泰因和雅克·雷里德编，G. Narr出版社，图宾根，1987年，第353页。杜氏此文后来编入其个人文集《……如同覆雪而失音走调》（*...désacordé comme par de la neige*），法兰西水星（Mercure de France）出版社，巴黎，1989年。

词语。他想在母语这个历史性语言的精神内核中铲除一些东西。

被陌生的，高高的
潮头冲刷下来
这
生命。

在这些诗行面前，我们的语言经验是那么的贫乏。策兰几乎颠覆了我们阅读经验中的语言逻辑——他称之为“词语的奴性”。我们不得不站到语言逻辑之外去审视诗之言的创造意义。在《袭来》这首诗里，我们有这样的印象，诗人改变了人们对 unterwaschen［冲刷］这个德语动词用法的习惯性接受，一种事物基底遭受冲蚀毁坏不见得是坏事。《底掏空了》一诗可以为此提供一个注脚：一个被痛苦冲刷、几乎空了的人，不仅没有如人们想象的那样垮掉，反而能在我们时代那种词语拜物教的一片喧哗声中保持“兀然屹立”的精神人格。诗人难道不是告诉我们，此人身上有些东西被冲掉了？譬如思想的奴性。如此观之，诗人那个用理性重塑的“污秽的，残破的 / 生命”离这个反逻辑的鲜明形象并不远，两者都是经历大浪冲刷站得住脚的“生命”。我们对诗的解释也只能到此。或者也可以设想，在一切冲刷之后，存留下来的可能是更加健全的人，而不是泥沙俱下的溷浊生命。

8

1970 年 3 月，也即诗人生活的最后一个多月，策兰在答定居以色列的青年时代女友伊兰娜·施缪丽的问候信时，间接地谈到了《暗蚀》这部尚未完全公诸于世的书。他在信中写道：“你所说的‘健康’——更准确地说‘我个人的健康’，也许永远都不会有了，毁灭已触及我生存的内核。当然，我还站立着，但愿——我希望——能挺住，再挺一阵子。”[1]读过这封信的读者想必注意到，诗人信里言及健康状况时使用的“毁灭”一词，与《暗蚀》外篇中《毁灭？》一诗标题是同一个词。

诗人在两个不同的时间内，写下同一个词。

这同一个词：die Zerstörungen，在诗中和信中都用了复数。这个词，在诗人的经历里，是故乡布科维纳之两次被军事占领[2]，犹太隔离区，集中营，流放和大屠杀，一直到战后和平年代，又另一种事情发生，诗人为历史作证的诗歌遭到漠视和攻讦，如同第二次“杀戮”。策兰一生挺过了无数灾难；他唯一未能挺过来的个人悲剧可能就是这种来自所谓“文人圈”、“批评家”甚至于同胞也参与的“谋杀”。从“高尔事件”[3]枝枝节节投来的枪矛，左翼的也好，右翼的也好，纳粹主义的也好，国家布尔什维主义的也好，策兰斥之为“一桩彻头彻尾的德雷福斯事件”[4]。不是诗人清高或无以认命，他本可以对这一切嗤之以鼻，包括诗人头上的那顶“光环”。不是这些，而是他把诗看得高于一切，高于他个人的生命；由于把诗看得高于生命，这种伤害也就越深。

诗人接受天命，但不接受毁灭。写下《毁灭？》这首诗时，策兰对生活并未失去信心——诗题后面加了一个问号。就像《暗蚀》书中其他篇什，这首诗的格调不是低沉，而是高昂，甚至还带点幽默。尤其尾声一节，充满自信：“一种语言／自己生下自己”。诗是从顽强的生命吐

---

1 参看《保罗·策兰与伊兰娜·施缪丽通信集》（*Paul Celan / Ilana Shmueli, Briefwechsel*），Suhrkamp 出版社，2004 年，法兰克福，第 113 页。

2 第二次世界大战爆发后，苏联红军于 1940 年 6 月 26 日占领诗人的故乡北布科维纳，将其并入乌克兰。1941 年 6 月，苏德战争爆发，苏军撤退，纳粹德国军队开进布科维纳首府切尔诺维茨，设立犹太隔离区，并陆续将当地数万犹太人流放到设在德涅斯特河沿岸的纳粹集中营。战后 1947 年，布科维纳又依《巴黎和约》（亦称《五国和约》）分割成两半，南布科维纳归属罗马尼亚，北布科维纳则归苏联加盟国乌克兰。

3 关于诗人伊凡·高尔的遗孀克莱尔·高尔（Claire Goll）罗织罪名指控策兰剽窃的“高尔事件”来龙去脉，可参看芭芭拉·魏德曼辑录的《保罗·策兰与“高尔事件”》资料汇编（*Paul Celan-Die Goll-Affäre. Dokumente zu einer 'Infamie'*），Suhrkamp 出版社，法兰克福，2000 年。

4 参看 1962 年策兰就“高尔事件”起草但未寄出的致法国哲学家让－保罗·萨特求助信，载《保罗·策兰与“高尔事件”》资料汇编，前揭，第 544-545 页。

出的，我们几乎听见一页页“可辨又不可辨的章节”在时间的齿轮里发出狂啸。那是作者一贯的诗人－战士气质，他称为“战斗的忧伤”：

言语之间
我摸到了
自己皮下的光明老茧——

我就在
你深处，
战斗的
忧伤。

（《夜之断章》）

说到此，我们用“战斗的忧伤”来概括《暗蚀》这部书的整个基调，看来是再贴切不过了。这种忧伤还能说是忧伤吗？

它的调式是那样特殊，我们能体味到伤悲作为一种基调回旋在每一首诗中，仿佛那就是作品本身的韵律。为什么这样的伤悲听起来不像人在日常中感受的凄婉，既没有生活的挫败感，也没有整个湮没于死亡的东西？我们甚至看不出“忧郁”的永恒主题在其中占有什么样的位置，甚至连诗歌史上那些为人推崇的传统也没有，譬如，荷尔德林《面包与酒》那种缅怀家园的哀歌调式。策兰的基调是一个无祖国的人的基调，有点类似青年尼采那首成名作《无家国》中的“无家先生”。“大地与你的生命纠缠在一起，”——诗人如是说[1]。如果我们的目光不是拘泥于几个黯淡的词语，我们会发现这种基调里有一个信念：**诗是正义者的家园**。伤悲也可以歌唱欢乐的事物。《夜之断章》这部以“晦”为主题的诗稿，诗人把它称作一部“狂欢的楔形文字”[2]。

1　此语见于《精神》一诗手稿。参看本书注〔96〕相关部分。

2　详见《夜之断章·晦》手稿［1］。

诗人言及欢乐。可是从精神病院抄寄《毁灭？》一诗给妻子和儿子时他也对人世的欢乐提出疑问："我想到了我们俩、我们仨的那种深厚——想到了泪水，一点也不黏糊，却把我们凝聚在一起——为了什么样的欢乐？"[1]是的，诗人提出问题——在这个世上，为了什么样的欢乐？至今，没有人能代替他做出回答。今天，人们对诗意之物的期许总要营造出一些光明的楼阁，而理想之物过多的阐释反而毁弃了诗意本身。

我们几乎不得不总是回过头来，回到这种我们称之为"本质力量"的古老伤悲来谈论诗人的作品。其实，说伤悲是诗人这些诗作的特点，太浅了。古老的伤悲，乃是诗人接受其诗人天命的最高礼仪。否则，诗人可以写那种轻松的东西啊，黑暗与他有什么关系？

这本书中有一篇讲迫于"危难"的诗，可以作为我们就此问题请教诗人的一个答案。这首诗以走钢丝为譬喻。诗人是这样讲的，当黑暗"以人的方式"插进来，有眼力的人一眼就认出它，"从所有这些／死不反悔，永不屈服的游戏"。"游戏"，是诗人对诗的一个说法，这一点我们从上面提到的那首《与那团旋转的》原始手稿中可以找到例证[2]。"死不反悔的游戏"，这话仅仅是说诗人持之以恒吗？或者，说的是一种职责？

诗人接受这样一种天命：诗在精神的最高序列中，依其作为语言本质的古老使命，就像尼采的"同一者之永恒轮回"，哪怕在黑夜时代，如果它是由诗人来说出，那末，在世界历史的每一次劫难时刻它就不会与死亡调和，而是在人的身上铸就出始终如一的个性。很多时候，诗人的血变得狂野甚或失度，不是因为血暗了，而是人们所理解的光明人世变成了一种胁迫。人世，有时候并不适合人居住。"暗蚀"这个书名，多少暗示了这层意思。荷尔德林在陷入精神黑夜之后说过这样的话："当下

1　策兰1966年5月1日致妻子信，详见《保罗·策兰与吉赛尔·策兰-莱特朗奇通信集》卷I，前揭，第445-446页。

2　详见本书注释〔66〕所引手稿异文。

3　详见1806年后荷尔德林写给母亲的一封未署日期的信（荷尔德林书信 n°280），《荷尔德林全集》（*Hölderlin Sämtliche Werke*）斯图加特本，Friedrich Beißner 主编，第六卷，W. Kohlhammer 出版社，1969年，第487页。

固然令人愉悦，然灵魂之迹象，虽是非生命者，对人亦不失为一种恩德。”[3]在这一点上，笃信二元论的伯默只是道出了半个真理，因为他相信神恩高于人的维度。而在策兰看来，诗赐予人的东西高于一切神恩。如果我们珍视这种高于神恩的东西中具有对于黑暗之物的洞察力，那末“精神黑夜”说到底不过是一个需要分辨的半明半暗的声部而已，与我们在世的状态仅一步之遥，每一方向，每一种度越方式，都可能僭越极限。

末了，译者有必要作两点交代：其一，这篇序文无论如何不能视为是对这部《暗蚀》书的阐释，而只是从读者的角度尝试一条进入本书的途径；其二，附于书末的注释，读者在详察了与诗相关的背景资料后，可以省去不看，直接读策兰的作品。海德格尔尝言，任何对诗的解释在完成之后最好是退隐，以便诗歌出场。

《暗蚀》是一部关于精神生活的书；从它涉入这个黑暗领域的独特方式来看，也许是策兰最好的一本书。作为一部诗集，作者所在的特定环境和生活时期并没有给它带来一种风格，而是它所叙述的个人经验以及精神和历史的那种巨大暗蚀决定了它的晦暗基调。也由于这样的原因，这部书许多深邃的洞穴还有待发掘。如同一切一只脚踏入彼岸而另一只脚留在这边的事物，我们总有隔岸观火之感。不过事情确如荷尔德林所说，游于彼岸的“灵魂之迹”对人是一种恩德。读者将从中受益。

孟　明

2017年四月春，巴黎

暗　蚀

EINGEDUNKELT

〔1968〕

吉赛尔·策兰－莱特朗奇铜版画《暗蚀》(Enténébrée－Eingedunkelt),1966 ©Eric Celan

Bedenkenlos,
den Vernebelungen zuwider,
glüht sich der hängende Leuchter
nach unten, zu uns

Vielarmiger Brand,
sucht jetzt sein Eisen, hört,
woher, aus Menschenhautnähe,
ein Zischen,

findet,
verliert,

schroff
liest sich, minutenlang,
die schwere,
schimmernde
Weisung.

不假思索

不假思索，
抗拒重重迷云[1]，
这悬挂的烛台烧得炽红
朝下，向着我们

多枝的火，
此刻寻找它的铁，听，
哪来的，从靠近人皮之处，
嘶的一声[2]，

找到，
失去，

兀然
读来，几分钟之久，
那沉重的，
闪闪烁烁的
指令[3]。

---

* 此诗 1966 年 4 月 3-8 日作于巴黎圣安娜精神病院。这是策兰 1965 年 11 月 28 日被法国卫生部门依公共卫生法实施行政隔离强制送进精神病院后，写作最为艰难的一首诗。前后修改过 21 稿。4 月 4 日的一份手稿于写讫当日抄寄妻子吉赛尔。信中云："这是昨天的一首诗，今天刚完成，这就是说，我不会再作新的修改了。我喜欢拆散我的诗，这你知道的。"信中并附言："一时还太紧张，不能马上给你附上一份[解释的]词语。"为帮助妻子理解德文原作，策兰次日又另笺将此诗基本词语的法文释义寄给吉赛尔。

Nach dem Lichtverzicht:
der vom Botengang helle,
hallende Tag.

Die blühselige Botschaft,
schriller und schriller,
findet zum blutenden Ohr.

光明放弃之后

光明放弃之后：
信人捎来这明亮的，
回响的白日。

盛世开花的消息[4]，
尖厉更尖厉，
抵达流血的耳朵。

---

* 此诗 1966 年 3 月 29-31 日作于巴黎圣安娜精神病院。手稿共六稿。第 4 稿［HKA 本 H3*］下方用圆珠笔标注："66 年 3 月 30 日/定稿"。定稿当日随信抄寄妻子吉赛尔。信中云："亲爱的，刚刚收到你星期一的信——谢谢你在信中跟我讲的一切。作为回应，我送你一首刚写的小诗：Nach dem Lichtverzicht（《光明放弃之后》）。"

根据策兰在信中解释，诗标题按法语理解为 Après avoir renoncé à la lumière 或 Après le renoncement de la lumière［放弃光明之后］。

写这首诗的当天，策兰收到妻子吉赛尔一封来信，信中鼓励丈夫在病院安心治疗，克服精神上遭受的磨难："千万别失去勇气［……］真实的你就在你身上，它在等待你，呼唤你，而你已经听见［……］你会重新找回自信［……］，不管世上一切恶意，一切的不公正，你能够重新生活并坚强挺住，从而帮助你的儿子、妻子和其他人——"参看《保罗·策兰与吉赛尔·策兰－莱特朗奇通信集》，卷 I，前揭，第 405-408 页。

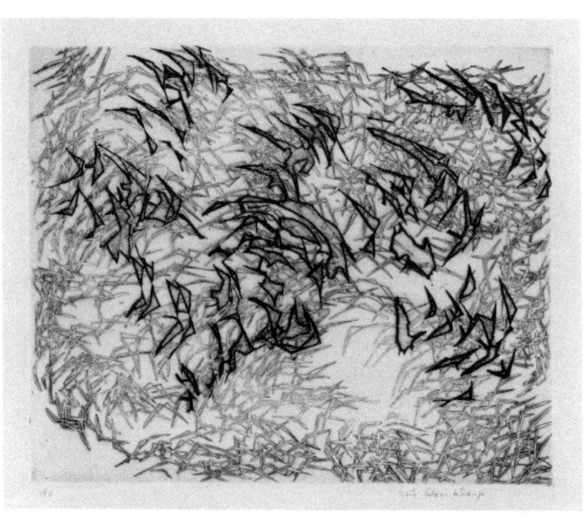

吉赛尔·策兰－莱特朗奇铜版画《灵魂》(Âmes－Seelen), 1963 ©Eric Celan

mercredi 30 mars 1966

Ma Chérie, je viens de recevoir ta lettre de lundi — merci pour tout ce que tu m'y dis. Je te donne, en réponse, un petit poème écrit tout à l'heure: Nach dem Lichtverzicht (Après avoir renoncé à la lumière*).

Je te transcris ce poème —

À la fin de ta lettre il y a une erreur: tu me dis à dimanche, or, moi, j'avais noté que tu viendras jeudi, donc demain. J'y compte bien, mon aimée.

*) ou lire: Après le renoncement de la lumière

Peut-être as-tu la [illegible] en cahier, [illegible] mais sur papier simple? Merci à l'avance

策兰1966年3月30日致妻子吉赛尔信，信内附有《光明放弃之后》一诗抄件：“亲爱的，刚刚收到你星期一的信——谢谢你在信中跟我讲的一切。作为回应，我送你一首刚写的小诗《光明放弃之后》。”©Eric Celan

DEUTLICH, weithin, das offne
Umklammerungszeichen,

Entlassen die Liebenden,
auch aus der Ulmwurzel-Haft,

Schwarz-
züngiges, reif , am Sterben,
wird abermals laut, Beglänztes
rückt näher.

清晰

清晰，致远，那敞开的
交困缠缚之迹象[5]，

把情侣们放出来，
也挣脱榆树根的囚禁[6]，

那舌头
发黑的，成熟，挨着死亡[7]，
又一次变得响亮，擦亮之物
更近地移来。

---

* 此诗1966年3月29-30日作于巴黎圣安娜精神病院。前后易十二稿，与上一首诗《光明放弃之后》大致同日完成。诗题初拟《倔傲不驯者》（Der Ungebändigte），部分手稿长达二十行。第6稿［HKA本H7*］随信抄寄妻子吉赛尔（3月29日）。信中云："寄上一首毫不遮掩的诗，一首度日之诗——不，一首真正的诗——'桀傲不驯者'是不可征服的人（［德文］bändigen一词意为dompter［驯服，驯化，征服］、dresser［训（兽）］——为了我们能够挺住，好好生活下去。"参看《保罗·策兰与吉赛尔·策兰－莱特朗奇通信集》，卷I，前揭，第406页。据KG本和HKA本考订，此诗题材得自读美国作家托马斯·沃尔夫自传体小说《时间与河流》（德译本）的一则读书笔记："爱的鲜花开在荒野；但榆树根/困住了已安葬的情侣的骨头。"

VOM HOCHSEIL herab-
gezwungen, ermißt du,
was zu gewärtigen ist
von soviel Gaben,

Käsig-weißes Gesicht
dessen, der über uns herfällt,

Setz die Leuchtzeiger ein, die Leucht-
ziffern,

Sogleich, nach Menschenart,
mischt sich das Dunkel hinzu,
das du herauserkennst

从高索上

从高索上被迫
下来，你琢磨着，
这得指望
多大的本事[8]，

乳酪白的面孔
那人，朝我们扑来[9]，

快调夜光指针，夜光
数字[10]，

很快，以人的方式，
黑暗插了进来[11]，
你认出它

---

* 此诗 1966 年 4 月 4-19 日作于巴黎圣安娜精神病院。前后共易九稿。第 4 稿［HKA 本 H6］下方注明："定稿 /66 年 4 月 4 日/抄寄吉赛尔"。稍后的第 5 稿［HKA 本 H5］下方注"新一稿，修改稿/1966 年 4 月 7 日"，右上角另笔注："校阅！ 66 年 4 月 12 日"；第 7 稿［HKA 本 H3］注明"定稿/1966 年 4 月 19 日"。此稿与另一首诗《与那团旋转的》（列《暗蚀外篇》）同日另笺抄寄妻子吉赛尔。信中附言："再寄上一首，刚出炉的，给你。"参看《保罗·策兰与吉赛尔·策兰－莱特朗奇通信集》，卷 I，前揭，第 423-424 页。译按，这首诗以走钢丝（高索）的譬喻来表达某种险境及个人临危不惧的处境。参看策兰归入《换气集》预备文档（Konvolut AW）的一则手记："被愚弄的走钢丝者的愤怒 /［……］在事发现场 / 九死不悔 / 毅然顶回 / 那目光里的邪恶 / 以迂回手段从高索上回到地面 / 迫不得已。"详见《策兰遗作集》（*Die Gedichte aus dem Nachlaß*），巴迪欧、兰巴赫和芭芭拉·魏德曼编，Suhrkamp 出版社，法兰克福，1997 年，第 1 版，第 423 页。

aus all diesen
unbußfertigen, unbotmäßigen
Spielen.

从所有这些
死不反悔，永不屈服的
游戏[12]。

Über die Köpfe
hinweggewuchtet
das Zeichen, traumstark entbrannt
am Ort, den es nannte.

Jetzt:
Mit dem Sandblatt winken,
bis der Himmel
raucht.

越过人头

越过人头
奋力擎起
这标记[13]，如大梦燃烧
在它命名的方位。

如今：
摇着沙烟叶挥手示意[14]，
直到天国
冒烟。

---

* 此诗 1966 年 3 月 28 日作于巴黎圣安娜精神病院。手稿共七稿。初稿见于一则手记：mit dem Sandblatt / winken / (gewinkt) ［挥动 / 沙烟叶］，写在作者所藏法国作家约瑟夫·茹贝尔（Joseph Joubert, 1754-1824）所著《沉思录》（*Pensées*）一书衬页背面，出处不详。定稿与同日完成的另一首诗《你投下》（*Wirfst du*）一并抄寄妻子吉赛尔。信中云："我又给你写信了，同时寄上两首前天和今天之间成熟的诗。就当作一颗心抛出的问候吧。"详见《保罗·策兰与吉赛尔·策兰－莱特朗奇通信集》，卷 I，前揭，巴黎，第 403 页。

WIRFST DU
den beschrifteten
Ankerstein aus?

Mich hält hier nichts,

nicht die Nacht der Lebendigen,
nicht die Nacht der Unbändigen,
nicht die Nacht der Wendigen,

Komm, wälz mit mir den Türstein
vors Unbezwungene Zelt.

你投下

你投下
题了字的
锚石[15]？

这里什么也留不住我，

生者之夜不能，
狂者之夜不能[16]，
机敏者之夜不能，

来吧，和我一起滚动这门石[17]
立到不可征服的帐幕前。

---

* 此诗1966年3月27-28日作于巴黎圣安娜精神病院。手稿共十一稿，与上一首《越过人头》同期完成。第10稿［HKA本H2］下方注有“66年3月28日［稿］/1966年4月10日誊抄”字样。完稿当日两诗一并抄寄妻子吉赛尔。此诗乃作者读书偶得，部分词语和意象来自荷马史诗描述英雄奥德修斯途径西西里岛发现独眼巨人波吕斐摩斯（Πολύφημος）洞穴的故事，但题旨完全不同，表达诗人坚守家园的愿望。

ANGEFOCHTENER STEIN,
grüngrau, entlassen
ins Enge.

Enthökerte Glutmonde
leuchten
das Kleinstück Welt aus :

das also warst du
auch.

In den Gedächtnislücken
stehn die eigenmächtigen Kerzen
und sprechen Gewalt zu.

问罪石

问罪石[18]，
青灰，打发到
窄境里[19]。

被人贱卖的红月亮
照亮
这世界一小角[20]：

曾经你也就
这样。

记忆的空白处
立着威严的蜡烛
在宣示权力[21]。

---

* 此诗 1966 年 3 月 17 日作于巴黎圣安娜精神病院。手稿共五稿，其中第 4 稿抄寄妻子吉赛尔，抄件下方有亲笔题字：“给吉赛尔，为 1966 年 3 月 19 日这一天而作”。这天是吉赛尔·策兰－莱特朗奇 39 岁生日。次日，策兰草拟一笺，祝妻子生日快乐：“明天是你的生日，亲爱的，——生日快乐！［……］但愿，在一种新的形式下，七朵玫瑰能在场，为你，也为我们的儿子。”参看《保罗·策兰与吉赛尔·策兰－莱特朗奇通信集》，卷 I，前揭，第 390-392 页。

EINGEDUNKELT
die Schlüsselgewalt.
Der Stoßzahn regiert,
von der Kreidespur her,
gegen die Welt-
sekunde.

暗蚀

暗蚀了
那钥匙的权力[22]。
獠牙统治着，
从白垩[23]的痕迹而来，
对抗人世的
分秒[24]。

---

*1966年3月8-18日作于巴黎圣安娜精神病院。前后共八稿（含两份打字修改稿）。部分手稿一度长达二十余行，最终浓缩为六行。第5稿［HKA本H4］下方注有“1966年3月8日，德莱诊所”字样。第6稿［HKA本H3］标注“1966年3月18日，新一稿／定稿”，但随后又两度修改和浓缩，方为最终定稿。

Füll die Ödnis in die Augensäcke,
den Opferruf, die Salzflut,

komm mit mir zu Atem
und drüber hinaus.

把那荒寒

把那荒寒填入眼袋[25]，
祭召，碱水盐流，

跟我走进吹息[26]
再从中出来。

* 此诗 1966 年 3 月 31 日作于巴黎圣安娜精神病院。手稿共八稿，与《光明放弃之后》一诗同日完成。第 6 稿［HKA 本 H3］抄于信笺，下方写有“给吉赛尔/66 年 3 月 31 日”字样；未寄出。参见《全集》卷 12/1，Suhrkamp 出版社，前揭，第 113 页。

EINBRUCH des Ungeschiedenen
in deine Sprache,
Nachtglast,

Sperrzauber, stärker.

Von fremdem, hohem
Flutgang unterwaschen
dieses
Leben.

袭来

袭来的不分之物[27]
闯入你的语言，
夜的光辉[28]，

拦路魔，更强大[29]。

被陌生的，高高的
潮头冲刷下来[30]，
这
生命。

---

* 此诗 1966 年 3 月 31 日作于巴黎圣安娜精神病院，与上一首《把那荒寒》同日完成。手稿共九稿。第 6 稿抄寄妻子吉瑟尔，抄件下方写有给吉赛尔的题词：An Dich, Gisèle, heute und immer［献给你，吉赛尔，今天和永远］。信中云："这是一首'日常'诗——但愿长此以往。"次日，策兰又另笺将此诗基本词语的法文释义寄给吉赛尔。核心词语 Ungeschieden［不分之物］，策兰给出的法文释词是 le non-séparé。参看《保罗·策兰与吉赛尔·策兰－莱特朗奇通信集》，卷 I，前揭，第 409-410 页。

Mit uns, den
Umhergeworfenen, dennoch
Fahrenden:

der eine
unversehrte,
nicht usurpierbare,
aufständische
Gram.

跟着我们

跟着我们这些
颠沛流离，但照样
云游的人[31]:

惟一
未受伤害[32]，
不能褫夺的，
是暴动的
忧伤[33]。

* 此诗 1966 年 4 月 9 日作于巴黎圣安娜精神病院。手稿共六稿。同年 4 月 16 日策兰将此诗译成法文抄寄儿子埃里克，抄件上方题有 A Eric Celan ［给埃里克 · 策兰］题词。按：策兰的法文译稿是提供给儿子阅读的，因而这首诗在某种程度上也成为一首“示儿诗”，时埃里克年方 6 岁。策兰的译稿共有三篇，若干文句斟酌稍有不同；除此篇由策兰本人归入《暗蚀》文档外，另两篇译稿见于他同期文稿档案，今藏马尔巴赫德意志文学档案馆。（参见 PC/GCL，卷 Ⅰ，第 430—431 页；卷 Ⅱ，第 314 页）。

策兰为儿子埃里克翻译的《跟着我们》(Mit uns)一诗法文译稿 ©DLA

暗蚀外篇

Gedichte aus dem Umkreis des Zyklus »Eingedunkelt«

〔遗作〕

Um dein Gesicht die Tiefen,
die Tiefen blau und grau,
das Singende, Gereifte –
du weiß-und-ungenau.

Der stufenlose Abgrund,
er tut sich selber auf –
Es kommt das Sink-und-sinke,
und erst zuletzt der Lauf.

Die Geierschnäbel brechen
sich von dir selber frei, –
Geräusche ihr, kaukasisch,
im Großen Einerlei.

你脸四周

你脸四周是深渊，
深渊灰又蓝，
那歌唱的，成熟的——
白而不确定的你[34]。

没有阶梯的渊薮，
它自动打开——
来了沉落复沉落，
这才是最后一跳[35]。

鹰喙尽已破碎
从你身上溅出[36]，——
这声音啊，高加索的，
在无边之单调里。

---

*1966 年 2 月 25 日至 3 月 2 日作于巴黎圣安娜精神病院。手稿共五稿。刊本据标有“定稿”字样的第 4 稿（HKA 本 H2 稿，GN 本 D 稿）鳌定。此稿见于策兰本人拟定的一份“德莱诊所住院期间所作诗歌目录”，标题下注明：“通过埃里克转给吉赛尔生日。新一稿，稍有改动。”（见《全集》HKA 本，第 12 卷，前揭，第 32 页）。第 5 稿［HKA 本 H1a/b 稿，GN 本 E 稿］是一份打字稿（极有可能是吉赛尔的打字副本），个别字句有策兰另笔修改的痕迹，改动部分似乎只是留待斟酌的异文，而非定稿；这也是今通行刊本只参酌此稿，而未採为底本的原因。此诗原作韵律齐整，有民歌风。故策兰将它与另一首同时写成的“唇形花”诗（《熔化的金子》）一并抄寄儿子埃里克，信中写道：“你问我身体怎么样；哦，明显好多了，我希望回家，跟你和妈妈重新团聚。”详见《保罗 · 策兰与吉赛尔 · 策兰 – 莱特朗奇通信集》，卷 I，前揭，第 376 页。

FLÜSSIGES GOLD, in den Erd-
wunden erkennbar,
und du, wie soviel Münder außen und innen
verrenkt zur Warnung
von Sinn- und Notspruch.

An den versiegelten, reifen
Schoten des Lippen-
blütlers – der Unbotmäßige, auch
hier horcht er sich durch.

熔化的金子

熔化的金子，在大地的
疮痍里可识别[37]，
而你，彷彿那么多的嘴里里外外
被箴言和危言
扭成了警告。

在已经封起来，成熟的
唇形花[38]的
豆荚上——那傲骨之人，也
在这里听出了自己。

---

* 此诗 1966 年 2 月 24 日至 3 月 8 日作于巴黎圣安娜精神病院。手稿共五稿，刊本据第 4 稿［HKA 本 H2，GN 本 D］釐定。第 1 稿和第 2 稿［HKA 本 H5，H4］注明作于“德莱诊所”。第 3 稿［HKA 本 H3，GN 本 C］完成后（3 月 4 日）与上一首诗《你脸四周》一并抄寄儿子埃里克。五份手稿中，只有第 4 稿标有“EF”［定稿］字样；第 5 稿［HKA 本 H1a/b* 稿，GN 本 E 稿］是最终打字稿（标注日期“1966 年 3 月 8 日”），但策兰在这份打字稿中再做修改时留下若干斟酌未定的文字，故今通行刊本未採此稿为底本，而採标有“定稿”字样的第 4 稿。

Die Atemlosigkeiten des Denkens,
Auch auf den Gletscherwiesen,
ohne Beweis.

Über den Großen Steinschild
stürzt ein Morgiger heim.
„Ihr Tiefgesenke
mit euren Trögen aus Lehm,
unterwegs.“

Rauhbrüchiges schabt
an Namen und Stimmen herum,
eine unverlierbare Nothand
brennt Sterniges ab.

思想之奄奄一息

思想之奄奄一息[39]，
哪怕在冰川草场，
也无证据。

越过巨大的石盾[40]
一个未来人匆匆归家。
“你们高岸深谷
带着自己的黏土槽，
在路上。”[41]

粗砺易碎之物
在名字和声音上刮来刮去[42]，
一只永恒的救难之手
燃尽星辉。

---

* 此诗1966年3月16-20日作于巴黎圣安娜精神病院。手稿共八稿。诸本手稿校勘次第不尽相同。刊本HKA本据第7稿［H2稿］釐定；GN本据第8稿［H稿］釐定；两稿文字相同，惟诗行排列稍有差异。GN本同时将归入《换气集》预备文档的另一份打字稿［J稿，同HKA本H1稿］另行辑入书附录，列为参考文本；此稿系第7稿基础上的一份打字稿（HKA本推定是妻子吉赛尔的打字副本），策兰另笔在稿上修改，文字无变动，仅部分诗行做了调整，故诗节分段有所不同，标署日期为“1966年3月20日”。

诗定稿日，策兰在给妻子吉赛尔信中说：“我‘作’——这个词恰如其分，作了一首新诗，一首艰难但是真正的诗，因此很有助益。明天寄给你。”

诗笺未寄出。据策兰日记，吉赛尔第三天获准探视病房，策兰亲手将此诗抄件交与她。此抄件即今HKA刊本所用第7稿，稿件下方题有“给吉赛尔，1966年3月20日”字样。参看《保罗·策兰与吉赛尔·策兰－莱特朗奇通信集》卷I，前揭，第392-393页。按，此诗题旨深邃博大，读来犹如一篇思想自白。首句（诗题）似乎是针对一种流行见解提出疑问，然后予以反驳；而全诗立意乃是：一个真正的诗人即使陷入精神黑夜，并不意味着思想奄奄以亡。

Der durch nichts zu trübende Blick.

Einen Tod mehr als du
bin ich gestorben,
ja, einen mehr.

那望断虚空也不模糊的目光[43]

我比你多一次死亡
我死过，
是的，多一次[44]。

Kantige, schief-
gesichtige Sippe,
mit hellem Holz erspäht.
Dahergekraucht kommt sie,
durch Königsstaub.

Hier
wohnen wir nicht.

Umdrängt jetzt
von Unverlierbarem,
groß und unverschwiegen: du.

Hör dich ein, sieh dich ein,
sprich dich ein.

棱角分明

棱角分明，歪
着脸的族类[45]，
但见与亮木在一起。
从那边挪蹭着爬过来[46]，
穿越王尘。

这里
我们不居住[47]。

如今簇拥着
永不失去的东西，
高大且永不沉默：你[48]。

把你听进去，把你看进去，
把你说进去[49]。

---

*1966 年 3 月 20-21 日作于巴黎圣安娜精神病院。手稿共八稿（GN 本勘十二稿）。刊本 HKA 本据第 8 稿［H1a 稿］并参照第 7 稿［H2 稿］釐定；GN 本据第 10 稿［K 稿］釐定。译按：GN 刊本所据第 10 稿［K 稿］为 HKA 本第 7 稿，此稿下方注有“1966 年 3 月 21 日/寄吉赛尔”字样；而 HKA 刊本所据第 8 稿为 GN 本第 12 稿［M 稿］，也即策兰改定的打字稿（标署日期亦为“1966 年 3 月 21 日”）。两刊本文字相同，仅诗行排列稍有区别。初稿诗题一度拟为《族人的风采》（*Sippengesicht*），得自住院期间一则读书笔记。诗完成当日随信抄寄妻子吉赛尔。

信中云：“我又写了一首诗——抄录给你。（没有太多生词，除了 ‘krauchen’，这是 ‘kriechen’ 的一个同义词——更有表现力。）”参看《保罗·策兰与吉赛尔·策兰-莱特朗奇通信集》卷 I，前揭，第 396-397 页。策兰诗歌语言的独特性，不仅表现在 krauchen 这个词语上，也见于此诗风趣生动的行文风格。从内容来看，我们大致可以断定，这是一首讲“何为诗人”的诗；也可以说，这是一幅诗人自画像。

Unterhöhlt
vom flutenden Schmerz,
seelenbitter,

inmitten der Worthörigkeit
steilgestellt, frei.

Die Schwingungen, die sich
noch einmal bei uns

melden

底掏空了

底掏空了
被奔涌的痛苦冲刷[50]，
灵魂苦涩，

在一派词语的奴性中[51]
兀然屹立，自由。

那震撼，一阵阵的[52]
又一次来我们这里

报到

---

* 此诗1966年3月26日作于巴黎圣安娜精神病院。手稿共四稿。刊本据第4稿［HKA本H1，GN本D］釐定；然两大刊本对此诗终稿的考订不同，GN本认定D稿为终稿（第四稿），HKA本则将此稿堪校为第三稿。中译本从HKA本。诗完成当日抄寄妻子吉赛尔。信中云："我的钢笔不见了，我用护士给我的又圆又通多种文字的圆珠笔写字。寄上这首诗，以便再次进入你充满诗意的法语海域。"参看《保罗·策兰与吉赛尔·策兰－莱特朗奇通信集》卷I，前揭，第400-401页。译按：策兰住院期间完成的诗作大都抄寄妻子吉赛尔，通常随信附有简要法文释解，以帮助妻子理解德文原作，故称"进入你充满诗意的法语海域"。但此诗未见附法文释词。

Vor Scham, vor Verzweiflung,
vor Selbst-
ekel fügst du dich ein,

sprachfern,
kommt das Unirdische, kippt
in sich zurück,

beim erdig Umher-
liegenden, bei
den Ulmenwurzeln
hebt es ein neues Gelaß aus,
ohne Geträum,

einmal, immer

因为羞耻

因为羞耻，因为绝望，
因为自我
厌恶，以致于你适应了[53]，

语声远远，
走来那非人世者，踉跄一跌
回到自己，

在这泥土般到处
躺卧者身旁，在
榆树的根茎间
挖成一座新的蜗居，
没有梦[54]，

一次，永远

---

* 此诗 1966 年 3 月 26 日作于巴黎圣安娜精神病院，与上一首《底掏空了》同日完成。手稿共六稿。刊本据第 6 稿［HKA 本 H1］釐定。此稿当日抄寄妻子吉赛尔，下方注有"给吉赛尔/1966 年 3 月 26 日，礼拜六"字样。第 4 稿［HKA 本 H2，GN 本 E］下方除标注日期外，另注有"奥什涅斯基大夫来病房探视后作"。译按：奥什涅斯基（Dr. Oshnneski）时任圣安娜精神病院主治大夫。关于题材来源，参看策兰同年 3 月 25 日读美国作家托马斯·沃尔夫自传体小说《时间与河流》（1936 年 Hans Schiebelhuth 德译本）在该书第 458 页写下的旁批：in dieser ［verknall］ verdammten Knallbude ［在这〖弹尽粮绝的〗该死的疯宅破院］（转引自《策兰遗作集》，Suhrkamp 出版社，法兰克福，1997 年，第 414 页）。

Im Kreis, leer
daherreden gehört,
mit hündischem Laut
in einigen Pausen –

Sie höhnen dir nach, und du
mit Vorbedeutetem in der Kehle,
plumpen Mundes,
durchschwimmst die Schicksalsstrecke.

Der Schrei einer Blume
langt nach einem Dasein.

兜圈子

兜圈子，空洞地
听得一片胡言乱语[55]，
带着狗一样的叫声
在几个停顿间隙[56]——

他们跟在后面嘲笑，而你
预兆之物哽在喉头，
出自笨拙的嘴[57]，
毅然漂游渡过命运之途。

一朵花的喊叫
伸手去够一个此生[58]。

* 此诗 1966 年 3 月 30 日作于巴黎圣安娜精神病院，与《光明放弃之后》同日完成。手稿共四稿（GN 本勘为 5 稿）。第 4 稿［HKA 本 H1，GN 本 E］下方标有“定稿”字样，但手稿档案中未见此诗的最终定稿本。刊本 GN 本和 KG 本据第 3 稿和第 4 稿釐定；HKA 本出于慎重，未提供校勘稿，仅给出未加整理的原始手稿。

Das Narbenwahre, verhakt
ins Äußerste, nicht zu
Entwirrende,

Längst ist der Schautanz getanzt,
der schwergemünzte,
hier, in der Einfahrt,
wo alles noch einmal geschieht,

endlich,
heftig,
längst.

那伤疤一样真的

那伤疤一样真的，钩挂
在极限里，无法
拆下来[59]，

戏子的舞蹈[60]早就跳完了，
沉重地打成了硬币，
在这里，入口处[61]，
一切还会再次发生，

最终，
暴烈地，
长久以来。

---

* 此诗 1966 年 4 月 2 日作于巴黎圣安娜精神病院。手稿共八稿（GN 本勘为十稿）。刊本据第 8 稿［HKA 本 H1］釐定，此稿誊抄于封面标有“暗蚀诗稿”字样的蓝白皮学生练习本，下方注明“［作于］1966 年 4 月 2 日/誊清：4 月 10 日”。诗完成当日抄寄妻子吉赛尔，抄件未标出诗题，下方有 An Gisèle［给吉赛尔］字样。信中云：“《那伤疤一样真的》（*Le Vrai-cicatrice*）是我浮想联翩之结果。”并附言“下次再给出（必要的！）释词”。次日，策兰另笺给吉赛尔寄出一简，详细提供该诗基本词语的法文释解。参看《保罗·策兰与吉赛尔·策兰－莱特朗奇通信集》卷 I，前揭，第 414-416 页。另，在策兰拟出的两份同期诗稿目录中，此诗标题一度打算用作“暗蚀”组诗总题（详见《全集》HKA 本，第 12 卷，前揭，第 26-27 页）。

MIT DEM ROTIERENDEN
Sehklumpen stößt du zusammen,
bei Eisfeuerschein :

Erblickt, erblickt! – Durchstößen, –

Du weißt,
daß geschrien wird, auch
an deiner Statt,

Mehr als das
zu wissen, steht dir nicht zu,
das Spiel geht weiter,

es wälzt sich
durch die erste beste
Buchstabenöffnung

und meldet ungehört
Gewinn und Verlust.

与那团旋转的

与那团旋转的
视觉泥巴[62]撞到一起，
在冰火闪闪中：

看见了，看见了！——撞穿，——

你知道，
会有人叫喊，甚至
代替你[63]，

超出那
该知道的[64]，你无权得到，
这游戏还在继续[65]，

它翻滚着
穿过遇到的第一个
字母的开启[66]

尔后悄声报告
输赢与得失。

---

*此诗1966年4月7日作于巴黎圣安娜精神病院。一天内共易八稿。刊本据第8稿［IIKA本H1，GN本H］釐定。此稿注明：“（66年4月7日作）/66年4月10日誊清。”诗完成当日抄寄妻子吉赛尔。信中云：“亲爱的，我希望马上能收到你的消息。暂且先将今晨刚得的一首诗抄与你，此诗之得来几乎是两厢情愿，它那边和我这边。现寄上，注释暂阙〔除了这个词：‘Sehklumpen’，由‘sehen’（视）和‘Klumpen’（凝块——泥团，等等）组成，也就是 motte oeilletée 之类〕。”参看《保罗·策兰与吉赛尔·策兰－莱特朗奇通信集》卷I，前揭，第421-422页。

ODER ES KOMMT
der türkische Flieder gegangen
und erfragt sich
mehr als nur Duft.

或者是它来了

或者是它来了
那枝土耳其丁香大摇大摆
一路打探来
不独是花香[67]。

* 这首小诗原是《那伤疤一样真的》手稿中的一个片段，作者将它抽出来单独成篇。手稿共五稿［GN 本勘为九稿，含六份法文译写稿］，从初稿到完成当在 1966 年 4 月 2 至 4 月 8 日之间。刊本据第 8 稿［HKA 本 H1］釐定；此稿誊抄于封面标有“暗蚀诗稿”字样的蓝白皮学生练习本，下方有作者亲笔附注：8. 4. 66 / ursprünglich 2. 8. / als Schlußstrophe von *Das Narbenwahre konzipiert*.［1966 年 4 月 8 日［写讫］/8 月 2 日（译按：原文如此，当为 4 月 2 日之误）初稿/原为《那伤疤一样真的》尾声构思段落］；抄件下方另注明誊写日期“1966 年 4 月 10 日”。诗写定当日抄寄妻子吉赛尔，抄件与今刊本同，惟第一行句首有省略号：“……或者是它来了”。信中解释：“这是一首太‘富足的’诗的一个片段——我刚刚找了出来，将它完成。”信笺附有策兰随手将此诗译成法文的两份译稿，两稿在文字斟酌方面稍有不同（参看《保罗·策兰与吉赛尔·策兰－莱特朗奇通信集》卷 I，前揭，第 425 页）。此诗另有四份手稿（其中三份未标署日期）亦附有策兰本人的法文译稿，有的甚至一稿提供两种版本的翻译。这些译稿在诗行排列、行文方式和用词斟酌方面各有特点，显示策兰对此诗的翻译相当苛求，或者他也有意将此诗另写成一个法文版本。

NOTGESANG der Gedanken
von einem Gefühl her,

das hat
der wachgesungenen
Namen nicht viele,

stachlig,
so, unverkennbar,
aus dem Hartlaubgebüsch,
steht es mit ihnen hervor, dir
entgegen,

stachlig,

Es geht ein kleines Sterben
umher, umher

危难之歌

思想的危难之歌
自一种感情而来，

它拥有
被歌声唤醒的
名字不多[68]，

有刺，
所以，不会认错，
出自那硬叶灌木林[69]，
和它们一起突出，朝你
伸过来，

多刺，

有个小小的死亡踅来踅去
在四周，在四周

---

*1966 年 3 月 27 日至 4 月 9 日作于巴黎圣安娜精神病院。前后共六稿。刊本据第 6 稿［HKA 本 H1，GN 本 G］釐定。结句见于策兰 1966 年 3 月 27 日的一则日记，似为此诗题意之由来：Es geht ein kleines Sterben / umher, umher ［有个小小的死亡走来走去 / 在四周，在四周］（参看《全集》HKA 本，第 12 卷，前揭，第 200 页）。诗完成当日抄寄妻子吉赛尔。信中云："这首诗——'日常的'——相当黯淡，但属于'挺住'和'不顾一切'那种气度，严峻，艰涩，粗犷。"参看《保罗·策兰与吉赛尔·策兰－莱特朗奇通信集》卷 I，前揭，第 425-426 页。又，在策兰初拟的同期诗稿目录中，此诗标题"危难之歌"曾一度考虑用作"暗蚀"组诗总题。

Zeitlücke, unterhalb
der drei Zirren,
sibyllengrau, silbrig,

Enthimmeltes, rund
um die Boje des Schwimmenden,
Ersten,

Zeitlücke, wieder,
am selben Ort, da,
wohin die Ortlosigkeiten,
die dunkelstimmigen,
dich betten kommen
in lauter zerschlissenes
Fahnen-Vorbei,

Der Nächste und Dritte :
bekrönt mit
Rebellen-Tand
und scheppernden

时间空隙

时间空隙，悬在
三朵卷云下，
灰如女巫[70]，泛着银光，

天谪之物，环绕着
漂流者[71]的浮标，那漂流
第一人，

时间空隙，又一次，
在同一地点，那里，
来了迷离失所[72]，
那黑暗声部的迷离失所，
过来安顿你
睡在完全破了的
亡矣之旗里[73]，

下一个和第三个：
被冠以
叛逆者小玩意
和摇起来叮当响的

---

* 此诗 1966 年 4 月 9 日作于巴黎圣安娜精神病院，与《跟着我们》一诗同日完成。前后共易七稿。多份稿本标有“定稿”字样，但及至第 6 稿［HKA 本 H2，GN 本 F］方为最终改定稿，此稿下方标注“定稿/〖耶稣受难日〗礼拜六 /66 年 4 月 9 日”。刊本据最终誊写稿［HKA 本 H1］釐定，此稿与上一首诗《危难之歌》同日抄于标有“暗蚀手稿”字样的蓝白皮学生练习本。

Narrenschellen,

Weisenschellen.

傻子铃铛，
智者铃铛。

MIT SEETANG-GESCHMEIDE GEFESSELT.

Die Anrufungen, alle, freigetrunken,
die kämpferischen Klagelaute, – freigelauscht.

Hier herrscht die Ertrunkene Kette.

Den schmalsten Schultern aufgeladen
die übrige Dämmerfracht.

Du hier und du, ihr sollt bleiben:

Es ist euch
noch Anderes zugedacht,
und auch die Klage
will in die Klage
will in sich zurück.

戴上大叶藻佩饰

戴上大叶藻佩饰[74]。

呼喊[75]，所有的，任人喝，
勇士的嗟叹声，——任人听。

　　这里到处是淹毙的锁链。

最瘦小的肩膀放上了
剩余的黎明之载[76]。

这个你和你，都得留下[77]：

还给你们
想好了别的东西，
哀叹也要
回到哀叹之中[78]
回到自身之中。

---

* 此诗 1966 年 4 月 10 日（复活节礼拜日）作于巴黎圣安娜精神病院。手稿共七稿（含最初的一个未标日期的单独片断）。初稿起首句曾作 Zaubersprüche und Anrufungen［咒语和呼喊］，疑是初拟标题。第 5 稿［HKA 本 H3］标明“66 年 4 月 10 日/定稿”字样。第 6 稿为誊写稿，见于标有“暗蚀手稿”的蓝白皮学生练习本，下方注有“66 年 4 月 10 日/誊清/定稿”字样。第 7 稿系第 6 稿的二次誊写本，有改动痕迹。此诗未见策兰最终定稿本，刊本 GN 本和 KG 本据第 6 稿釐定；HKA 本为慎重起见，仅录原始手稿，未提供校勘整理稿。中译本据 GN 本、KG 本。

DAS SEIL, zwischen zwei
Köpfe gespannt, hoch oben,
langt, auch mit deinen Händen,
nach dem Ewigen Draußen,

das Seil
soll jetzt singen – es singt.

Ein Ton
reißt an den Siegeln,
die du erbrichst.

绳

绳，绷在两个
头颅之间，高高在上[79]，
也用你的手，去抓
那永恒的外面，

绳
就要歌唱了——放声歌唱。

一种音调[80]
撕开了
你要扯下的封条。

---

* 此诗 1966 年 4 月 6-17 日作于巴黎圣安娜精神病院。前后共易十稿。第 10 稿［HKA 本 H1］又分三份誊写修改稿，按标注日期分别为：H1a）4 月 6/10/17 日［稿］；H1b) 1966 年 4 月 17 日定稿；H1c) 1966 年 4 月 6［初稿］/66 年 4 月 10 日［誊清］。又此诗有两份手稿（HKA 本第 6 稿 H9 和第 10 稿 H1b）先后抄寄妻子吉赛尔，两稿均九行，惟诗行排列及部分用词略有不同。第一份抄件标注日期为 1966 年 4 月 6 日（附有法文释词），第二份抄件标注日期为 1966 年 4 月 17 日；两稿均注有 Endg. Fssg.［定稿］字样，而以第二份抄件为最终改定稿。刊本据第 10 稿［HKA 本 H1c］釐定。详见《保罗・策兰与吉赛尔・策兰－莱特朗奇通信集》卷 I，前揭，第 420 页以下。

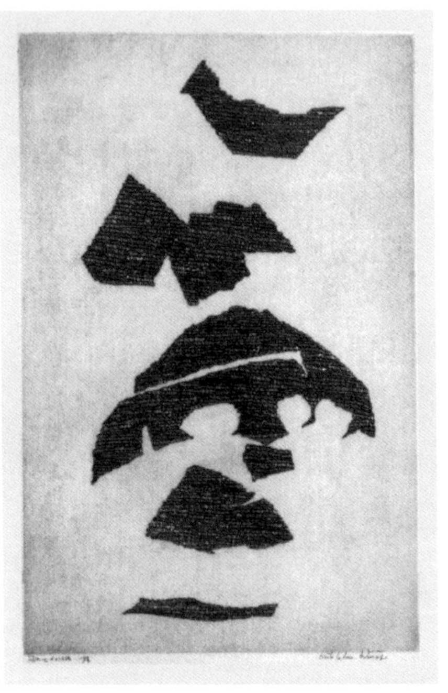

吉赛尔·策兰-莱特朗奇铜版画《战斗的气息》(Souffle combattant – Kämpfender Atem), 1964 年 ©Eric Celan

策兰手稿:《绳》(1966 年 4 月 6 日) ©Eric Celan

DIE LEERE MITTE, der wir singen halfen,
als sie nach oben stand, hell,

als sie die Brote vorbeiließ, gesäuert und ungesäuert,

von Rotem umdunkelt, von Andrem,
von Fragen, dir folgend,

seit langem.

空寂的中间

空寂的中间[81]，我们曾经为之助歌，
当它向高处耸立，明亮[82]，

当它放过每一块麦饼，有酵的和无酵的[83]，

红得四周变暗了[84]，因他人，
因疑问，跟在你后面，

长久以来。

* 此诗 1966 年 4 月 17-18 日作于巴黎圣安娜精神病院。手稿共六稿。第 5 稿 HKA 本又勘为 H2a、H2b、H2c 三修改稿；第 6 稿亦分 H1a、H1b 两修改稿。多份手稿标有“定稿”字样，刊本据誊抄于蓝白皮学生练习本的最终改定稿釐定。

DAS AM GLUTEISEN HIER
vorbeigedolmetschte Drüben:

So leicht, von Lobgesängen,
wird unsereins nicht satt.

Von sechs Funken her
gesteuerte Härten
kommen. Und kein

Nebenbei.

这烧红的铁上

这烧红的铁上
是传译失真的彼岸[85]：

如此轻，对于赞美的歌，
我辈从不餍足[86]。

从六个火花
驾驭而来的
艰辛[87]。且无半点

附带。

---

* 此诗 1966 年 4 月 18 日或 19 日作于巴黎圣安娜精神病院，与上一首《空寂的中间》大致同日完成。手稿共八稿。刊本据第 8 稿［HKA 本 H1，GN 本 H］釐定。此诗未见抄寄妻子吉赛尔，但见于誊抄“暗蚀诗稿”的蓝白皮学生练习本，誊写稿下方注有定稿日期“66 年 4 月 18 日”，而前七稿中有四稿标注日期为 1966 年 4 月 19 日。

ERLISH NICHT GANZ – wie andere es taten
vor dir, vor mir,

das Haus, nach dem Knospenregen,
nach der
Umarmung,
weitet sich über uns aus,
während der Stein
festwächst,

ein Leuchter, groß und allein,
taucht hinzu,
erkennt,
als die Schale, ganz aus Porphyr,
aufbricht, wie
es von Verborgenem
wimmelt, unabwendbar,

erfährt,
wo die offenen Augen jetzt stehn,
morgens, mittags, abends, nachts.

不要完全熄灭

不要完全熄灭——就像他人曾经这么做
在你之前，在我之前[88]，

家，在花蕾绽开的雨后[89]，
在彼此
拥抱之后，
于我们头顶变得宽广，
而石头
长得牢固，

一盏烛台[90]，大而孤寂，
正好跳了进来，
一眼看见，
犹如贝壳[91]，整个由斑岩做成，
悄然打开，彷佛
那里面隐秘之物
倾巢而出，定然如此，

于是得知，
那里，那些合不上的眼睛至今睁着，
在早晨，在中午，在傍晚，在夜里。

---

* 此诗 1966 年 4 月 18-21 日作于巴黎圣安娜精神病院。前后共易十三稿，手稿中多处有反复打磨的痕迹。第 6 稿起，多份手稿标有“定稿”字样，但手稿档案中未见此诗最终写定本。刊本据见于“蓝白皮学生练习本”的最终誊写稿釐定。

WILDNISSE, den Tagen um uns einverwoben.

Alleingänggerisch, wieder
und wieder, rauscht,
über die Meldetürme hinweg,
eines großen weißen Vogels
rechte Schwinge
hinzu.

荒凉

荒凉，织进了我们四周的白昼[92]。

独来独往，一次
又一次，呼啸着，
从那些传令塔上掠过，
一只巨大白鸟的
右翅[93]飞了
进来。

---

* 此诗1966年4月20-22日作于巴黎圣安娜精神病院。前后易十二稿（GN本勘为十稿）。初稿曾以此句开篇：um deinen schönen Tod hast du dich selbst betrogen / und außer dir manch einen ［你骗过了你自己那美丽的死亡 / 以及你之外的某个死亡］。终稿未保留这两行气度不凡的诗，却仍不失为此诗最深邃的潜在主题。刊本HKA本据第12稿［H1］，GN本据第10稿［K稿］釐定；前者系策兰随信抄寄妻子吉赛尔的一份抄件，后者是抄录在蓝白皮学生练习本（“暗蚀诗稿”）的誊写稿。两稿文字相同。

初稿的几个片段（第2稿和第4稿）写在作者住院期间的日记里（1966年4月20日，21日）。第3稿写在苏坎普（Suhrkamp）出版社1966年上半年该社出版年鉴《写作与追求》（*Dichten und Trachten*）的书皮封底。第5稿下方注有“66年4月21日/吉赛尔来探访后作”；次日抄寄妻子吉赛尔。

信中云：“亲爱的，这是最近的一首日常诗。它也想告诉你们，在我正在做的事情中，我是多么的亲近你们，一次又一次。”参看《保罗·策兰与吉赛尔·策兰－莱特朗奇通信集》卷I，前揭，2001年，第434-435页。

Schreib dich nicht
zwischen die Welten,

komm auf gegen
der Bedeutungen Vielfalt,

vertrau der Tränenspur
und lerne leben.

别把你写进

别把你写进
世界之间[94]，

站起来对抗
五光十色的含义，

相信泪痕
并学会生活[95]。

* 此诗 1966 年 4 月 23-24 日作于巴黎圣安娜精神病院。前后共易十一稿。刊本据第 11 稿［HKA 本 H1*，GN 本 J］釐定，此稿见于封面标有“暗蚀诗稿”字样的蓝白皮学生练习本。第 3 稿［HKA 本 H7，GN 本 C］下方写有日期和题词：“66 年 4 月 23 日/晚/献给你，吉赛尔，亲爱的。”此稿未给出标题，只有四行（当中缺两行），当日随信抄寄妻子吉赛尔。信中云：“在此，我写下几行来自一个世界的文字，我们的世界，我们的。”参看《保罗·策兰与吉赛尔·策兰－莱特朗奇通信集》卷 I，前揭，第 437-438 页。译按：此诗部分内容已见于同期稍早完成的《不要完全熄灭》一诗初稿，原为该诗的一个尾声段落，策兰将它抽出，单独成篇（参看本书注释 88）。

Der Geist, flüssig,
angesammelt, wie Wasser,
in den Bechern am Weltrand.
Dorthin, in Polar-
kappennähe verwiesen,
der rauchige Steinschild, der aufklingt.

Sichtbar, gleichen
Namens, noch immer,
die Erde und die ihr
zufallende, weit-
äugige Großstern-
Masse.

精神

精神，滔滔流[96]，
聚积起来，如水，
斟给人世边缘的酒杯。
此去，放逐
到极地冰穹附近，
烟雾腾腾的石盾[97]，发出喧响。

看得见，同一个
名字，还是那样，
大地以及归其
所有，眨着
浩瀚眼睛的巨大
星群。

---

* 此诗 1966 年 4 月 24-25 日作于巴黎圣安娜精神病院。前后易十五稿，是策兰修改次数最多的作品之一。原始手稿含多份预备提纲，长者达 20 余行，最终浓缩为 12 行。诸本手稿次序勘校不一。HKA 本据第 15 稿［HKA 本 H1］釐定，GN 本据 Q 稿［同 HKA 本 H2 稿］釐定。两稿文字相同，惟 GN 本勘定标题《精神，滔滔流》，HKA 本勘定标题《精神》。中译本从 HKA 本。

Weihgüsse, zur Nacht,
aus der Tiefe gespaltener,
lehmiger Hände gespendet –

Unterm abgesonderten Licht:
der für immer entstiegene
flüchtig aufscheinende
Gott,

dem ein Teil deiner selbst
huldigen kommt
in der Pause.

浇祭

浇祭[98]，在夜里，
出自深处裂开的，
慷慨奉献的黏土手[99]——

在分泌出来的光亮下：
永远从里面升起
那匆匆闪现的
神明[100]，

你自身的一部分前来
向它表示敬重
在这间歇时刻。

---

*1966 年 4 月 26-27 日作于巴黎圣安娜精神病院。手稿共八稿。刊本据第 8 稿［HKA 本 H1，GN 本 H］釐定，此稿誊抄于封面标有“暗蚀诗稿”字样的蓝白皮学生练习本。第 7 稿［HKA 本 H2，GN 本 F］以信笺抄寄妻子吉赛尔，诗行排列及个别用词与刊本稍有不同，附有基本词语的法文释解。信中云：“亲爱的，一首小诗和几个词语，希望你会喜欢。我在为等你而等你，为了留下来，与你生活在一起，与儿子以及……一点人世生活在一起。”参看《保罗·策兰与吉赛尔·策兰－莱特朗奇通信集》卷 I，Seuil 出版社，巴黎，2001 年，第 442-443 页。

Gisèle, mein Licht und mein Leben,

hab Dank für den Herzbrief, hab von Herzen Dank.

Umarme unseren Sohn, denk an uns drei.

Paul

24.4.66,

am späten Nachmittag

策兰手迹："吉赛尔，我的光，我的生命。"（1966年4月24日致妻子）©Eric Celan

DIE ZERSTÖRUNGEN ? – Ncin, weniger
als das, mehr
als das,

Es sind die Versäumnisse
mit den schwatzenden Ringel-
tauben an ihrem Rand,

Blick und Gehör, ineinandergewachsen,
erklettern die Kanzel
über der weithin in Streifen
zerschnittenen Grafschaft,

Eine Sprache
gebiert sich selbst,
mit jedem aus
den Automaten gespieenen
Gedicht oder dessen

毁灭？

毁灭？——不，少
于此，多
于此，

都是粗枝大叶[101]
还有爱说大话的斑尾林鸽
在它们边上[102]，

目光和听觉，交错生长[103]，
登上讲台
俯瞰直至远处一条条
被剪碎的伯爵领地，

一种语言
自己生下自己，
靠每一篇
从自动装置吐出的
诗，或诗中

---

* 此诗1966年5月1日作于巴黎圣安娜精神病院。手稿共四稿。刊本据第4稿［HKA本H1，GN本D］釐定，此稿见于誊写“暗蚀诗稿”的蓝白皮学生练习本。第3稿［HKA本H2*，GN本C］抄寄妻子吉赛尔，末节缺一行，个别用词亦与刊本有异，抄件下方署有日期：“1966年5月1日/给吉赛尔”。信中云：“我想到我们俩、我们仨的那种深厚——想到了泪水，一点也不黏糊，却把我们凝聚在一起——为了什么样的欢乐？欢乐会有的，快了。今天又寄上这首诗：‘毁灭’（Dévastations）……”译按：括弧中的Dévastations一词，系策兰在信中向妻子解释德文诗题Zerstörungen给出的法文释词。参看《保罗·策兰与吉赛尔·策兰－莱特朗奇通信集》卷I，第446页。

kenntlich-unkenntlichen

Teilen.

可辨又不可辨的
章节。

Herbeigewehte mit dem voll
ausgefächerten Strandhafergruß,
ich werde nicht da sein,
wenn du das Rad der Beglückung schlägst, unterm Himmel,
das himmelnde Rad,
dem ich aus unausdenkbarer Ferne
in die Naben greif,
ein Einsamer, schreibend.

随风而来

随风而来，携着满是
扇形披开的喜沙草的问候[104]，
我将不在了，
等你打好了幸福轮，在天际下面，
那只朝天的轮子，
我会从难以想象的远方
抓住它的轮毂，
一个孤独者，写作。

---

* 此诗 1966 年 5 月 2 日作于巴黎圣安娜精神病院。手稿共三稿。第 2 稿抄寄妻子吉赛尔，未附其他信言，只写落款“定稿 / 给吉赛尔 / 1966 年 5 月 2 日”（参看《保罗·策兰与吉赛尔·策兰－莱特朗奇通信集》卷 I，前揭，第 450 页）。第 3 稿［HKA 本 H1，GN 本 C］系誊写稿，见于誊写“暗蚀诗稿”的蓝白皮学生练习本。刊本据此稿釐定。

LINDENBLÄTTRIGE Ohnmacht, der
Hinaufgestürzten
klirrender
Psalm.

椴树叶的

椴树叶的眩晕无力[105]，那
向上翻卷之物
铮铮作响的
诗篇[106]。

* 此诗 1966 年 5 月 2 日作于巴黎圣安娜精神病院。手稿共五稿。刊本据见于蓝白皮学生练习本的最终誊写稿釐定。第 4 稿［HKA 本 H2，GN 本 C］抄寄妻子吉赛尔。抄件未给出诗题，但标有“定稿”字样；信文亦短短四行，采用诗简形式，似信手写来，可能是对此诗的法文译解（其实是一个更加自由的写意版本）：Quatre lignes, le soir, voici-les *[sic]*, aux feuilles / de tilleul faisant évanouissement, le gardant. / Le tout, pour les précipités vers le haut, / est un psaume, dans un bruit de metal.［（得诗）四行，夜晚，如次，在昏厥的椴树/叶子上，将其收留。/这一切，为那遽然向上飘举之物，/成就一阕诗篇，在一种金属的声音里。］信末并嘱：“要有勇气接受这么短小的诗。”参看《保罗·策兰与吉赛尔·策兰－莱特朗奇通信集》卷 I，前揭，第 451 页。

夜之断章（手稿）

Projekt 'Nachtstück'

〔1966年5月底—7月中旬〕

收于本卷的《夜之断章》（Nachtstück），是保罗·策兰未完成的一部诗稿。其中最早的几篇是在巴黎圣安娜精神病院写的，作于1966年5月底至6月初，其余诸篇则是他出院后一个半月内写的。这部未竟诗稿由34页手稿共26首诗和片段组成，分为《晦》、《言语之间》和《夜之断章》三个部分，多数作品与作者本人在精神病院渡过的日子有关，隐含对生命、疾病、痛苦以及精神沉沦和超越的思考。按作者对诗稿所做的编排和布局，应是为一部诗集而准备的，可作为《暗蚀》和《暗蚀外篇》的延续和补充。这些作品虽然还处于初稿阶段，但词语之间充满想象的张力和拒绝沉沦的精神力量，恰如作者本人所言，一部“狂欢的楔形文字”。其中部分诗作已接近完成或大体成篇，另有一小部分未及展开，仅留手稿片段或提纲。

由于这些手稿属于未定稿，其中有许多增删、文字斟酌及修改未定的痕迹，在作者逝世之后，已非任何校勘者所能釐定或提供一份可能的整理稿，故中译本仅根据HKA本（《全集》第13卷）的校勘按原样给出手稿原文，而译者在此勉强提供的“译文”亦尽可能保留手稿原貌，包括作者本人的修改痕迹在内。译文中，凡作者原稿中划去的字句以空心方头括号〖 〗标出，作者修改过程添加的字句以尖括号〈 〉标出。特此说明。有意深入了解策兰这部遗稿的读者，仍请参阅作者手稿原文。

巴黎圣安娜精神病院（孟明 摄）

圣安娜精神病院住院部（Bertrand Badiou 摄）

Undurchsichtig / Opaque

［1］

I

Fahrende sind in der Luft, die Bedeutungen, irrenärztlich
unterirdisch
geaicht, begleiten sie［.］, machen mit. Die Nebengestalten,
partikelbeschleunigt,［schweigen.］eingenäht fürs Jahrtausend, schweigen.

Feuerstellen
Sägefisch
Querhölzer
Engerlinge

II

zwischen den Querhölzern, dem
Sägefisch［kommt］taut
deine ungebetene Träne

晦

[1]

I

浪游者在空中，含义，神经科
　　　　　　　　　　地府
测出来的[107]，陪着他们，一起受罪。并排的身影，
如粒子加速，〖悄然无声。〗为千年而缝在一起，悄然无声。

火场[108]
锯鳐
横木
蛴螬

II

在横木之间，你
不受欢迎的眼泪
为锯鳐而〖流淌〗融化

---

*《晦》（*Undurchsichtig / Opaque*）手稿共六页（第 2 页起有作者标注的页码），含《浪游者在空中》等六篇（其中第四篇改动后并入第五篇，在随后的写作计划中又将之抽离单独成篇）。这组诗应是《夜之断章》第一辑业已写出的部分作品初稿（多数篇章含未完成的手稿片段）。总题《晦》置于首页上端，使用德语 Undurchsichtig 和法语 Opaque 两词并列（中间加一斜线分隔）；左上角标有日期："始作于 1966 年 5 月底"，即作者在巴黎圣安娜精神病院住院四个月后即将出院前两周。

deine enthexte,
ungebetene
Träne –
die jubelnde Keilschrift.

III

Die Krater in den Fingerkuppen, angesengt vom unsterblichen Frühling
(vergeblichen)

das Nichts, mit Sterngekröse, das Nichts mit dem
goldenen Bregen.

IV

der Lichtsinn der Zwangs-
jacken-Spaliere – du, Heliotrop.
[Freund]

Jeder Schrei ein Idol, das sich [aufhebt] umstülpt

V

das Wildgedicht, un-
durchsichtig vor lauter
abgehaspelter Blutspur.

Jeder Tag ohne Morgen,

你被祛了魔的，
不被邀请的
泪水——
狂欢的楔形文字。

III

指尖上的酒壶，被不朽的春天烧焦
（徒劳的）

空无，携着星星杂碎[109]，空无携着
金色的脑。

IV

疯子束身衣[110]
夹道欢迎的光感——你，　　　鸡血石[111]。
〖朋友〗

一声叫喊就是一个偶像，它〖站起来〗翻了个儿

V

狂野的诗，晦而
不明，在纯粹的
匆匆诵读的血迹前。

每一个没有黎明的白日，

jeder Tag schon sein Morgen,

Alles

Gegenwart, nichts

Emblem.

每一个白日就是它的黎明，
万物
在场，空无
标记。

〔2〕

I

ausgelöscht, mit Geträumtem,
die betende Stola

II

Wolfgewölk〔.〕,〔〔Und〕Und〕<vegetablisch. Dazu>
das <graue> Glocken-Count-down,
untermischt mit〔zerquältem〕<jähem> Holunder.
nie wieder dein Name, Antlitz.

(letzte Zeile : die jubelnde Keilschrift)

Nach überschrittener Ohnmacht – comma dépassé –
die große, gereinigte Zuckung.
〔Monds〕<S>timmen, anenzephal:〔–〕Wo bliebst du nur immer ?
<enthirnt>
(

Ⅲ

Ein Schatten : der Handschlag <der blinden>
〔hinter Gittern.〕Zeitnehmer hinter den Gittern.

Über den〔flackernden〕〔steinernen〕<rauchenden> Maaren

［2］

I

熄灭了，携着梦境，
这祈祷的圣袍。

II

狼云〖。〗，〖以及〗植物似的。且有
〈灰色的〉钟点倒计时，
与〖痛苦的〗< 突如其来的 > 接骨木混在一起。
再也没有你的名字，容貌。

（最后一行：狂欢的楔形文字）

在横穿而过的眩晕之后　——过度昏迷[112]——
巨大的，净化了的抽搐。
〖月球〗声音，得了无脑畸形症：何处你还能久留？
〈被摘除了脑子〉
（[113]

Ⅲ

一个影子：铁栅后面 < 瞎子 >
〖在铁栅后面。〗计时员的握手。

〖闪烁不定的〗〖冷冰的〗〈冒烟的〉火山湖上

trudelt der meergrüne Würfel

Glücks.

滚动着海水般泛绿的
幸运骰子。

Im ［Ei,］ Holz-Ei zu ［Dreierreihen］ <Phalanx> formiert,
erwachen

die aus dem Schlaf geschundenen Träume.
［Erbeu］ Leise erbeutete Schwärze
belebt dich.

der abgeblätterte Tarn-
anstrich über den Zahlen :
［ein］ die Oszellen-Waben
gewinnen.

在〖三路纵队〗<前沿方阵>的〖卵〗木卵里成形[114]，
苏醒

从睡眠榨取的梦。
〖夺来〗轻松夺来的黑
使你复活。

牙齿上
掉了叶的保护色：
换来〖一副〗骨细胞的
蜂房。

[3]

In den teerigen Schlaglöchern, im
Freigang,
pfuscht ein Gedanke.
Im Narbengeheimnis, zwölf <unkenntliche> Muttertiere zur Rechten,
schaufelt ein Buchstab.
<doppelter>

Eine Lichtbahn, nüchtern, greif nach dem Nebensinn,
das Querholz Hoffnung hält inne,
[hä] dem hellseeligen
[Würge] [e] <E>ngel
wächst ein Maikäferflügel nach, er trägt dir
<das letzte | wortübersäte Schaubrot entgegen, >
dem Ungesicht <vor der Uhr> fällt ein Wort [zu]<auf den Halbmund[.],
[die] eine Sperrzone sendet den Stein aus, der's [liest]
[nachspricht,]
mit ihm aufnimmt.
[beiderlei Schlaf verwildert in] Sturzbach-Gebete [n,] <verwildern>
[verwildern] [in] | mitten in beiderlei Schlaf,

ich bin bei dir,
kämpfende Trauer.

[3]

在浇沥青的凹坑，在
自由通道，
草草完成一种思。
伤疤的秘密里，十二只〈无法辨认的〉母兽在右边，
一个　　　　　　字母在铲土。
　　〈双重的〉[115]

一道光迹，饿着肚子，伸手去抓附带意义，
横木留住了希望，
那内心光明的
〖毁灭〗天使
又长出一副金龟子翅膀，迎面给你驮来
　　　　　　　　　　〈最后的 | 布满词语的祭神面包[116]，〉
时钟前那张非脸[117]，一个词落在半张嘴上，
有个禁区派来的石头，〖读懂了它〗
　　　　　　　　　　〖跟着它唸，〗
　　　　　　　　　　要与它争高下。
〖两种睡眠荒芜于〗急流般的祈祷〈荒芜〉
〖荒芜〗| 在两种睡眠中间，

我就在你深处，
战斗的忧伤。

［In］

Eiswind-Beatmung

in die nackten

Fahnenstöcke

flicht sich der heillos-wissende Knoten,

Schaubrote

Die zerrissene Vene am Ursprung

ausgesegnet, subkomatös Nachschock

unvertreibbar

Richtzeichen

Umgraben

Spatenblatt

〖在〗
冰风的人工呼吸
吹入光秃秃的
旗杆
　　　给自己编织无可救药地清醒的结，

祭神面包

源头破裂的静脉

恩赐的，　亚昏迷的　后续休克[118]
　　< 不可驱除的 >

标准符号[119]
挖土
铁锹的锹身

[4]

In der Baugrube, unvertreibbar,
faucht das subkomtöse Geheimnis.
(Stimm den neuen
Himmel nicht um.)

［4］

在地槽里，不可驱除，
亚昏迷的奥秘在呼啸，
（请不要给
这新的天空定调。）

［5］

In der Baugrube, unvertreibbar,
faucht das subkomatöse Geheimnis.
(Den neuen Himmel ［;］,
［stimm］ wühl ihn nicht um.)

Schlagbaum-Geräusche
Hirnstrombild　　Strombild

Marsgewölk: <Marsgewölk, hirnstromhaft:> Kettenglied
zwischen ｜ <herben> Gefühlen,
Glasiges, aus allen Welten,
Spinnt sich hier durch,
bindet dein ［Aug.］
von Schlagbaum-Geräuschen
umwittertes Aug.

［11. Juni 1966］

[5] [120]

在地槽里，不可驱除，
亚昏迷的奥秘在呼啸，
（这新的天空〖；〗，
请勿〖给它调音〗把它搅乱。）

栏木[121]的声响
脑流图　　电流图

火星云：〈火星云，脑浆般奔流：〉链节
在 |〈苦涩的〉情感之间，
玻璃浊物，从所有的世界，
在这里精心织成，
蒙住你〖眼睛。〗
被栏木的噪杂
淹没的眼睛。

[1966 年 6 月 11 日]

［6］

［Heisere］Elendslappalien mitten im Grün,
aufgeraucht von den rennenden Ängsten

Blendbogen
Wandnischengrab

［6］

〖沙哑的〗苦难的鸡毛蒜皮在绿色中间，
因逃命的恐惧而起毛

虚拱[122]
壁龛墓穴

[Sprechend]

[1]

Sprechend
ertaste ich mir
die Lichtschwielen unter der Haut –

ich bin bei dir,
kämpfende
Trauer

[23. 6. 66]

［言语之间］

［1］

言语之间
我摸到了
自己皮下的光明老茧——

我就在你深处，
战斗的
忧伤

［1966年6月23日］

*［《言语之间》］［*Sprechend*］可能是《夜之断章》写作计划的第二部分，尚未形成规模，仅见手稿三页，无标题。第1页手稿下标有写作日期“66年6月23日”。HKA本疑是《夜之断章》写作计划未完成的第二辑，中译本姑且循此添加小辑名《言语之间》(取首篇首句)，依编辑通例将其置于方括弧内，以示同原稿的区别。从内容看，这三页手稿应是三首诗的初稿或提纲，部分内容后移入列为第三部分的“夜之断章”。

[2]

[Darauf]
das All
stottert ein Wachstuch zusammen,
darauf [,] [<mit dir>] knöchelt, im Einklang
mit [Nachtsystolen] <Dunkelsystolen>,
der [östliche Wind] <Flüsterwind, >
mit dir um die Wette

Pappgesichtige Küsterfahrer

［2］

〖上面〗
万物
结结巴巴说到一种防水布，
风〖，〗〖与你〗在上面轻轻敲着，听来如同
伴随〖夜的心室收缩〗〈黑暗收缩〉击出的齐奏，
这〖东风〗〈耳语之风，〉
在与你打赌

一脸糨糊相的听差马伕

［3］

Le monde des explications et des raisons n'est pas celui
de l'existence (Sartre, La Nausée)

Heiligtümer aus lauter
Abgas

"Es gilt Einsiedler unter den Engeln"
Swedenborg (= Balzac, (/)
Seraphita)

Du hörst, wie die Eiswind-Beatmung
sich in den nackten
Fahnenstock bohrt

［3］

阐释的和理性的世界不是存在的
世界（萨特，《恶心》）[123]

纯粹从废气排出的
圣迹

“天使当中必有隐士”
斯威登堡（＝巴尔扎克，（／）
塞拉菲塔）[124]

你听见，彷彿冰风的人工呼吸
刺入光秃秃的
旗杆

Nachtstück

[1]

In der Baugrube, unvertreibbar,
faucht das subkomatöse Geheimnis –
den neuen Himmel, wühl ihn nicht um.

夜之断章

［1］

在地槽里，不可驱除，
亚昏迷的奥秘在呼啸——
这新的天空，请勿把它搅乱。

*《夜之断章》系同一标题写作计划的第三部分，由 23 份手稿（含同一首诗的不同修改稿）共十七首诗组成，是“夜之断章”写作计划中成篇最多的一个小辑，每篇手稿上方均标有 Nachtstück［夜之断章］或 Nachtstück / Porte-Folio［夜之断章 / 文档］名称。前九篇为打字稿，后八篇为钢笔或铅笔写稿。这些诗稿大致成篇，按写作日期顺序排列，作于 1966 年 6 月 23 日至 7 月中旬，也即策兰同年 6 月 11 日从圣安娜精神病院出院后大约一个月内，有的作于巴黎十六区隆尚街自家寓所，有的作于布列塔尼莫阿维尔（Moisville）乡下别宅。其中《分裂的思想乐章》一诗，不久后单独发表于法国著名人文杂志《埃尔尼集刊》（*Cahiers de l'Herne*）1966 年第八期，发表时题献给法国诗人亨利・米肖，附有诗人、翻译家让 – 克洛德・施耐德（Jean-Claude Schneider）的法文翻译，是策兰生前《夜之断章》手稿中唯一公开发表的作品。

[2]

Du hörst,
wie die Eiswind-Beatmung
sich in den nackten
Fahnenstock bohrt –
nichts, das da klirrte.

[11. 6. 66]

［2］

你听见，
彷彿冰风的人工呼吸
蹿入光秃秃的
旗杆——
无物发出喧响。

［1966 年 6 月 11 日］

[3]

Sprechend
ertaste ich mir
die Lichtschwielen unter der Haut –

ich bin
bei dir,
kämpfende
Trauer.

[23. 6. 66]

[3]

言语之间
我摸到了
自己皮下的光明老茧——

我就在
你深处，
战斗的
忧伤。

[1966 年 6 月 23 日]

［4］

Das All
stottert ein Wachstuch zusammen,
darauf
knöchelt, im Einklang mit den
Dunkelsystolen, mit dir
um die Wette,
der dreifach geflochtne
Flüster-
wind.

［23. 6. 66］

[4][125]

万物
结结巴巴说到一种防水布,
那上面
风轻轻敲着,宛若伴随黑暗收缩
击出的齐奏,它
在跟你打赌,
这三面编织而成的
耳语
之风。

[1966年6月23日]

［5］

Marsgewölk, hirnstromhaft: Kettenglied
zwischen herben
Gefühlen,

Glasiges, aus allen Welten,
spinnt sich hier durch,
bindet
dein von Schlagbaum-Geräuschen
umwittertes Aug.

［23. 6. 66］

［5］

火星云，脑浆般奔流：链节
在苦涩的情感
之间，

玻璃浊物，来自所有的世界，
在这里精心织成，
蒙住
你被栏木的噪杂
笼罩的眼睛。

［1966年6月23日］

[6]

Heiligtümer aus Abgas
schlucken den Nackenstich,
ungestört
gondelt der Sinn.

[23. 6. 66]

[6]

废气排出的圣迹
咽下脖子上那根颈刺，
不受干扰
知觉驾艇出游。

[1966 年 6 月 23 日]

[7]

In die zerrissene Vene am Ursprung
flicht sich der heillos-wissende
Knoten –
verwandelt und [in] unverwandelt [,]
geht alles auf.

[23. 6. 66]

［7］

源头破裂的静脉里
编织着无可救药地清醒的
结——
万变与〖在〗不变〖之中，〗
一切照样升起。

［1966年6月23日］

［8］

In der Stimmritze schläft
der mündige Abgrund

［24. 6. 66］

［8］

声音的裂罅里睡着
嘴的深渊

［1966 年 6 月 24 日］

[9]

Rauf- und runtergemeuchelt
der [Riss] [Prophetenriß] <Wahrsager-Riß> durch die Welt;
die Wer da?-Rufe
aus seinem Innern

[ältere, am 27. 6. Wiederaufgefundene Notiz]

［9］

上下遭暗杀
从世界撕裂而过的〖先知之磔〗〈巫师之磔〉；
声声“是谁？”的呐喊[126]
出自他的内心

［旧稿，6月27日重新找到的笔记］

[10-1]

Die entzweite Denkmusik
[Der]
[zieht] <schreibt> die unendlich gedoppelte
[Schleife, [hoch i] durch dich hindurch.
die Nullaugen]

Schleife, durch die | lodernden
Nullaugen hindurch.
Der <drüber> zeltende Schrei
hebt sich auf, die Düne, endlich <geortet>,
[geortet,] wirft sich herüber zu ihm, ins Neue,
zieht ihn zu [r] Rate, einmal, | andachtumsprungen, |
| für immer. | Das trunkengebrannte
Kainszeichen im [Schnee] [sprühenden] <leise hämmernden | > Holzschnee,
| angestrahlt, aus-
geleuchtet vo [n] m [Sainte Anne,] <Glockenspiel> <hinterm Holunder, >
entschlummert, entschläft

Entwegtes Übermaß speist
eine rauchige [Q]
Quelle

[Moisville 28./29. Juni1966]

［10-1］

分裂的思想乐章
〖那个〗
〖拽着〗书写着无尽的双重
〖纽结，〖高高地〗从你身上穿过。
〈从零度之眼〉〗

纽结，从／熊熊燃烧的
零度之眼穿过。
那个〈在上面〉风餐露宿的呼声
如风骤起，沙丘，终于〈测定方位〉，
〖测定方位，〗朝他掷打过来，筑成新的，
向他请教，一次，／虔诚地转身，／
／为了永远。／陶醉得快要燃尽的
该隐记号[127]，在〖雪〗〖飞溅的〗〈轻轻捶打的／〉林中雪里，
／熠熠生辉，被
〖圣安娜[128]〗〈接骨木后面的〉〈钟乐〉映得透亮，
安然将息，安然入睡

失路者的富足供养了
一道烟雾缭绕的〖泉〗
源泉

［1966年6月28/29日，莫阿维尔］

［10-2］

Die entzweite Denkmusik
schreibt die unendlich gedoppelte
Schleife, durch die
lodernden
Nullaugen hindurch,
der drüber
zeltende Schrei
hebt sich auf, die Düne,
endlich geortet,
wirft sich herüber zu ihm, ins Neue,
zieht ihn zu Rate, einmal,
andachtumsprungen,
für immer,

Das trunken-
gebrannte
Kainszeichen im sprühenden,
［leise］ <halblaut> hämmernden Holzschnee,
angestrahlt, aus-
geleuchtet
vom <jähen, beharrlichen> Glockenspiel hinterm Holunder,
entschlummert, entschläft.

Entwegtes Übermaß speist
eine rauchige
Quelle.

［Moisville, 28./29. Juni1966］

［10–2］

分裂的思想乐章
书写着无尽的双重
纽结，从
熊熊燃烧的
零度之眼穿过，
上面那个
风餐露宿的呼声
如风骤起，沙丘，
终于测定方位，
朝他掷打过来，筑成新的，
向他请教，一次，
虔诚地转身，
为了永远，

陶醉得
快要燃尽的
该隐标记，在飞溅的，
〖轻轻〗〈低声〉捶打的林中雪里，
熠熠生辉，被
接骨木后面〈突如其来，久久不息的〉钟乐映照得透亮，
安然将息，安然入睡。

失路者的富足供养了
一道烟雾缭绕的
源泉

［1966年6月28/29日，莫阿维尔］

[10-3]

DIE ENTZWEITE DENKMUSIK
schreibt die unendlich gedoppelte
Schleife, durch die
lodernden
Nullaugen hindurch,

der drüber
zeltende Schrei
hebt sich auf, die Düne,
endlich geortet,
wirft sich hinüber zu ihm, ins Neue,
zieht ihn zu Rate, einmal,
andachtumsprungen,
für immer,

das trunken-
gebrannte
Kainszeichen im sprühenden,
halblaut hämmernden Holzschnee,
angestrahlt, aus-
geleuchtet vom jähen,
beharrlichen
Glockenspiel hinterm Holunder,
entschlummert, entschläft.

Entwegtes Übermaß speist

[10-3]

分裂的思想乐章
书写着无尽的双重
纽结，从
熊熊燃烧的
零度之眼穿过，

上面那个
风餐露宿的呼声
如风骤起，沙丘，
终于测定方位，
朝他掷打过来，筑成新的，
向他请教，一次，
虔诚地转身，
为了永远，

陶醉得
快要燃尽的
该隐标记，在飞溅的，
轻声捶打的林中雪里，
熠熠生辉，被
接骨木后面突如其来，
久久不息的
钟乐映照得透亮，
安然将息，安然入睡。

失路者的富足供养了

eine rauchige
Quelle.

[Moisville, 28. - 29. Juni1966]

一道烟雾缭绕的
源泉。

［1966 年 6 月 28–29 日，莫阿维尔］

[11-1]

Die <vom Bettelknochen> gefürstete Schwermut
[schleicht] schwimmt [durch das] übers <gebündelte> Sandhaar [der]
der unnennbaren Lände –
ein Korsarenwink
bringt sie auf [.] ,
[sie hält] jetzt <hält sie, > [–] das Schiff [–] ,
auf den funkelnden Schutzbrief zu,
den ein [Geist] <Gerechter> im Wortgebüsch abbrennt,
[niemand] <den unwegsamen Ufern> zu Ehren.

[4. 7. 1966]

［11-1］

被〈施舍的骨头〉封为爵爷的忧郁
〖悄悄溜到〗漂到〖穿过〗不可名状的陆地
束起的沙子头发上——
海盗使个眼色
便俘获了它〖。〗，
〖它可抓住了〗这下〈它抓住了，〉〖——〗这条船〖——〗，
驾着它去寻找那张闪亮的通行证，
那是一个〖灵魂〗〈正义者〉在词语丛林里烧掉的，
为了那〖无人〗通向自尊的〈难行的岸〉。

［1966年7月4日］

[11-2]

Die vom Bettelknochen
gefürstete Schwermut
| stößt schwimmend vor
[schwimmt] übers gebündelte Sandhaar
der unnennbaren Lände –
ein <heißer> Korsarenwink [,]
bringt sie auf,
jetzt hält sie, [ein] <ein> [ver] <irre> geleitetes Schiff,
auf den funkelnden Schutzbrief zu,
den ein Gerechter im Wortgebüsch abbrennt,
allen unwegsamen
Ufern zu Ehren.

[5. 7. 1966]

［11－2］

被施舍的骨头
封为爵爷的忧郁
／顺水一冲
〖漂到〗冲到不可名状的陆地
束起的沙子头发上——
海盗〈热情地〉打个招呼〖，〗
便俘获了它，
这下它可抓住了，一条〖骗来的〗〈疯狂的〉护航船，
驾着它去寻找那张闪闪发光的通行证，
那是一个志士在词语丛林里烧掉的，
为了所有通向自尊的
难行的岸。

［1966年7月5日］

［11-3］

……

die vom Bettelknochen
gefürstete Schwermut
stösst schwimmend vor
übers gebündelte Sandhaar
der unnennbaren Lände –

ein heisser
Korsarenwink
bringt sie auf,
jetzt hält sie, ein ［ver-］
［geleitetes］ Schiff,
auf den funkelnden Schutzbrief zu,
den ein Gerechter im Wortgebüsch abbrennt,
allen unwegsamen
Ufern zu Ehren,

…………

［Paris, 5. 7. 1966］

[11-3]

……

被施舍的骨头
封为爵爷的忧郁
顺水冲到
不可名状的陆地
束起的沙子头发上——

海盗
一声热情招呼
便俘获了它，
这下它可抓住了，一条〖骗来的〗
〖护航〗船，
驾着它去寻找那张闪闪发光的通行证，
那是一位志士在词语丛林里烧掉的，
为了所有通向自尊的
难行的岸，

…………

[1966 年 7 月 5 日，巴黎]

[12-1]

…………

das an der hauchdünnen Goldmaske flickende,
unzerreissbare Und,
die <schwarzen> Unendlichkeitskeime erreichens.

…………

［12-1］

…………

在薄如蝉翼的金色面具上缝补丁，
这撕不碎的 Und[129]：
〈黑暗的〉无限性胚胎找到了它。
…………

［12-2］

…………

das an der hauchdünnen Goldmaske flickende,
unzerreissbare Und:
die hüpfenden schwarzen
Unendlichkeitskeime
erreichens.

…………

［Paris, 5. Juli 1966］

［12-2］

…………

在薄如蝉翼的金色面具上缝补丁，
这撕不碎的 Und：
黑暗的蹦蹦跳跳的
无限性胚胎
找到了它。

…………

［1966年7月5日，巴黎］

［13］

die Schwellengesänge der Stirnnaht,
von Schweigereimen betupft –
drei kühle
Halme hören ［es］ <sie> ab,

der eingeebnete Schmerz
hügelt,

［Paris, 6. 7. 1966］

［13］

额缝肿起来的歌，
敷上了沉默的韵——
三根清凉的
草茎在给它听诊，

被填平的痛苦
又隆了起来，

［1966年7月6日，巴黎］

[14-1]

....

in der Nährlösung gärt
die verweiflungsumringte
Blume,

....

[Paris, 7. 7. 1966]

［14-1］

……

在人工营养液里栽培
四面绝望笼罩的［130］
花，

…………

［1966年7月7日，巴黎］

[14-2]

…………

in den Augen der Nährlösung gärt
die verzweiflungsumringte
Blume,
an ihr
spiegelt das doppelte Bild
sich endlich entzwei,
du bekommst
ein paar Worte geschenkt,
du fragst nicht mehr,
für wie lang,
……………………

［14-2］

…………

在人工营养液的眼睛里栽培
四面绝望笼罩的
花，
你身上
无限分裂地映照出
双重的图像，
你收到
几个赠送的语词，
你不再追问，
能持续多久，
………………

[15]

………

glockenverlarvt<, offen>
und zu,
betrittst du die Bahn
des lauernden Sterns,
das Weltmeer
höhlt sein Gehör aus,
wer sagt noch,
du seist allein?

…………………………

der verpachtete Aussatz am Himmel
schickt eine Freiheit

[2. / Paris, 7. 7. 1966]

［15］

……

化成钟虫[131]〈，敞开〉
又闭着，
你踏上那条
星星窥伺的轨道，
世界汪洋
掏空了它的听觉，
谁还敢说，
你孤独落魄？

………………

天堂出租的麻风病
送来一种自由

［二稿／1966年7月7日，巴黎］

［16-1］

Geh, roll über die Einfahrtsschleife,
pflück dir
das blühende Brandnest

[16-1] [132]

去吧，翻滚着越过入口的弯道，
给自己
摘个开花的火巢

[16-2]

Geh, roll
über die <hoch> rote
Einfahrtsschleife, pflück dir
das blühende Brandnest, [Erinnrung]

mit dem
[ ] [fort-]
[schwelenden]
[halt]
[die Erinnerungsbilder bereit]
[trag es] trags
[zum] dem Fanfarenstoß der
Erinnrung [.]
entgegen

das schmarotzernde Nebendenken
hißt halbmast,
die Ausgeburten des Feuers
schmarotzen weit oben

dein Auge tastet es ab,
das eingesargte Hinüber

Heimisch-Werden im Schlaf,
mit den hinweg-
trippelnden [kleinen] finger-

[16-2]

去吧，翻滚着
越过〈高高的〉大红
玄关，给自己
摘个开花的火巢，〖回忆〗

携着那
〖　〗[133]〖渐渐〗
〖燃尽的〗
〖请〗
〖备好记忆中的印象〗
〖带上它〗将它
〖带到〗带给记忆中的
军乐齐奏〖。〗
　　　　　对着

那寄生化的非分之想
升起半旗，
火的畸形产物
高高寄生在上面

你的眼睛在试探它，
这早已入殓的归去

睡眠中家园的形成，
四周有
〖小小的〗一指〖梦〗

［Trä］hohen Träumen ringsum.

Kein Klopfzeichen hinter all dem.

高的梦，小跑而过。

这一切的后面没有半点博跳迹象。

[17-1]

ein rostiger Nagel
dreht sich dem Himmelsziel zu,
ein Meridian
ist gerettet

[17-1]

一根生锈的钉子
向着天空的目标旋转，
一条子午线
得救

［17-2］

Wieviel
Pfeilgedanken im Weltrund?

Unter Kunstulpenwald
wiehert ［ein］ ［das unvergessene］ <ein> Grab,

［ein］ der Fiebermund frißt
die unendliche Quecksilbersäule,

die Metallgeräusche hinter der Mauer,
dazu ein ［Gesang］ Befreier-Gesang,

ein rostiger Nagel
dreht sich dem Himmelsziel zu,
ein Meridian, <der unsichtbarste wohl,>
ist gerettet,

glasiges Zwerggewächs
kriecht die Stunden ［hinab und hinan,］ entlang
die wir aufbaun und abbaun,

Redewülste, seit langem
unterwegs zum feinsten Gehör,

[17-2]

多少
箭镞之思在世界之圜？

“艺金香”[134]林下
嘶鸣着〈一座〉〖未被遗忘的〗坟墓，

狂热的嘴在吞吃
无限的水银柱，

墙后的金属噪音
外加一支〖歌〗解放者之歌

一根生锈的钉子
向着天空的目标转动，
一条子午线，〈最隐秘不可见的，〉[135]
得救，

浊物般的矮种赘生
沿着我们筑起和拆毁的时间
〖上下〗爬行，

闳言伟词，自古以来
在通往最敏锐听觉的路上，

ersterben,
gußeisern　　　　　　　　　　　　　　　　　(/)

starrt uns ihr <blumiger> Sinn an,
mitten im über
uns hereingebrochenen Frost,

［ein］ Sternschrott, entrückt,
hastet über die Wildbahn,

尽皆凋亡，
如同生铁（／）

你们那〈如花似锦的〉思想僵滞了，
就像落在
我们头顶的冷霜，

〖一颗〗星辰废铁，心神驰荡，
正急着踏上荒凉的轨迹[136]，

吉赛尔·策兰－莱特朗奇铜版画《在窄境里》(A l'étroit – In der Enge) 1966

注　释

本卷注释主要参考芭芭拉·魏德曼编《保罗·策兰诗全编》全一卷注释本以及贝特朗·巴迪欧所编《保罗·策兰与吉赛尔·策兰－莱特朗奇通信集》相关资料。策兰作品日期凡有据可查者，均依手稿考订本在正文中（诗题页下）标明；手稿中的异文据《全集》历史考订本（简称 HKA 本）第 12 卷和第 13 卷择要给出，遗稿部分同时参照巴迪欧、兰巴赫和魏德曼所编《策兰遗作集》（简称 GN 本）校勘部分。《全集》HKA 本与《策兰遗作集》的编辑方式不同，前者以阿拉伯数字倒序方式（……3、2、1）标定手稿写作次序，后者采用字母（A、B、C……）顺序标定手稿写作次序。策兰手稿中的异文，已成为我们理解其诗歌创作的宝贵资料。凡注释中给出的异文中译，作者在修改过程中添加的字句以尖括号〈 〉标出，写下后划去的字句以空心方头括号〖 〗标出。又，注释中凡重要的资料来源，均一一注明出处；译者所加注释，则以“译注”或“译按”标明，以免鱼目混珠。特此说明。

《暗蚀》注释

［1］重重迷云：指云里雾里，头脑不清或神志模糊。此当影射疾病或精神病院的氛围。译按，策兰于诗成之日抄寄妻子吉赛尔，又于次日另笺将诗基本词语的法文释义寄给吉赛尔。在策兰本人给出的释词中，德文 Vernebelungen 一词释为 obnubilation[朦胧不清，神志模糊，意识模糊]。详见《保罗·策兰与吉赛尔·策兰-莱特朗奇通信集》(*Paul Celan / Gisèle Celan-Lestrange Correspandance*)卷 I，Seuil 出版社，巴黎，2001 年，第 416-418 页。德文 Vernebelung（诗中为复数 Vernebelungen）派生自动词 vernebeln，拉丁文释义 caligo，通释 mit nebel verfinstern［被雾气笼罩而朦胧不清］，转义指 unglück vernebelt witz und verstand［头脑和神志模糊］，与 Bewußtseinstrübung 同义。参看《格林氏德语大词典》（*Deutsches Wörterbuch von Jacob und Wilhelm Grimm*, Leipzig, S.Hirzel, 1854-1960）相关条目。这是策兰进圣安娜精神病院后写下的最早几篇诗作之一，den Vernebelungen zuwider 这个诗句解释了这首诗的写作背景和主旨：抵抗精神沉沦。起首段初稿曾拟作：

Schroff
steht... in die vernebelnden

Schroffer noch ［als］
als die Zeit <unter der Haut>
begegne ich dir, holziger Geist
　　　　　　　holzige ［Seele］ Geist

毅然
站立……在迷雾重重的［译按：此处阙文］

粗暴〖比〗

比〈皮下的〉时间还要粗暴
我遇到你，木鬼
　　　　　木头〖木魂〗精神

第 6 稿［HKA 本 H16］改作：

［Schroff］Bedenkenlos, schroff,
den Vernebelungen［entgegen］zuwider
［ihnen zum Trotz］,
glüht［es den droben］sich der hängenden Leuchte
nach unten, zu uns,

〖毅然〗不假思索，毅然，
〖对抗〗抗拒重重迷云
〖管它呢〗，
〖上面那盏〗悬挂的灯烛烧得炽红
朝下，对着我们，

第 20 稿［HKA 本 H2］“灯烛”一度改作“星之物”：

Bedenkenlos,
den Vernebelungen zum Trotz,
glüht［sich der hängende Leuchter］Sterniges sich
nach unten, zu uns, einen Weg［:］

不假思索，
不管它重重迷云，
〖悬挂的烛台〗星之物发出红光
朝下，向着我们，一条路〖：〗

以上手稿异文详见《全集》HKA 历史考订本，第 12 卷，Suhrkamp 出版社，法兰克 福，2006 年，第 1 版，第 44-58 页。译按：诗首句 Bedenkenlos［不假思索］见于策兰读康拉德小说《密探》写下的一则旁批。康氏这部小说描写工业资本主义时代一个名叫威洛克（Verloc）的神秘间谍卷入无政府主义者密谋炸毁伦敦格林威治天文台的故事。书中有个段落借人物之口描述了主人公的内心世界："他狂热地自言自语道：'我曾经梦想有这样一群人，他们像钢铁那样坚定，做事不假思索，不折手段，强大到好像自己就是一种毁灭的力量，摆脱了一切绝望的、贻害世界的悲观主义，对任何生命（包括他们自己在内）都不抱同情心——惟有以死去孝敬人类——这就是我欲亲身去体验的事情。'"（详见 1963 年 G. Danehl 德译本，第 49 页以下）策兰在书中圈出这段话并于边页摘录了文中 Bedenkenlos 一词。从策兰的行文方式来看，此诗题旨与康拉德书中人物无关，只是借 Bedenkenlos 一词来表达抵抗精神沉沦的坚定信心。策兰读康氏小说《密探》而得的词语启示，亦见于大致同期完成的另外几篇作品，诸如《从高索上》、《绳》和《这烧红的铁上》。

［2］多枝的火，／此刻寻找它的铁：参看策兰读康拉德《密探》一书所作摘记："他自己也坐过牢。皮肤上至今还有烧红的铁留下的烙印，他嘟嘟囔囔说。""史蒂夫［Stevie，康拉德书中另一人物］记得清清楚楚，烧红的铁触到皮肤时的那种剧痛。"（见策兰藏书《密探》德译本，前揭，第 56 页。）此节诗第 2 稿［HKA 本 H20］曾将灯光比作"牡马"和"落日"：

Vielflammige Stute, das Licht
kommt heruntergeflossen

Der rote Nachglast der untergegangenen Sonne

多焰的牡马，光
飘流下来

垂垂落日那绯红的余晖

译按：句中“Stute”［牡马］意象颇为突兀，HKA 本疑是 Stube［房间］之笔误。第 4 稿［HKA 本 H18］改作 Vielarmig mit / dem unauffindbaren Knecht［多枝，带着/那找不到的僮仆］；第 6 稿［HKA 本 H16］复拟作 Vielarmig, wach, / leuchtet es aus, / was kaum glomm［多枝，醒着，/照亮了/那几乎发不出光的东西］。据上文语境，此“多枝”当指枝形烛台的多臂支架。又，此稿上方有作者另笔拟出的一组类似提纲或备注的词语：Abbruch / abbruchreif / vielflammig / bedenkenlos［拆掉/该拆除的/多火焰的/不假思索］。同一节诗，第 3 稿［HKA 本 H19］有多段反复修改打磨的异文：

Vielflammig kommt dieses Licht hin,

Vielflammig, von
der Decke
steht die Blume
nach oben

Bedenkenlos, viel-
flammig, strömt, mit den Ampeln,
die Bronzeblume,

sie kommt nicht allein
die Himmelsleiter herunter
(we are［climbing］| climbing lower and lower

Bedenkenlos, viel-
flammig
ergeht die Warnung
an alle

这光火焰四射地到来，

多焰，从
灯罩
绽出花朵
向上

不假思索，多
焰，滚滚而来，带着信号灯，
这青铜之花，

并非独自降临
下来的天梯
（我们〖爬上去〗｜ 越爬越低［译按：此句原文为英文］

不假思索，多
焰
警告已经发出
向所有人

上稿中，vielflammig［多焰］一词两度被拆解（第6-7行，第12-13行）。第7行“信号灯”，原文Ampel（诗中为复数Ampeln），是个多义词，旧指带灯罩的油灯或小挂灯，今多指交叉路口的交通信号灯；亦指养花的吊篮或盆。

又刊本第6行“此刻寻找它的铁”，第4稿［HKA本H18］作Das rotglühende Brandeisen, das zischt［那烧红的烙铁，嘶嘶地响］。第5稿［HKA本H17］作der Brand, hautnah, / sucht ［sein］ das zischendes Eisen ⌊这火，贴着人皮，/在寻找〖它的〗嘶嘶响的铁］。第6稿［HKA本H16］改作Brand, als〈hautnah〉zischendes Eisen, / findet noch Körper ［火，如同〈贴近人皮〉嘶嘶响的铁，/这下找到了肉身］。第10稿［HKA本H12］一度拟用“印记”一词：Vielarmiger Brand / sucht sein zischendes ［Zeichen］ Eisen［多枝的火/在寻

找它嘶嘶响的〖印记〗铁]。译按：此处划去的“印记”一词当指烙印，疑影射当年纳粹用烙铁烙在集中营囚犯手臂上的编号。

[3]第4稿[HKA本H18]复采“木魂”(holziger Geist)意象：

Schroff,
schroffer noch als die zugeteilte Zeit
unter der Haut,
begegne ich dir, holziger Geist

(Die Weisung wird sein:
[hier] leuchte dich durch),
Die Weisung wird sein:
hier leuchte dich durch, [unsertwillen] unsretwegen

粗暴，
比皮下分配的时间
还要粗暴，
我遇到你，木魂

(指令将是：
〖在这里〗看透你)，
指令将是：
在这里照穿你，〖为了我们〗为了我们的缘故

第11稿[HKA本H11]一度拟作：

Schroff,
gegen den holzigen Geist,
flutgerecht,

liest sich die schwere,
schimmernde
Weisung.

毅然，
抗拒木头精神，
江河行地，
读来如此，这沉重的
闪闪烁烁的
指令。

以上手稿异文参看《全集》HKA本，第12卷，前揭，第44页以下。译按：手稿中反复出现的形容词schroff是个多义词，原指山道或悬崖"陡峭"、"崎岖"、"险峻"（*rauh, zerklüftet, abschüssig*），延伸为"陡然"，"突兀"、"截然分明"，尤指人的态度"坚决"、"毅然而然"、"斩钉截铁"，甚或"粗暴"、"生硬"，当依手稿中不同段落和不同语境择义。关于此词在诗中的具体用法，可参看策兰1966年4月5（？）日给妻子吉赛尔信中对这个德文词的解释："schroff——硬如石头，粗暴"（详见《保罗·策兰与吉赛尔·策兰－莱特朗奇通信集》，卷I，前揭，第418页）。

*

［4］**盛世开花**：blühselig，复合形容词，在诗中修饰Botschaft［消息］。按selig一词的近世用法（"极乐的"，"死后升天堂的"），此句亦可直译"天福开花的消息"。按，此处"消息"非单纯指花期或大自然回春，而是指来自外部世界的信息，含反讽味，故言"刺耳"。

译按：策兰写这首诗时，正值四月来临春花初放季节，也是诗人被强制送进精神病院四个月后迎来的第一个春天。四月万物萌发，同时又是一个未脱死亡之壳的残酷月份。selig［名词Seligkeit］，古高地德语作sâlig，拉丁文释义felix, beatus［受福的，幸运的］；宗教意义上指"死后升入天堂的，永福的，极乐世界的”；亦借指一切蒙受天泽的事物；派生名词Seliger，天主教指得永福的亡灵或被宣布为有福的殉教者。selig一词虽近世用法多取宗教义，然其古义乃是*gedeihen*［（生长）茂盛］，含heilsam［有益的］，förderlich［促进的］，günstig［吉祥的］诸义（参看《格林氏德语大词典》）。故复合词blühselig本义在渲染花事之盛。此词见于策兰在巴黎圣安娜精神病院住院期间的一则读书笔记：»Oktober ist Heimkehrzeit: die Eingeweide der jungen Menschen brennen vor Sehnsucht nach Liebe. Ihre Münder sind trocken und bitter von der Begier, ihre Herzen sind zerrissen von den Dornen des Frühlings, denn der liebliche April, der grausame und blühselige, hat sie gestachelt mit scharfer Freude und wortloser Lust. Der Frühling hat keine Sprache außer dem Schrei, *grausamer aber als April ist die Natter der Zeit.*«［十月是回家的时光：年轻人的肺腑燃烧着爱的憧憬。他们的嘴因渴望而破碎并变得苦涩，他们的心已被春天的荆棘刺穿，接着是明媚的四月，这残酷但天泽覃敷鲜花盛开的四月，又以突如其来的欢愉和无言的快乐撩拨他们。春天除了呼号，没有话语，比四月更残酷的是时间的毒蛇。］（文句下横线着重号系策兰所加）——这段笔记系策兰读美国作家托马斯·沃尔夫（Thomas Wolfe, 1900-1938）自传体小说《时间与河流》（*Of Time and River, 1935*）写下的书页旁批，见于策兰所藏该书德译本第381页，转引自《保罗·策兰诗全编》全一卷注释本（*Paul Celan Die Gedichte,* Kommentierte Gesamtausgabe in einem Band），芭芭拉·魏德曼（Barbara Wiedemann）编，Suhrkamp出版社，法兰克福，2003年，第792页。译按：策兰所藏《时间与河流》系汉斯·施贝尔胡特（Hans Schiebelhuth）1936年译本，德文书名*Von Zeit und Strom*。这则书摘的内容见于托马斯·沃尔夫《时间与河流》英文原著第XXXIX章：“For lovely April, cruel and flowerful, will tear them with sharp joy and wordless lust. Spring has no language but a cry ; but crueller than April is the asp of time”（参看*Of Time and the River*, Charles Scrinber's Son's, New York,1971, 第332页。）沃氏原著中讲到四月花开，用的是flowerful［鲜花盛开的］一词，并无*selig*的意味；德译者施贝尔胡特将其转译成复合形容词blühselig，词尾加*-selig*，盖取其原初语义（繁茂），用以加强春天花开强烈而欢愉的气氛。但在策兰诗中，blühselig这个复合词进入了新的语境，不仅注入新的内涵，而且具有强烈的反

讽意味，当从其德文原作的语境来理解。

按，此诗上下两阕用意不同，形成内在化的“白昼”和听来刺耳的外部世界两个对立空间。起首句“光明放弃之后”初稿曾作“在放弃的空间里”；稍后的另一稿又作“光明更替之后”（参看全集 HKA 本第 12 卷，前揭，第 61 页）。这两个早期稿本，一讲“空间”放弃，一讲“光明”转换，其实是同一个意思——“空间”（Raum）即现世，“放弃空间”犹言“弃世”而转入另一种光明，盖诗人自觉已置身于世界之外，光明的世不再属于他，惟有转向内心才能继续生活，故外界传来的信使脚步哪怕再清亮，听起来也有点刺耳了：

Schrill im verzichtenden Raum
klingt der Botengang auf

die schrille
　　Blume
　　blühselige, schrille

刺耳，放弃的空间里
响起信差的脚步

尖叫的
　　花
　　盛开的，尖叫的

上稿“尖叫的花”，此意象见于同日完成的另一首诗《兜圈子》：“一朵花的喊叫/伸手去够一个此生。”（参看本书 47 页。）另，诗结尾“流血的耳朵”句，第 5 稿右下方有作者用铅笔标注的两个带问号的词语：Blutohr? / blutiges?［血耳？/流血之物？］，当是写作过程中待定的词语斟酌。见《全集》HKA 本，第 12 卷，前揭，第 61-62 页。按，blutiges［流血之物］——策兰诗中多用名词化中性形容词，尤见于其后期作品；这类词语在他笔下富有凝聚力和表现力，有一种指向天地万物的气势。

*

［5］起首词“清晰”，犹言历历在目。“敞开”句，第7稿［HKA本H6］曾拟作das offne / Umklammerungszeichen, der Ring［敞开的/交困缠缚之迹象，重围］。译按：德文Umklammerung［动词umklammern］通释“夹住”，“（拦腰）抱住”，亦指“搂抱”；转义指“包围”，“围困”。Ring是个多义词，通释圆环，环状物，尤指戒指，耳环；亦指（公路等的）环形道；军事上指包围圈；植物学上指木材的轮纹（年轮）。诗手稿中Umklammerung和Ring两词并用，可互为印证，当指“交困”之义。首二句写诗人遥望原野，恍惚之中，彷彿看见苍茫大地浮现出死去的亲人交缠困顿的身影，彷彿他们从埋骨的地方挣脱出来。

［6］挣脱榆树根的囚禁：参看策兰读美国作家托马斯·沃尔夫自传体小说《时间与河流》（德译本）写下的一则摘记：»Die Blume der Liebe lebt in der Wildnis; und Ulmwurzeln / umklammern die Gebeine begrabener Liebespaare.«［“爱的鲜花开在荒野；而榆树根/困住了早已安葬的情侣的骨头。”］沃氏原著这段文字见于《时间与河流》第一部卷首语，参看*Of Time and the River*, Charles Scrinber’s Son’s, New York, 1971, 第2页。译按：策兰的读书笔记多是半摘引半批语，而语句摘引本身又重新组合，往往成为一首新诗的雏形。在该书德文本（汉斯·施贝尔胡特1936年译本）第10页旁批中，策兰除了摘录以上文句，还引了书中的另一句话：»Die tote Zunge verwest«［“死去的舌头会腐烂”］。这则引文亦见于此诗手稿第2稿［HKA本H11］边页，但新添了一段笔记：“当即的亲密性，问候与诀别”。同一稿本下方另有一组词语撮要：Die Blume (...) Liebespaare / ...zu jenen erdhaft-jähen (/) völlig (/) ungebändigten Wesen ; / (...) ungebändigt (...)［鲜花（……）情侣：……对于每一种突如其来像泥土似的（／）完全（／）桀傲不驯的本质；／（……）桀傲不驯（……）］这些词语应是此诗最初的提纲。详见《全集》HKA本，第12卷，前揭，第65页。

这首诗是策兰修改次数较多的作品之一，前后共易十二稿，最长的多达二十七行，至第七稿方删减为八行，手稿边页标有“据上一稿缩短／改定”字样。又，前六稿起首句均作Der Ungebändigte［桀骜不驯者］，文下划有横线着重号，疑是初拟标题。“榆树根”当是此诗的核心意象。第 1 稿［HKA 本 H12］曾拟作 die <Ulm> wurzel entblößt / die Umarmten / aus Klammer und Zugriff ［〈榆树〉根/让搂在一起的人/从羁绊和拉扯中裸露出来］。译按：句中 Zugriff［动词 zugreifen］指“揪住”、“抓捕”；Klammer［动词 klammern］原义“（用夹子）夹住”，转义“攫住”。此处均为诗人想象已埋骨荒野的亲人从榆树根的围困中挣脱出来的情形。第 2 稿［HKA 本 H11］entblößt ［...］句改作 entläßt / die Umarmten / aus Zugriff und Klammer ［榆树根放开/搂在一起的人/挣脱拉扯和羁绊］。第 3 稿［HKA 本 H10］复改作 die Ulm- / wurzel entläßt ［die］ /die in den Tiefen Umarmten / aus 〈ihren〉［Zugriff und］ Klammern［榆树的/根松开/在深处搂抱的人/从〈根茎的〉〖拉扯和〗羁绊中挣脱出来］。第 7 稿改作 Aus der Umklammerung / entlassen die Liebenden, / ［die］aus ［der］ Ulmwurzel-Haft［从困缚中/放出情侣/〖让他们〗挣脱榆树根的囚禁］。又按，“榆树根”一词德文通书 Ulmenwurzel，而策兰有意写成 Ulmwurzel 并在手稿中多处将它破开书写（Ulm- / wurzel），似有特殊用意。德文 Ulme［榆树］一词，令人想到诗人生前任教的巴黎高等师范学校所在地乌尔姆街（rue d'Ulm）。参看《全集》HKA 本，第 12 卷，前揭，第 67-68 页。

又，前六稿首节诗均出现“三次获赠与”（亲密性，问候，诀别）这一诗句，应是此诗最初主导全篇的核心诗句。第 3 稿［H11］拟作：

Der Ungebändigte,
dreimal überschüttet mit Gaben,
– Vertrautheit, Gruß, Lebewohl –

桀傲不驯者，
三次获慷慨之赠与，
——亲密性，问候，诀别——

第 4 稿［H10］拟作：

Der Ungebändigte,

dreimal
überschüttet mit <deutlichen> Gaben,
– Vertrautheit, Gruß, Lebewohl –

桀傲不驯者，
三次
获〈明确的〉赠与
——亲密性，问候，诀别——

第 5 稿［H9］拟作：

Der Ungebändigte,
dreimal überschüttet, deutlich
weithin

［ – Vertrautheit, Gruß, Lebewohl – ］

桀傲不驯者，
三次获赠与，清晰
致远

〖——亲密性，问候，诀别——〗

译按：获“赠与”谓诗人（桀傲不驯者）得灵感与天赐。“亲密性，问候，诀别”当是作者最初打算开掘的三个主题词。三种清晰地袭来的感受，乃是在复得的记忆中感受亲人在场；惟此种感受只是在回忆中，死者早已埋骨荒野，故音容复来，却如同辞别。所以回忆当时时磨亮，尾阕“擦亮之物”凸显了这层意思。“赠与”在最后定稿中隐去，却加强了诗的弦外之音。以上手稿异文参看《全集》HKA 手稿考订本，第 12 卷，前揭，第 66 页以下。

［7］第2稿［HKA本H11］此句拟作 Schwerzüngiges, alt und am Sterben, / ［wird laut］［rückt singend näher,］［das］Beglänzte［舌头沉重的，古老且挨着死亡，/〖那〗擦亮之物〖变得响亮了〗〖歌唱着挪了过来〗］。第3稿［HKA本H10］句首一度添加“大地的”一词：［Terrestrisch］/ Schwerzüngiges, alt und am Sterben［〖大地的〗/舌头沉重者，古老且挨着死亡……］。这里，“大地的”这个写下又划去的词，对理解此诗至关重要。“大地的”亦指“尘世的”，犹言落土成灰的人。参看外篇《因为羞耻》一诗第三节“泥土般到处/躺卧者”。策兰未采托马斯·沃尔夫书中“死去的舌头会腐烂”的意象，而是反其道而行之，相信“死去的舌头”能复活，而且会变得响亮。

另，作者原打算在此诗后半部处理某种“惊跳”的东西，尾声有一节以“眼袋”为核心意象的草稿，似与“回忆”和“重逢”的主题相关：

die Augensäcke, die an-
［verwandelten, nähergerückt］［,］
gegilbten ruckhaft
［fragen das］hochgeworfenen

眼袋，已开始
〖变样，更近地移了过来〗〖，〗
黄了的眼袋，猛然间
〖追问那〗高高抬起的

die Augensäcke, die ruckhaft
hochgeworfenen, sehn zu:
drei Ellen hoch, über der Tafel,
schweben die doppelt geohrten
Becher, die Misch-
krüge – niemals waren sie,
［waren sie näher］［.］
die［hochgeworfenen］［,］

zueinander geworfnen,
näher.

眼袋，猛然
抛起的眼袋，望去：
三肘高，长桌上，
飘动着一盏盏
双耳爵，调酒
壶——他们从未，
〖他们曾经更近〗〖。〗
那些〖高高抛起〗〖，〗
互相掷打在一起的，
更亲近。

这是一节尚未改定的草稿，意象错杂，后四行因删改未定而辨读有难处（手稿异文详见《全集》HKA本，第12卷，前揭，第68页）。译按，文中“双耳爵”（又称“双耳壶”）系古代希腊的一种调酒壶，见述于荷马史诗《奥德修纪》（Od. 7.179-181）：Ποντόνοε, κρητῆρα κερασσάμενος μέθυ νεῖμον / πᾶσιν ἀνὰ μέγαρον, ἵνα καὶ Διὶ τερπικεραύνῳ /σπείσομεν... ［蓬托诺俄斯，你用双耳爵调好了酒，就分给大厅里的人，让大家都来祭一祭好施雷霆的宙斯……］。策兰似乎对这种希腊调酒壶（κρατήρ）情有独钟，参看其写作此诗期间读荷马《奥德修纪》写下的书摘（本书注释98相关部分）。又按，策兰1966年3月29日在信笺中抄寄妻子的此诗稿本（第5稿，HKA本H8）与刊本有较大出入，起句保留初稿，结尾亦多一节诗，保留了第3稿尾声“双耳爵”的部分内容（详见《保罗·策兰与吉赛尔·策兰－莱特朗奇通信集》，卷I，前揭，第406-407页）。全文迻录如下，供读者参考：

Der Ungebändigte, dreilmal
überschüttet mit Gaben,
deutlich, weithin,

die Ulmwurzel
entläßt die Liebenden aus
der Umklammerung,

Schwerzüngiges, alt und am Sterben,
wird abermals laut, Beglänztes
rückt näher,

über der Tafel
schweben die doppelt geohrten
Becher aus Gold. Keiner
der wild gegeneinander Gestoßnen
war dem Ungebändigten
jemals so nah.

桀傲不驯者，三次
获慷慨赠与，
清晰，致远

榆树根
把恋人放出来
挣脱困缚，

舌头沉重者，古老且挨着死亡，
又一次变得响亮，擦亮之物
更近地移来，

长桌上
飘动着一盏盏双耳

金爵。那些
野蛮顶撞者中何尝有一个
如此接近
桀傲不驯者。

译按：文中 gegeneinander Gestoßnen ［（互相）顶撞者，或扑打者］所指不详，疑指古代角斗士。第 4 稿［HKA 本 H9］作 gegeneinander Geworfenen［相撞者，扑到一起的人］，第 6 稿［HKA 本 H7］复改用色彩较强烈的措辞 gegeneinander Prallenden，Aneinandergeprallten［互相冲撞者］。参看《全集》HKA 本，第 12 卷，前揭，68-72 页。

*

［8］起首句走钢丝（高索）的譬喻，参看策兰 1966 年 4 月 6 日读英国作家约瑟夫·康拉德（Joseph Conrad, 1857-1924）小说《密探》（*The Secret Agent, 1907*）所作书页旁批：»Der Hauptinspektor, durch verwerfliche Kunstgriffe vom Hochseil auf den Boden gezwungen, hatte beschlossen, den Pfad der Aufrichtigkeit zu betreten«［探长，被迫以卑劣手段从高索上回到地面，决心走上正路］（转引自 KG 本，前揭，第 793 页相关注释）。

策兰读的康拉德《密探》是 1963 年丹尼尔（G. Danehl）德译本，德文书名 *Der Geheimagent*，上引批语见于其藏书第 139 页以下。另据 GN 本校勘，策兰本人归入《换气集》预备文档的资料中有一份未标日期的创作手记，似与此诗的写作有直接的关系；笔记中的部分词语和意象亦见于诗中："Seiltänzerzorn / der Zorn des düpierten Seiltänzers / *[unleserlich]* am Tatort / unbußfertig / hinausfeuern / das Basiliskenhaft an diesem Blick / durch verwerflich Kunstgriffe von *[sic]*［Hochs［i］eil］Hochseil auf den Boden / gezwungen"［"走钢丝者的愤怒/被愚弄的走钢丝者的愤怒/（此处字迹不清）在行为现场/九死不悔/毅然顶回/那目光里的邪恶/以迂回手段从高索上回到地面/迫不得已"］。显然，策兰只是借用康拉德小说中那位"探长"行事如同走钢丝的比喻来表达完全不同的内容。参看《策兰遗作集》，*Die Gedichte aus dem Nachlaß*，巴迪欧、兰巴赫和魏德曼编，Suhrkamp 出版社，法兰克福，1997年，第1版，第423页。

第4行：本事，Gabe，中古高地德语作gâbe，派生自动词geben［给予］。此德文词释义有“才能”，“天赋”，“礼物”，“捐赠”，“救济”，“（给药）剂量”等。后一释义，策兰在给妻子的法文释词中未给出；但作者身在病院的背景不排除这一层面的解读。

［9］乳酪白的：käsig，转义指“苍白的，无血色的”。第1稿［HKA本H9］曾作das Gesicht, käsigweiß / der über uns hergefallenen［那面孔，白如乳酪/朝我们扑了过来］。第6稿［HKA本H4］一度改作Käsiges Königsgesicht［乳酪般的堂堂相貌］。第4稿［HKA本H6］至第7稿［HKA本H3］下句曾作dessen, der, all das im Arme, / über uns herfällt［这人，怀里藏着那一切，/朝我们扑来］。《全集》HKA本，第12卷，前揭，第78-84页。

［10］第1稿［HKA本H9］此句作［Komm,］ Setz ihm die Leuchtzeiger ein, / die Leuchtzahlen, Leucht- / seelen［〖来，〗给他调好夜光指针，/夜光数字，夜光/灵魂］。第4至7稿复改作Setz du Leuchtzeiger ein, die Leucht- / ziffern, jetzt, –［快调好夜光指针，夜光/数字，此刻，——］详见《全集》HKA手稿考订本，第12卷，前揭，第78-84页。

［11］“黑暗”句，手稿中多次改动：

第1稿
［Dunkel,］［Dunkel der Meeresnacht］

nach Menschenart tut
sich das zerstäubte Dunkel hinein,
das kam und uns aufwog.

〖黑暗，〗〖那大海之夜的黑暗〗

以人的方式
雾一样弥散的黑暗溢了进来，
前来补救我们。

第 2 稿
sogleich, nach ［Menschenart］ Menschenart,
legt das zerstäubte
sogleich, nach Menschenart,
mischt sich ein Dunkel ［hinein］ ins Spiel

很快，以〖人的方式〗人的方式，
那弥散之物笼罩下来
很快，以人的方式，
一种黑暗〖混入〗插手这游戏

第 3 稿
Sogleich, nach ［Menschenart］ Menschenlast,
mischt sich das Dunkel hinzu

很快，以〖人的方式〗人的分量，
黑暗插了进来

手稿异文参看《全集》HKA 考订本，第 12 卷，前揭，第 78 页以下。译按：第 1 稿中 aufwog［aufwiegen］这个德语动词的使用相当特殊，其基本释义有“弥补”，“抵偿（损失）”，“摆平”等，与 ausgleichen 同义，而这节短短三行诗关于“黑暗”的描写亦见出作者掂量词语之精细及行文之考究，仅动词就尝试过 sich hineintun, legen, sich mischen 三个，描述性词语亦先后有“大海之夜的黑暗”，“雾一样弥散的黑暗”，“一种黑暗”等说法。言“黑暗”具有“人的分量”，这也解释了何以此书的主旨叫做“暗蚀”。

[12] 游戏：第6稿和第7稿[HKA本H4，H3] 作 halben / Spielen [半个/游戏]。参看《全集》HKA本，第12卷，前揭，第83-84页。

*

[13] 标记：Zeichen，此德文词基本释义为记号，征兆，亦泛指星座，星宿。第1稿[HKA本H7]"标记"一度拟作"石头"[den Stein]。此稿上阕曾拟作：

Hinweggewuchtet über die Köpfe
das traumnah entbrannte Zeichen
vom Ort, den es nannte

高高举过人头
这近乎大梦燃烧的标记
来自它命名的方位

译按：首句"人头"为复数（Köpfe），泛指众人。"擎起"，"举起"，动词 hinwegwuchten（句中为分词第二式 hinweggewuchtet），谓用力托举，使之高出众人头顶之上。又"标记"句，第4稿[HKA本H4]曾改用不定冠词：ein Zeichen [一个标记]；"人头"句，第2稿[HKA本H6]一度拟作 Über die [eckigen] Köpf[e] [越过〖有棱有角的〗人头]；"天国"句，第3稿[HKA本H5]拟作 der Himmel dort raucht [（直到）天堂那边冒烟]，显示精神"升华"的高远。详见《全集》HKA手稿考订本，第12卷，前揭，第87-89页。

[14] 沙烟叶：指烟株下部靠地的脚叶，叶大而肥厚，质地上乘，为优质烟草尤其雪茄制作之用料。策兰观察细致，各种植物在其笔下无不显露独特的形态特征。他的诗中亦不乏对烟叶的想象和描写，譬如题献给波拉克夫妇（Mayotte et Jean Bollack）的那首有名的诗《佩里戈尔》（*Le Périgord*），就有借法国西南多尔多涅地区种植的"茂密烟叶"来表达同一种经由烟雾"升华"的想象的经验："[……] 从 / 茂密的烟叶上消失，/ 尔后上升 / 回到你自己，/ 在残余

中，向着高处”（《全集》HKA本，第13卷，前揭，第50-51页）。第1稿［HKA本H7］此句曾作So lange mit dem / S. winken, / bis...［久久挥动/沙烟叶，/直到……］，参看《全集》HKA本，第12卷，前揭，第87页。

*

［15］初稿首句曾用第二人称祈使句：Wirf du die Ankersteine aus, / mich hält hier nichts［投下锚石吧，/这里什么也留不住我］，参看《全集》HKA手稿考订本，第12卷，前揭，第93页。

锚石（Ankerstein）：古代将石块凿孔，系以索链做成的锚。关于此诗素材来源，参看策兰1966年3月27日读荷马史诗《奥德修纪》写下的一则书摘笔记：»Und auf ihr ist ein Hafen, gut anzulaufen, wo kein Haltetau nötig ist und auch nicht nötig, Ankersteine auszuwerfen ［οὔτ' εὐνὰς βαλέειν］ noch Hecktaue anzubinden, sondern man braucht nur aufzulaufen und eine Zeit zu warten, bis der Mut der Schiffer sie treibt und die Winde heranwehen.«［那岛有个天然良港，适合停靠，港内无需系泊，既不用下锚石，也不必系缆绳，只需靠岸静候些时，等到水手们有勇气起航，以及海上吹起顺风。］转引自《保罗·策兰与吉赛尔·策兰－莱特朗奇通信集》，卷II，前揭，第303页（横线着重号为策兰所加）。策兰引用的《奥德修纪》德文本系沃尔夫冈·沙德瓦尔特（Wolfgang Schadewaldt）译本，*Die Odyssee*，汉堡，1958年。上引书页批注见于策兰所藏该书第112页，批注日期为1966年3月27日，也即《你投下》一诗写作期间。另据HKA本考订，策兰本人在其留下的一份《暗蚀》组诗整理稿中（Mss. EINGEDUNKELT, Ag. 3.2, 57）注明Ankersteine auszuwerfen［下锚石］一语的资料来源，出自荷马史诗《奥德修纪》第九卷（详见《全集》HKA本，第12卷，第93页）。荷马原文相关段落迻录如下：

ἐν δὲ λιμὴν ἐύορμος, ἵν' οὐ χρεὼ πείσματός ἐστιν,
οὔτ' εὐνὰς βαλέειν οὔτε πρυμνήσι' ἀνάψαι,
ἀλλ' ἐπικέλσαντας μεῖναι χρόνον εἰς ὅ κε ναυτέων
θυμὸς ἐποτρύνῃ καὶ ἐπιπνεύσωσιν ἀῆται.

Ὀδύσσεια，Ⅸ，136—139

那岛有个天然良港，港内无需系泊，
既不用下锚，也不必系缆绳，
靠岸后可长时间停留，直到水手们
有勇气起航，以及海上吹起顺风。

（《奥德修纪》，第九卷，第136-139行）

译按：古时缀石以为锚，或填充一篓沙石为锚，皆可名之“锚石”或“石锚”。荷马文中 εὐνὰς（pl. fem. acc.，主格 εὐνή）一词，古义为“床榻”，亦指古代用石头或沙石篓做成的锚［多用复数形式 εὐνῆφι(ν)］，德译者沃尔夫冈·沙德瓦尔特将其译成 Ankerstein［锚石］，以章显此词的古义。

［16］狂者：原文 Unbändigen，指“狂放不羁者”，“桀骜不驯者”。第1稿［HKA 本 H11］此句与下句之间曾插入三行诗，似乎是信笔写来，与病院生活有关：Befund / – in den / verschlagen von allfachen Winden［诊断／——进入其中/任四面狂风吹打］。参看《全集》HKA 本，第12卷，前揭，第93页。

下文“机敏者”，德文 Wendig［复数 Wendigen］亦释“随机应变者”。稍后的第7稿［HKA 本 H5］曾作“多面手”［Vielhändigen］。据《格林氏德语大词典》，vielhändig 源自希腊文 πολύχειρ［*Soph. Electra*, 489］，与 vielseitig［多面的，多才多艺的］同义，今罕用。第10稿［HKA 本 H2］校改时，“机敏者”一度考虑改作“无限者”［Unendlichen］。详见《全集》HKA 本，第12卷，前揭，第97-98页。

［17］门石（Türstein）：今多指门墩，又称门枕石、门台、镇门石，用于支撑门框及固定门扉转轴。古代亦指穴居者在山洞等居所入口所立石门。今人所称门石，形式多样，低者如石礅，高者如石柱，精者其上雕花刻图，立于门槛两侧。“门石”句，参看策兰1966年3月间读荷马史诗《奥德修纪》（1958年沙德瓦尔特德译本）写下的书摘笔记：»Dort er trieb das fette Vieh in die weite Höhle, alles Stück für Stück, soviel er melken wollte, das männliche aber ließ er vor der Türe, die Widder und die Böcke, draußen in dem tiefen Hofe. Und setzte alsbald einen großen Türstein davor, den er hoch aufhob, einen gewaltigen. Den hätten nicht zweiundzwanzig Wagen, tüchtige, vierrädrige, wegwuchten können von Boden: einen so großen schroffen Stein setzte er vor die Türe.«［αὐτὰρ ἔπειτ᾽ ἐπέθηκε θυρεὸν μέγαν ὑψόσ᾽ ἀείρας,/ὄβριμον· ούκ ἂν τόν γε δύω καὶ εἴκοσ᾽ ἅμαξαι/ <ύψη> λαὶ τετράκυκλοι ἀπ᾽ οὔδεος ὀχλίσσειαν·/ τόσσην ἠλίβατον πέτρην ἐπέθηκε θύρησιν.］［ 他把要挤奶的母羊一只只赶进了宽敞的山洞里，公羊和雄山羊留在山洞外面；随后搬来一块大石礅放在前面，将它高高竖起，遂成一座巨大的石门。二十二辆四轮大车也拉不动：一块如此险峻的大石就被他立在了门前。］转引自《保罗·策兰与吉赛尔·策兰－莱特朗奇通信集》，卷 II，前揭，第 303-304 页，着重号为策兰所加；另参看《奥德修纪》沃尔夫冈·沙德瓦尔特德译本（*Die Odyssee*）, Artemis Verlags AG Zürich, 1966 年，第 154 页。译按：荷马所述独眼巨人库克罗普斯［Cyclops, 希腊文 Κύκλωψ］搬巨石立于山洞入口做宅门的故事，见于《奥德修纪》第 9 卷（Ὀδύσσεια, IX, 240-243）。书中讲到立为石门的“巨石”，原文为 πέτρην (sg. fem. acc.)，释义“岩石”，德译本据文意译作 Türstein［门石］。盖古时筑石为门，故“门石”即为“石门”之谓。

译按：“门石”是这首诗的核心意象。第 2 稿和第 3 稿曾分别拟出两个长达六行的不同片段，作为诗的尾声。第 2 稿［HKA 本 H10］尾声以“片麻岩门石”为核心意象并引出“天赋”的主题：

［Gneis überall［,］］
Aus der Gneiswand geschlagener Türstein,
［hol］lock alles herüber
lock alles herüber,
dann kommen die Gaben,［erneut,］
erneut, überschäumt

〖片麻岩处处，〗
从片麻岩壁凿出的门石，
把一切都〖请来〗引来
把一切都引过来，

于是来了天赋，〖再次，〗
又一次，江河横溢

第 3 稿［HKA 本 H9］的一个尾声片段将“门石”（“庇护”之物）视为自己的“晚来之作”，读来意味深长：

Türstein

wohin setzt du den Türstein,
da alles offen steht,
in falscher Richtung,
die Spätlinge,［die］
［Keinerlei Botmäßigkeit.］

门石

你把这门石立到何处，
这里一切都敞开着，
朝着错误的方向，
这晚来之作，〖这〗
〖绝非占山为王。〗

译按：上文第四行 die Spätlinge，原义指成熟晚的事物，如迟开的花或晚熟的果子，转义指某一作家的晚期作品；第五行 Botmäßigkeit，旧体 Botmäszigkeit，拉丁文释义 *imperium*，旧指领主对土地及附庸所拥有的臣属关系和统治权（参看《格林氏德语大词典》），今泛指统治权；诗中借用此词，指立“门石”非意在“独霸一方”，而是保护家园。故诗第 4 稿［HKA 本 H8］尾声出现“门石”和“帐篷”联系在一起的图景，让人联想到犹太人的会幕（希伯来文 Mishkan 意为“神的居所”）：

Wohin, da alles offensteht,
setzt du ［den］［dann］den Türstein ［?］,
vor ［das］ Unbezwungene Zelt?

放哪儿，一切都敞开着，
这门石你要放到哪里去〖?〗
放到〖那〗不可征服的帐篷前？

译按：这个初拟的尾声片段设为疑问句式，应是“门石”主题的进一步思考。作者似乎犹豫要不要开掘这一主题：“这门石你要放到哪里去？”既然家园“一切都敞开着”，为何立“门石”以障护？——第3稿中“晚来之作”一语似有双重意蕴：首先，一个无家园的历史性民族是否真的思考了“家园”的问题？更其紧迫的是，毁灭性的灾难既已发生，现在终于到了思考家园这件事的时候了。结尾句“帐篷”引出了“家园”的思考，可这个家园一切都敞开着，历史上从未有屏障；难道如今天人们所认为的那样，劫难之后世界历史已然发生转变，家园不需要屏障了？诗人怀疑人们对历史的思考是不是朝着一个“错误的方向”。定稿中，这两个尾声片段都删去了，仅保留第4稿结束句，但去掉了问号，由疑问句改为陈述句：“来吧，和我一起滚动这门石／立到不可征服的帐幕前。”。一个历史思考经由诗人在这里落定并圈下句号：“门石”还是要立，并非为了占山为王，而是因为家园没有屏障，不能保护自己的子孙。以上手稿异文详见《全集》HKA考订本，第12卷，前揭，第94-95页。

另，“门石”或以石筑门，亦见于圣经新约所述耶稣墓门的描写：“约瑟买了细麻布，把耶稣取下来，用细麻布裹好，安放在磐石中凿出来的坟墓里，又滚过一块石头来挡住墓门。”“过了安息日，抹大拉的马利亚和雅各的母亲马利亚并撒罗米，买了香膏，要去膏耶稣的身体。七日的第一日清早，出太阳的时候，她们来到坟墓那里，彼此说：‘谁给我们把石头从墓门滚开呢？’那石头原来很大，她们抬头一看，却见石头早已滚开了。她们进了坟墓，看见一个少年人坐在右边，穿着白袍，就甚惊恐。那少年人对她们说：‘不要惊恐！你们寻找那钉十字架的拿撒勒人耶稣，他已经复活了，不在这里［……］”（《马可福音》15:46；16:2-6）。（译者注：本书凡《圣经》汉译均引自联合圣经公会新标点和合本。）

*

［18］问罪石（angefochtener Stein）：直译“受质疑的石头”，“被非难的石头”。按：德语动词 anfechten，拉丁文释义 impugnare，aggredi，有“质疑”，“抹杀”，“攻击”，“非难”等义。句中 angefochtener 为第二分词做定语，主格，含遭“攻讦”和“兴师问罪”之意。此诗疑影射“高尔事件”。

自五十年代初期以来，伊凡·高尔遗孀克莱尔·高尔不惜篡改其亡夫手稿，一次次掀起有关策兰剽窃伊凡·高尔手稿的不实指控，而诗歌界和文学界更有所谓批评家撰文附和其事，致使策兰人格备受伤害，大有被围攻和杀伐之感，像一块被人斩首问罪的石头。事件使他一直有这样的感觉，作为一个犹太诗人和纳粹屠刀下的幸存者，他在战后以诗歌声讨纳粹罪行难以见容于不能正视历史的人，尤其那些企图淡化和否认纳粹罪行的人。

［19］窄境：das Enge；通常采用阴性名词形式 die Enge；释义“狭窄”，引申为“窘境，困境”。此词是策兰常用的核心词语之一，如《死亡赋格》中的 eng (da liegt man nicht eng)；又如长诗《密接和应》（*Engführung*）标题里的 Eng-；再如早期作品《黑雪花》里的 die Enge der Welt［世界的一角］。初稿曾作“角落”：Angefochtener Stein, / grüngrau, auf der Gleitscher- / wiese, entlassen /［in alle［Ec］Winkel］［问罪石，/青灰，在冰川/草场，打发/〖到所有的角落〗］。详见《全集》HKA 本，第 12 卷，前揭，第 101 页。“窄境”一词，除了影射历史的和诗人过去遭遇的苦难境况之外，在这首诗中似亦暗含个人被强制送进精神病院的处境。诗第 2 稿下方标注作于“Clinique Delay”［德莱诊所］；这是策兰此期间手稿第一次标注“德莱诊所”。译按：“德莱诊所”即位于巴黎十四区历史悠久的圣安娜精神病院（始创于 1651 年）；策兰住院时，著名精神病科大夫让·德莱（Jean Delay, 1907-1987）任门诊主任医师，故又称“德莱诊所”。

［20］“照亮”句，前四稿均作 leuchten ein Kleinstück Welt aus［照亮世界一小角］；终稿改用定冠词［das Kleinstück Welt，这人世一小角］，回应上文 das Enge［窄境］。又，此节诗第一行“红月亮”（句中为复数 Glutmonde）按

字面可直译“火红的月亮”。“贱卖的”，enthökert，第二分词做定语；不定式动词enthökern由hökern加前缀ent构成，派生自名词Höker［（沿街叫卖的）小商贩，与Hausierer, Krämer同义］。按：Höker及派生词hökern在德语中属罕用旧词（参看《格林氏德语大词典》），策兰随手拾来，将其入诗，别有韵味。详见《全集》HKA本，第12卷，前揭，第101-102页。

［21］宣示：德文zusprechen基本释义“对人说……”，“告以……”，“劝人以……”；此处犹言“宣讲”，“鼓吹”。第2稿此句“权力”前曾添加“niema”一词，随即划去，疑是niema<ndes>之略；若果，则原稿中此句当读作“宣示无人的权力”。译按，HKA本编者以为“niema”语义不明，未作考释。参看《全集》HKA本，第12卷，前揭，第101页。

*

［22］钥匙的权力：俄国基督教哲学家舍斯托夫（Lew Isaakowitsch Schestow, 1866-1838）一部著作的书名，得自圣经新约《马太福音》所述耶稣将“天国的钥匙”交给使徒彼得之叙事。舍氏原书名为拉丁文*Potestas clavium*（德译*Die Schlüsselgewalt*）。按：拉丁文Potestas意为权力、力量，亦指主权和统治。圣经中有关“天国的钥匙”的叙事见于《马太福音》16:19：“我要把天国的钥匙给你，凡你在地上所捆绑的，在天上也要捆绑，凡你在地上所释放的，在天上也要释放。”而舍氏书中认为，这把“天国的钥匙”不是天上掉下来的，它就在大地上，在人的身上，是人与生俱来追求自由和幸福的普世理想，早在希腊哲学时代就已经由“一个小民族的伟大先知苏格拉底”昭揭于世，而基督教神学和近世科学理性主义却将它从人民手中夺下，使之变成一个与人的“现实存在”毫不相干的经院哲学和知识层面的课题。策兰熟悉舍斯托夫的著作，他在1959年曾通读《钥匙的权力》一书并作有大量旁批和摘录，但没有材料显示此诗的写作与舍斯托夫的著作有关。

［23］白垩，德文Kreide：一种非晶体石灰岩，地质学上用指白垩纪。古代以天然白垩制作笔，故Kreide一词又指粉笔。这里，“白垩的痕迹”（Kreidespur）

亦当影射当年纳粹党卫队在犹太人店铺橱窗、宅门、犹太隔离区墙壁以及集中营囚衣上涂写的粉白色标记。第1稿［HKA本H8］后三行诗曾拟作：

［Gegen alles vor ihm］
gegen die Weltsekunde
in der nahen Kreideschlucht –
［hinter］ nichts komme wieder <hieher> herauf,
heute.

〖对抗它前面的一切〗
对抗世界的分分秒秒
在附近的白垩沟里——
〖后面〗再也没有什么〈走出来〉浮上来，
今天。

译按：“白垩沟”影射纳粹屠杀犹太人后抛尸沟壑，如1941年9月在基辅附近的“娘子谷大屠杀”，将尸体推入崖谷，以及随后而来的集中营屠杀。手稿异文参看《全集》HKA本，第12卷，前揭，第105页。

［24］此诗除了第1稿，后四稿“对抗人世的/分秒”句以下均有围绕“血钟”展开的一节未定稿，最长的达十五行。按原构思，“世界的分秒”和“血钟”（血染的时间）是两个相连的主题，而这节未完成的草稿应是作者最初打算深度挖掘的“白垩沟”主题。

第2稿［HKA本H7］拟作：

nichts dringt wieder herauf,
sagt die Blutuhr,
und der ［Schwarm,］［Splitter］ Splitterschwarm um sie her
erforscht den Sinn aus den ［reifen］ an <den> Namen gereiften

［im］［su］umgeht sie no

再也没有什么渗上来，
血钟说，
那些〖飞灰，〗〖残屑〗残屑飞灰在它周围
探出〖成熟的〗名字之上成熟之物的意义
〖……〗绕之而过［译按：原稿此处阙文］

nichts dringt <wieder> hervor［,］und herrauf,

sagt die Blutspur,
und der Splitterschwarm
hüllt sich in den bereit-
liegenden Teppich
aus Einzellenfaser.

没有什么〈再〉渗出并涌上来，

血迹说，
大片残屑飞灰
落入业已
铺好的单细胞
纤维地毯。

第3稿［HKA本H6］改作：

nichts, das［hier］<jetzt> wieder hervorkäm,

sagt die Blutuhr,
und der Splitterschwarm

hüllt sich in
　　Einzellenfasern
　　den Mantel aus Einzellenfasern

〖这里〗〈如今〉没有什么再浮上来，

血钟说，
那残屑飞灰
正在落进
　　单细胞纤维
　　单细胞纤维织成的大衣

第4稿［HKA本H5］改作：

Ein Gedanke der Blutuhr :

nichts, das hier wieder hervor［g］käm,

Der Splitterschwarm hängt
mit allem an ihm
tief herab ins Unten,

Auch［damit］davon (so die Blutuhr)［,］
wird die Himmelsfaser［hörbar,］
　　　　　　<heute> nicht flügge.
［heute.］

Auch davon wird (so die Blutuhr)
［die heute］die［Himmels］<kämpfende>［f］<F>aser［von oben］
die einsam kämpfende | Faser

<heute> nicht flügge.

一个血钟之思：

这里，没有什么再浮上来，

残屑飞灰悬浮着
携带自身的一切
深深的垂在下面，

〖因而〗也因为如此（才有这血钟）〖，〗
天国的纤维〖听得见的，〗
〈如今〉飞不起来了。
〖如今。〗

也因为如此（才有这血钟）
〖今天〗〖天国〗〈那苦苦挣扎的〉〈纤维〉〖高处的〗
孤独挣扎的 | 纤维
〈如今〉飞不起来了。

第 5 稿［HKA 本 H4］改作：

Ein Gedanke der Blutuhr:

Nichts, das hier wieder hervorkäm,
gezählt oder nicht,

Der Splitterschwarm, holzig, hängt
mit allem ［herab］ ins Unten,

［...］

Auch davon, (so
die Blutuhr), auch
in den Mantelzonen,
werden die einsam kämpfende | Fasern
nicht flügge

一个血钟之思：

这里，没有什么再浮上来，
　　　　　　数得出的或数不出的，

残屑飞灰，木质的，悬浮着
与万物〖垂落〗在下面，

［……］

因此之故，（才有
这血钟），甚至
在大脑皮质区，
那些孤独挣扎的 | 纤维
也不会飞了

第 6 稿［HKA 本 H3］复改作：

Ein Gedanke der Blutuhr :
［Nichts, das hier wieder hervorkäm,］
［a］Auch die Erzbringer führen nichts zu,
［der］ Ein Splitterschwarm hängt

mit allem an ihm ins Unten ［hinab］ herab,

<Und> auch davon wird
die kämpfende Faser
［umgangen.］ nicht flügge.

一个血钟之思：
〖这里，没有什么再浮上来，〗
连岩浆也带不出什么，
〖那〗一大片残屑飞灰悬浮着
带着自身的一切〖垂垂〗落向下面，

〖而且〗也因为如此
那苦苦挣扎的纤维
〖走了冤枉路。〗飞不起来了。

译按：手稿中反复出现的“残屑飞灰”，指死者的残骸，尤指纳粹集中营焚尸炉焚烧的死难者的尸灰。（上文第三行）“岩浆”［Erzbringer］，早期地质学专词，多指地壳深处形成的熔浆流体，或熔浆流体侵入地壳或喷出地表凝固而成的岩浆岩；亦有地质学家用以指晚古生代海西造山运动（herzynische Orogenese）形成的褶皱带和山脉。策兰可能是从德语地质学读本中检获这个词的，或取其词构的直观意象 Erz + bringer（矿石＋搬运者）？按作者文意，Auch die Erzbringer führen nichts zu 这句诗说的是，死者连灰渣也不存，哪怕地下岩浆喷涌也带不出什么来。以上手稿异文详见《全集》HKA 本，第 12 卷，前揭，第 105-109 页。

*

［25］眼袋：德文 Augensäcke，眼睛下睑皮肤及皮下组织松弛后脂肪堆积而形成的袋状突起，俗称眼袋，是人体开始老化的早期迹征之一。把“苍凉”装进眼袋，犹言苦难尽纳眼底。“眼袋”这一意象已见于同期稍早完成的《清晰》（*Deutlich*）

一诗手稿（参看本书注释 7 相关部分）。

诗第二行 den Opferruf, die Salzflut 均为第四格，前文“苍凉”（Ödnis）的同位语，可释为“苍凉”中的景象。译按：Ödnis，又作 Öde，阴性名词；古高地德语作 ôdî，其词根 ö（û 之变体）意为“空”，“缺乏”；释义荒寒（之地），苍凉的景象（das ödesein），亦指灾难或战乱破坏造成的荒芜，与 Wildnis, Wüste 同义（参看《格林氏德语大词典》）。

祭召：Opferruf，此德语复合词由 Opfer［祭祀］+ Ruf［召唤］构成，直译“祭祀的呼唤”，旧指祭祀中的祈告（das Flehen beim Opfer），即求神的祈文、祷告或祭歌，相当于古希腊文 θυστάδος βοῆς 之义（参看埃斯库罗斯《七雄攻特拜》，Aesch. Spt. 251）。

碱水盐流：Salzflut 一词（意为“咸涩的潮水”），已见于策兰 1960 年作品《水闸》一诗（载诗集《无人的玫瑰》）。有注家释其内蕴喻辛酸的泪水，“a flood of tears”，犹汉语“泪水成河”之谓，可为一说，参看克里格曼（Eric Kligerman）著《骇异性的场址：保罗 · 策兰，镜像及视觉艺术》(*Sites of the Uncanny: Paul Celan, Specularity and the Visual Arts)*, Walter de Gruyter 出版社, 2007 年，第 132 页。译按：Salzflut 一词出自荷马史诗《奥德修纪》沃尔夫冈 · 沙德瓦尔特 1958 年德译本，原指海水，海潮。见于策兰 1960 年代初读此书写下的一则旁批：»schlugen sie die graue Salzflut mit den Riemen«［他们挥桨击打苍茫的海水］。亦见于他稍后年代的另一则书摘：»Und er band in dem Floß Brassen und Taue und Schoten an und zog es auf Walzen hinab in die göttliche Salzflut«［他（奥德修斯）在木筏上系好桁缆、帆绳和帆脚索，然后用撬棍将筏推入神圣的大海］。转引自《保罗 · 策兰与吉赛尔 · 策兰－莱特朗奇通信集》，卷 II，前揭，第 678 页，文句下横线着重号系策兰所加；另参看《奥德修纪》沃尔夫冈 · 沙德瓦尔特德译本（*Die Odyssee*）, Artemis Verlags AG Zürich, 1966 年，第 74 页，第 92 页。这两段书摘笔记的荷马原文，分别见于《奥德修纪》希腊义本卷四和卷五奥德修斯所述海上经历及取木作舟的故事：

έν δ᾽ ἱστοὺς τιθέμεσθα καὶ ἱστία νηυσὶν έίσῃς,
ἂν δὲ καὶ αύτοὶ βάντες έπὶ κληῗσι καθῖζον:
ἐξῆς δ᾽ ἑζόμενοι πολιὴν ἅλα τύπτον έρετμοῖς.
Ὀδύσσεια (IV, 578-580)

我们在每条船上竖起桅杆升起船帆，
桨手们也都上船坐到桨凳上：
各自就位后，便挥桨击打苍茫的海水。
（《奥德修纪》卷四，第 578-580 行）

ἐν δ' ὑπέρας τε κάλους τε πόδας τ' ἐνέδησεν ἐν αὐτῇ,
μοχλοῖσιν δ' ἄρα τήν γε κατείρυσεν εἰς ἅλα δῖαν.
Ὀδύσσεια (V, 260-261)

他在木筏上系好桁缆、帆绳和帆脚索，
然后用撬棍将木筏推入神圣的大海。
（《奥德修纪》卷五，第 260-261 行）

译按：在荷马史诗中，*ἅλα*［*ἅλς*］这个希腊词指的是大海，海水；亦指盐，盐坨，盐岩。沃尔夫冈·沙特瓦尔德用 Salzflut 这个德语复合词迻译之，盖取古义（咸涩的潮水），以见出 *ἅλς* 这个希腊词的多重语义。策兰诗歌注重语词的直观性和多义性，Salzflut 一词当从其诗语境来理解。譬如同样见于其前期作品《冰，伊甸》（载诗集《无人的玫瑰》）中的 Lauge［碱液］：Die Nacht, die Nacht, die Laugen［黑夜，黑夜，茫茫碱液］。碱液，犹言苦水，喻永夜、苦难与不幸。

［26］吹息：犹言生息，吹拂的气息，生命力。德文 Atem（旧体 Athem），古高地德语作 âtam, âtum。据《格林氏德语大词典》，此词拉丁文释义为 halitus, spiritus，呼吸（的气），运动的气流，风；后义 spiritus 亦指生命的气息，源于希腊文 *πνεῦμα*（pneûma 普纽玛）古义；汉籍亦有此说："生物之以息相吹也"（《庄子·逍遥游》）；基督教用指精神和灵魂。策兰则用以指诗和语言的气韵（如 Atemwende《换气集》）。第 2 稿［HKA 本 H7］此句曾作 Komm mit mir zur Sprache / und drüber hinaus［跟我走进语言/再从中出来］。盖语言本身亦属一种气韵，尤其对诗人而言。

初稿思路似乎更宽。策兰原打算在两节诗之间插入一个以"泡桐树"为意象的片断。第 1 稿［HKA 本 H8］首节诗以下另有四节同一题旨的异文草稿：

hinter den steten Paulownien,
komm[e] mit mir zu Atem
und drüber hinaus[.]
ins

在永恒的泡桐树后面，
来吧，跟我走进吹息
再从中出来〖。〗
进入［原稿此处阙文］

aus den steten Paulownien
zimmre das Boot

用坚固耐用的泡桐木
做成小船

hinter uns stehn die Paulownien,
himmelwärts geschleudert

我们背后立着泡桐树，
挺拔直上云霄

hinter uns stehn,
wie von der Schleuder geschnellt
die Paulownien,
[komm, laß uns]
komm mit mir zu Atem
und drüber hinaus

我们背后立着，

犹如被石弩射出的
泡桐树，
〖来吧，让我们〗
跟我走进吹息
再从中出来

从泡桐木做的“小船”到荒野上立着一棵棵犹如“石弩”射出的参天“泡桐树”，这些诗行充满想象和苍劲的动感。译按：石弩乃古代兵器，树木挺拔犹如被石弩掷向云霄，这个意象颇为奇崛。又，这种来自东欧的树，其德文名称 Paulownia，词首与策兰的名字 Paul［保罗］相同，策兰本人亦不止一次在自己的诗歌中隐含地自比“泡桐树”。在随后七稿中“泡桐树”片段割舍，只保留结尾两行。参看《全集》HKA 本，第 12 卷，前揭，第 114-115 页。

*

［27］袭来：原文 Einbruch，阳性名词，通释“擅入”，“闯入”，“入侵”，尤指“（盗贼）入室”；亦借指各种不利因素侵入或渗入（如细菌侵入人体，冷空气进入某一地区）。这首诗纯由名词和词组构成，作者仅标出句首词 Einbruch 作为诗题，译者虽力图兼顾标题与原文句式，奈其汉译难以两全。前两行直译当作“不分之物闯入/你的语言”。按：“不分之物”，原文 Ungeschiedenes (Nom., n.) , Ungeschiedenen (Nom., gen.)，名词化形容词，派生自动词 scheiden（第二分词 geschieden ＋否定前缀 un-），中性，句中为第二格。自古典学家维尔克（Friedrich Gottlieb Welcker, 1784-1868）用 ungeschieden 迻译希腊词 *ἄκριτος* 以来成为通译惯例，释义 indistinctus［分不清的，含混的］，unkritisch［不加判别的］（参看《格林氏德语大词典》ungeschieden 词条）。策兰在给妻子信中解释 Ungeschiedenes 这个德语词时，亦按通例给出最严格的释义 non-séparé［不分的］。参看《保罗·策兰与吉赛尔·策兰－莱特朗奇通信集》，卷 I，前揭，第 410 页。又，前四稿［HKA 本 H9, H8, H7, H6］首句均采用直陈式现在时，句末带破折号（参看 HKA 本，第 12 卷，第 118-120 页）：

Ungeschiedenes bricht
ein in die Sprache –

不分清之物
侵入语言——

核心词语 das Ungeschiedenes［不分之物］，第三稿［HKA 本 H7］一度打算用 das Ungeschriebenes［非书写］取代之。“非书写”者，此当指虚假的文字创作或伪创作，如策兰 1963 年写的《剥蚀》一诗（载《换气集》）提到的“色彩斑斓的废话”和“非诗”。由此可见，《袭来》这首诗不仅谈论语言，也谈论写作，但策兰最终还是保留 das Ungeschiedenes［不分之物］一词。关于此词的来源，参看作者同期读荷马史诗《奥德修纪》所作书摘：»Dort stand es *[das Trojanische Pferd]* nun. Sie aber sprachen viel Ungeschiedenes, während sie um es saßen, und es gefiel ihnen ein dreifacher Rat : entweder, daß sie das hohle Holzwerk mit dem erbarmungslosen Erz zerschlügen, oder es von den Felsen stürzten, nach dem sie es auf die Höhe gezogen, oder daß sie es ließen, daß es ein großes Prunkstück zur Beschwichtigung der Götter wäre.«［它（特洛伊木马）立在那里。他们（特洛伊人）议论纷纷，围着它坐下来，说了许多莫衷一是的意见，最后有三条建议让他们感到满意：要么用青铜利器将这架空心木家伙击破，要么把它推下悬崖，要么留下来作为一份大礼献祭众神。］转引自 KG 本，前揭，第 795 页相关注释；文句下横线着重号系策兰所加。

此段书摘见于《奥德修纪》沃尔夫冈·沙德瓦尔特德译本（*Die Odyssee*），Artemis Verlags AG Zürich, 1966 年，第 142 页，内容系书中吟游诗人德谟多库斯（Δημόδοκος）所述特洛伊战史的一个侧面。参看荷马原书希腊文本卷八：

ὣς ὁ μὲν ἑστήκει, τοὶ δ' ἄκριτα πόλλ' ἀγόρευον
ἥμενοι ἀμφ' αὐτόν· τρίχα δέ σφισιν ἥνδανε βουλή,
ἠὲ διαπλῆξαι κοῖλον δόρυ νηλέι χαλκῷ,
ἢ κατὰ πετράων βαλέειν ἐρύσαντας ἐπ' ἄκρης,
ἢ ἐάαν μέγ' ἄγαλμα θεῶν θελκτήριον εἶναι,
Ὀδύσσεια, VIII, 505-509

木马立在那里，他们七嘴八舌议论纷纷
围着它坐了下来：最终有三条建议让大家满意，
要么用青铜利器将这空心的木家伙击破，
要么把它从山上推下悬崖，
要么留下来作为一份大礼献祭众神。

（《奥德修纪》卷八，第505-509行）

译按：这段荷马原文中的*ἄκριτα*（adj. pl. neut. acc.；主格 *ἄκριτος*）一词，德译者沙德瓦尔特沿惯例将它译为Ungeschiedenes；希腊文 *ἄκριτος* 原义为“不分的”，今释义“分不清的”，“混乱的”，“莫衷一是的”，“不明确的”，“未判定的”。在《奥德修纪》中，此词指的是特洛伊人围绕如何处置希腊人的木马发表许多“莫衷一是的”意见。策兰将它抽出来，作为一个有特定内涵的用词，放进他所要处理的“语言”主题中。

［28］夜的光辉：指语言中杂陈之物那种夜光般的迷人表象。前四稿［HKA本H9, H8, H7, H6］此句带有明确的副词句修饰语，可作为这行诗的诠释：Mit Falschheit und Vorspielerei / kommt nun auch der Nachtglast［带着假意和前戏／夜的光辉也降临了］。见《全集》HKA本，第12卷，前揭，第118-120页。

［29］拦路魔：Sperrzauber，此复合词由Sperre［阻挡，封锁，栏障］+ Zauber［魔术，魔力］构成，直译“拦阻的魔力”或“魔障”。此词见于托马斯·沃尔夫自传体小说《时间与河流》1936年汉斯·施贝尔胡特德译本。策兰从译本中抽出这一词语，作为一个意象揉入其诗作。关于此词来源，参看他住院期间读《时间与河流》写下的一则书摘笔记：»Inständig-augenblicklich, und wie erlöst von einem Sperrzauber, der ihn jahrelang ans Fremdferne gebannt hatte, und mit einem unerträglichen Gefühl von Schmerz und Verlust erinnerte er sich seines Zuhause, seiner Heimat und der verlorenen Welt seiner Kindheit.«［突然间，彷佛摆脱了在异国他乡缠住他多年的拦路魔似的，他怀着难以忍受的感觉回想起在家的时光，往日的痛苦和欢乐，以及那失去的孩提世界。］转引自

KG本，前揭，第796页相关注释。文句下横线着重号系策兰所加。

译按：Sperrzauber一词系德译者汉斯·施贝尔胡特对沃尔夫小说原作中“the spell of an enchantment”［魔法咒语］这一短语的德文转译。沃氏小说原文见该书第19章：“and intantly, like a man freed from the spell of an enchantment which has held him captive for many years in some strange land, he would remenber home with an intolerable sense of pain and loss, the lost world of his childhood［...］”又按：复合词Sperrzauber未见于通行之德文辞书，然其释义也相当接近于Zauber［魔法］这个词在神秘学意义上的古老释义（die Zauberkraft，或das Mittel zum Zaubern），附加Sperr这个词只是加强了“魔法强大”的意味，令人想到汉籍中所谓“道高一尺，魔高一丈”的说法。策兰对Sperr这个德语词似有特殊的偏好，其后期创作中不止一次使用这个词，具体含义可酌参另两首编入诗集《光明之迫》的诗作《拦路桶之言》（*Sperrtonnensprache*）和《拦路的黎明》（*Sperriges Morgen*），详见《全集》HKA本，第9卷，Suhrkamp出版社，1997年，第92页，第98页。

诗中，Sperrzauber, stärker［拦路魔，更强大］句单独置于上下两阕的中间，有起承转合的作用，但不排除有多种解读的可能。根据叙事语境，“拦路魔……”句似乎表达了诗人欲凭借思想的洞察力抵御“含混之物”侵入语言的努力。手稿中多个修改片段可说明作者的这一意图。

譬如第1稿［HKA本H9］此句曾拟作：laß den［Sperr］Sperrzauber wirken.［让〖拦障〗拦路魔发威吧。］第3稿［HKA本H7］句式更为直接：Sperrzauber, wirk［,］［–］［拦路魔，发威吧〖，〗〖——〗］第5稿至第8稿［HKA本H5, H4, H3, H2］的措辞更进了一层：Sperrzauber, gegen- / wirkend［拦路魔，施法／以对］，可以说是诗人对语言中的“含混之物”从警惕到“严阵以待”了。参看《全集》HKA本，第12卷，前揭，第119-122页。

［30］“被陌生的，高高的／潮头冲刷下来”句，参看策兰住院期间读托马斯·沃尔夫自传体小说《时间与河流》德文本写下的一则书摘：»Du aber bist gegangen: unsre Leben sind zerstört und zerbrochen in der Nacht, unsre Leben sind unterwaschen vom Flutgang des Stroms.«［你走了：我们的生命在黑夜里毁灭而破碎，我们的生命被河流冲蚀。］这则书摘见于策兰藏书（1936年汉斯·施

贝尔胡特译本）第382页；转引自KG本，前揭，第796页相关注释。

译按：德语复合词Flutgang，多指潮水，水势，今罕用。据《格林氏德语大词典》援拉丁文释义*cursus aquae*，Flutgang指河川等一切自然的或人工所成的水流，亦指河床或洪氾区，今亦用以借指思潮，与Strömung近义。句中hohem Flutgang［高高的潮头］亦可译成“汹涌的潮头”。——“生命”被大潮“冲蚀”，尾声出现的这个意象，嵌在一个拦路魔“严阵以待”的独立片段和突如其来的“陌生潮水”之间，主观上给人以涤瑕荡秽的印象，但诗结句似乎比人们想象的要悲观的的多。第1稿［HKA本H9］此节诗曾拟作：

Fremder Flutgang, hörst du,
unterwäscht
dies lausige, lumpige
Leben.

陌生的潮水，你听，
在冲刷
这污秽的，残破的
生命。

原稿里lausige, lumpige［污秽的，残破的］这两个形容词颇为突兀，仅见于此稿，写下后删去，随后八稿未见出现。译按：德文lausige是个带贬义的形容词，除了“不好的”，“污秽的”，“糟糕的”诸义之外，亦有“可怜的”和“微不足道”等较为中性的释义。这个词给全诗结句的解读带来相当大的难度。按作者此稿的行文，读者会在两种解读之间犹疑不决，一是指被掏空、被冲蚀的残破生命，二是指残破的生命经历风吹浪打重新受到洗礼。据全诗语境，后一种解读可能较接近作者的思路及修改后的定稿。异文参看《全集》HKA手稿考订本，第12卷，前揭，第118页。

*

［31］此诗最早的一个片段式初稿［HKA本H6］起首句作der［eine］nicht

usurpierbare / Gram［那〖唯一〗不可褫夺的/忧伤］，当为此诗的缘起意象，亦是诗的核心语句。“跟着我们”句，此稿曾拟作 Mit uns, den <Umhergeworfenen, den> Fahrenden,［oft Bestohlenen］［跟着我们这些〈四方沦落人，这些〉漫游者，〖时常遭掳掠者〗］。详见《全集》HKA 本，第 12 卷，前揭，第 124-125 页。

［32］策兰寄给儿子埃里克的法文译稿，第二节“译文”与原作有出入，“唯一的”改作“彼此”，“褫夺”加上引号，句中（第六行）还添加一个破折号。译按，策兰在此提供给儿子的“译文”不是严格的翻译，倒像是一个更加自由的法文写意版本。现据《保罗·策兰与吉赛尔·策兰－莱特朗奇通信集》（卷 I，第 430-431 页）逐录如下，备为“别本”，供读者阅读时参酌：

Avec nous autres,
les cahotés et néanmoins
du voyage,

l’un et l’autre
intacte［*sic*］,
point “usurpable”, –
le chagrin
insurgé

跟着我们
这些颠沛流离但照样
远行的人，

彼此
不受伤害，
不可“褫夺”，——
暴动的
忧伤

［33］第 1 稿［HKA 本 H6］原有一个衔接尾声的初拟片段，两节共四行，表达了诗人被误读曲解之悲愤，以及身居精神病院期待与妻儿团聚的心情：

Wieviel
schiefgelesene Worte

Wieviel Zaungästetum
Wo wir einander umfangen

多少
读歪了的词语

多少旁观的看客
何处我们能相拥团聚

详见《全集》HKA 本，第 12 卷，前揭，第 124-125 页。译按：这个手稿片段仅见于第 1 稿，紧接在 der［eine］nicht usurpierbare / Gram［那〖唯一〗不可褫夺的/忧伤］句下，其余诸稿未复采用。“读歪的词语”和“旁观看客”，疑影射“高尔事件”及诗人遭到诋毁陷害而无人肯出来仗义执言的处境。

《暗蚀外篇》注释

［34］第 1 稿［HKA 本 H5，GN 本 A］起首段落一度拟作 werfen das Netz aus,［singend］ singen, / du weiß und ungenau［撒网，〖唱着歌〗歌唱，/白而不确定的你］。继而改作［Das［Netz］Fangnetz hörst du singen,］/ die Singenden, die reifen, – / du weiß und ungenau.［〖你可听见〖网〗鱼网在歌唱，〗/歌者，成熟者，——／白而不确定的你。］第 3 稿［HKA 本 H3，GN 本 C］复改作 viel Singendes, Gereiftes– / du weiß, du ungenau［很多歌唱之物，成熟之物——白色的你，不确定的你］。第 5 稿［HKA 本 H2，GN 本 E］复改作 du Singende,［g］Gereifte // du weiss-und-ungenau.［你，歌者，成熟者，// 白而不确定的你。］惟有第 2 稿［HKA 本 H4，GN 本 B］此节诗行文不同，中间穿插两行异文：

Um dein Gesicht: die Tiefen,
die Tiefen［blau grau］blau und grau,
zu mir hin: Mit den Fluten
eröffnet, was dir zukommt,
du weiß und ungenau.

你脸四周：深渊，
深渊〖灰蓝〗灰又蓝，
飘来之物：随潮水
敞开，那属于你的东西，
白而不确定的你。

参看《全集》HKA 本，第 12 卷，Suhrkamp 出版社，法兰克 福，2006 年，第一版，第 130-134 页；《策兰遗作集》（*Paul Celan, Die Gedichte aus dem Nachlaß*），Suhrkamp 出版社，法兰克福，1997 年，第 401-403 页。

［35］第 1 稿［HKA 本 H5］此节诗拟作：

Der ungestufte Abgrund,
so tu dich selber auf
Es kommt［ein］das lange［s］Gehen
und［z］erst zuletzt der Lauf

没有阶梯的渊薮，
那就请你打开吧
来了〖一次〗漫长的远行
这才是最后的一跳

译按："最后一跳"句，der Lauf［派生自动词 laufen］，原义为奔跑，亦指赛跑，冲刺。第 2 稿［HKA 本 H4］第 3、4 行作 Es kommt das Gehn-und-Gehen / und erst zuletzt der Kauf［来了远行复远行/这才是最后一搏］。按：德文 Kauf［派生自动词 kaufen］，释义"（一笔）买卖，交易"，转义指"（做）一件事"，"一个举动"，此处犹言最后一搏。第 5 稿作 Es kommt das Sink-und-Sinke / und dann, zuletzt, der Schrei［来了沉落再沉落/然后，是最后一声呐喊］。参看《全集》HKA 本，第 12 卷，前揭，第 131-134 页。以上手稿异文显示，仅这节诗的最后两行，就有 das lange Gehen 句式和 Gehn-und-Gehen，Sink-und-Sinke 这两个词构相当特殊的词组之比较，并先后尝试过 der Lauf，der Kauf，der Schrei 三个意境完全不同的词语。所有这些措词，并非纯粹为了诗歌修辞，也不是出于韵脚的需要，而更多的是依择词、句式和语气的变化，掂量词语的感觉和份量。

［36］鹰喙［Geierschnäbel］，此指秃鹰的喙（复数），前四稿均作 Adlerschnäbel［山鹰的喙］。按，GN 本据第 4 稿［D 稿］勘为 Adlerschnäbel［山鹰的喙］，HKA 本据第 5 稿［H1a/b* 稿］採 Geierschnäbel［秃鹰的喙］，中译本从 HKA 本。又，初稿［HKA 本 H5］尾声段落拟作：

Die Adlerschnäbel [wettern [–]] brechen
[dich von der] dich von dir selber frei.
Was meinst du ists [?] : Geräusche
im Großen Einerlei.

山鹰的喙〖电闪雷鸣——〗将你啄碎
〖把你从那〗把你从你身上啄出。
这就是你要说的〖？〗：山崩地裂
在无边之单调里。

译按："无边之单调"[Großen Einerlei] 亦可按字面直译为"巨大的单调"。参看《全集》HKA 本，第 12 卷，前揭，第 131-132 页；《策兰遗作集》，前揭，第 402 页。第 2 稿 此节诗复拟作：

Die Adlerschnäbel brechen
dich von dir selber frei –
[Was meinst du zum Geräusche]
Geräusche [nur] <ihr,> kaukasisch,
im Großen Einerlei.

山鹰的喙将你啄碎
把你从你身上啄出——
〖对那声音你有何感想〗
〖只见〗这声音〈啊，〉高加索的，
在无边之单调里。

这节手稿有微妙的变化。第 4 行"声音"改用呼语句式 Geräusche ihr（"你们这些声音啊"），至此语气急转，彷佛"声音"是从死亡中溅出的，成为另一个"你"，一种独立人格的外化。也因此之故，作者在接下来的第 5 稿思路转变，关键词语 brechen [打碎，折断，开凿] 由及物动词改为反身动词 sich brechen

［（自身）破碎，飞溅，折射］，句子语义也随之发生变化，“鹰喙”作为一个外在意象最终内在化了，与第二人称叙事主体“你”合而为一。如此一笔，高加索山鹰鹰喙破碎的悲怆听来就像是诗人的乡音了：

die Geierschnäbel brechen
sich von dir selber frei, –
［g］Geräusche ihr, kaukasisch,
im Großen Einerlei.

鹰喙尽已破碎
从你身上溅出，——
这声音啊，高加索的，
在无边之单调里。

译按：“声音”，Geräusch，在德文里是个集合名词（中古高地德语作・Geriusche），指听觉捕捉到的各种声响。诗中用复数 Geräusche 有“声声惊心”的效果。策兰在此没有使用诸如 Ton 或 Klang 一类具有“乐音”和“清脆”感的用词，而是使用 Geräusch 这样一个粗砺甚至有点刺耳的名词，本身就含有悲怆色彩。第 2 稿增加“高加索的”这一修饰语，不仅让 Geräusch 平添了特定的地理文化色彩，诗本身也具有了可多层解读的含义。黑海和高加索是策兰熟悉的地方，也是他早年诗歌创作喜爱的题材之一，如青年时代的作品《镜中》（*Im Spiegel*）提到“高加索少女”；再如 1960 年代中期作品《灰烬的风采》（*Aschenglorie*）和长诗遗稿《瓦莱哀歌》（*Walliser Elegie*），仍一再提到“蓬托斯海的往事”（蓬托斯海即黑海的古称）。直至 60 年代后期，譬如 1967 年给布加勒斯特时期的挚友彼得・所罗门（Petre Solomon, 1923-1991）的信中，策兰仍一再提起 1947 年几位诗友结伴同往罗马尼亚黑海之滨城市曼加利亚（Mangalia）游历的往事。从曼加利亚隔海相望，对岸即是高加索山脉。

诗初稿中，尤其第 1 稿和第 2 稿（“山鹰的喙将你啄碎……”）令人想到古希腊神话中普罗米修斯因窃火给人类而触怒天神宙斯的故事。宙斯将普罗米修斯锁在高加索的悬崖上，任一只凶猛的鹰每天飞来啄食他的肝脏。但在诗定稿本里，古老的隐喻在诗人笔下发生了转变，Geräusche不再是山鹰凶猛的啄食声，而是鹰喙"破碎"发出的声响。彷佛诗因自身张力而破碎，或者吟至破碎，词语成了从一个人内心深处碎裂而溅出的声音。结句意味深长：在一个单调乏味的时代，这碎裂的语声显得多么酷烈而又具有一个人悲怆的个性。——"在无边之单调里"，这个结束句除了影射历史悲剧人为地被淡化的一个时代，也可能暗指诗人所处的处境。策兰因"高尔事件"受到长期伤害以至精神失常，他多么期待神圣的诗歌圣殿有人出来仗义执言，但任凭受伤的诗人怎么愤怒呐喊，"诗歌圈"依然沉暗无声。这首类似"沉渊"的作品，多少表达了诗人的这一心情。

*

[37]可识别：第1稿[HKA本H5，GN本A]一度拟作更为直观的sichtbar[看得见]。1966年3月4日策兰从圣安娜精神病院寄给儿子埃里克的抄件系此诗第三稿[同HKA本H3，GN本C]，行文与刊本有所不同，中间亦不隔行。迻录如下，供读者参考：

Flüssiges Gold, in den Erdwunden erkennbar,
und du, außen und innen
verrenkt zur Warnung
vor Sinn- und Wahrspruch.
Der Unbotmäßige kaut
mit an den reifen, voranschreitenden
Schoten der Lippen-
blütler.

熔化的金子，在大地的疮痍里可识别，
而你，里里外外
被拧成了警告
在箴言和判决面前。
那傲骨之人也咬住了

已然成熟，长得纷荣茁壮的
唇形花的
豆荚。

第 4 稿［HKA 本 H_2］改定之前，尾声段落亦採“咬”的意象：

An den versiegelten, reifen
Schoten des Lippen-
blütlers – der Unbotmässige, auch hier
［kaut er mit.］

对着已经封壳，成熟的
唇形花
豆荚——那傲骨之人，也在这里
〖用嘴去咬住它。〗

［38］唇形花：Lippenblütler，拉丁文学名 Lamiaceae，一年或多年生草本植物，种属多，常见者如薄荷、薰衣草、野芝麻、迷迭香和地笋等；因花瓣分上下两部分，似唇而得名。初稿一度拟用含困厄与苦难意味的“围栅”和“染料木”：

der Unbotmäßige kaut mit
［an den Gittern herum］
［an der Gins］［eitrigen Ginsterschote］
an der reifen, versiegelten ［an Ginster］
［Ginst］ Schote des Lippenblütlers
<Stachelschote eines Lippenblütler>

那傲骨之人也咬住了
〖四周的围栅〗
〖染料木〗〖流脓的染料木豆荚〗

成熟的，已经封起来的〖染料木〗
〖染料木〗唇形花豆荚
〈一株唇形花的刺荚〉

译按：染料木，又称金雀花，拉丁文学名Genista，豆科植物，开黄色花，花萼钟形。策兰诗中多有写到此木。手稿中第三行书作Gins，应是Ginst之误；Ginst系古体字，今通书Ginster。上引手稿异文参看《全集》HKA本，第12卷，前揭，第138页；《策兰遗作集》，前揭，第404页。另，第3稿Schoten［豆荚］一度写作Schotten，随后划去；HKA本疑Schotten为Schollen［泥块］之误；不确，当是Schoten［豆荚］之笔误。此诗纯然以唇形花及其果荚为意象，表达诗人浩然之气长存，就像金子熔化在泥土里也不变色，在满目疮痍的大地上也要从容做人，歌于斯，哭于斯，如同果荚慢慢结出果实。

手稿研究显示，此诗五份原始手稿中，前三稿倾向于用较日常的"咬嘴唇"意象［kauen an］；后二稿则采用更有思辨意义的"听"［horchen］。第5稿（打字稿）尾声段落，作者在校改时一度将Lippenblütler［唇形花］改为Lippenblutlos［无血色的唇］，同时又在手稿右侧边页以不确定方式标注"Lippenblütlers?"［"唇形花？"］，似乎在这两个词之间斟酌未定，故此稿在某种程度上仍属未定稿。这也是今刊本倾向于採用第4稿，而不用更晚的第5稿之故。若按第5稿，则此诗可能是另外一个版本，当勘校为：

Flüssiges Gold, in den Erd-
wunden erkennbar,
und du, wie soviel Münder außen und innen,
verrenkt zum Notspruch.

an den versiegelten, reifen
Schoten des Lippen-
blutlos der Unbotmässige, auch
hier horcht er sich durch

熔化的金子，在大地的
疮痍里可识别，
而你，彷佛那么多嘴里里外外，
扭成了危言。

在已经封起来，纯洁的
没有血色的
唇荚上，那傲骨之人，也
在这里听出了自己。

译按：此稿将花与唇结合在一起，更显出诗人拧唇沉思的神态，不失为此诗更为生动的一个版本。参看《全集》HKA 本，第 12 卷，前揭，第 139-141 页；《策兰遗作集》，前揭，第 404 页。

*

［39］奄奄一息：原文 Atemlosigkeit［旧体 Athemlosigkeit］，气之将绝也。多指人呼吸微弱，或言事物将亡。派生自形容词 atemlos，通释 außer Atem，“气喘吁吁”，“上气不接下气”，与 keuchend 同义（参看 *Duden* 词典）。另据《格林氏德语大词典》释义，atemlos 亦指断气，断魂，死亡（athemlos kann auch *entseelt, todt* meinen）。译按：策兰多用 Atem［呼吸，气，气息］喻灵感、创作和思想的气路（Atemgang），甚至视之为诗的灵魂。又德文 Atemlosigkeit 一词罕用复数，策兰诗中用复数（Atemlosigkeiten）盖取多次、繁复、将亡而不亡义，与尾声“比你多一次死亡”句相应。前文已指出，作者称此诗为“一首艰难的诗”。关键的第 6 稿［HKA 本 H3］曾增加一个起笔之词 Ahnungswillig 作为开篇之句，对诗题和全诗的理解至关重要：

［Ahnungswillig］
die Atemlosigkeiten des Denkens,
auch auf den Gletscherwiesen,

［ohne B］ahnungs-
willig, ohne
Beweis

〖愿有预感〗
思想之奄奄一息，
即便在冰川草场，
〖也无（证据）〗愿有
预感，也无
证据

译按：Ahnungswillig 这个短语的意思是做好精神上的准备，随时应对预感到的事情。诗开篇就已言明：诗人已做好心理准备，可是没有什么东西足以说明人陷入“精神黑夜”就意味着思想奄奄以亡。根据原先手稿中添加的这个篇首词的行文语气，我们也可以说诗题本身即是以某种形式的设问，提出问题，而后予以反驳，评说，释疑。若此推断无误，则此诗当是一篇自述，以自身处境为例反驳“精神黑夜”的说法，强调诗人陷入“精神黑夜”并不意味思想奄奄以亡。真正的思想者能变黑夜为另一种光明（参看《光明放弃之后》一诗），从而保持思与创造力永不衰竭，如同篇中拟人化手法描述的冰川槽谷那样，无论沧海桑田还是冰雪覆盖，依然携带自己的“黏土槽”走在路上。

此诗在某种程度可视为《光明放弃之后》的延伸和补充。另，“冰川草场”句，第 2 稿曾拟作 in der Rückstrahlung der / Gletscherwiesen［在冰川草场的/反照里］。异文参看《全集》HKA 本，第 12 卷，前揭，第 147 页，第 151 页；《策兰遗作集》，前揭，第 406 页，第 408 页。

［40］石盾［Steinschild］，第 3 稿一度拟作 Frostschild［冰盾］。疑作者据地质学术语“地盾”构造的词语，不排除含有犹太民族历史性标志“大卫盾”（又称“大卫星”，“所罗门印封”）之隐喻。参看策兰同一年代读书笔记：»Wie bereits im Abschnitt Bewegungen der Erdkruste durch erdinnere Kräfte *[...]* gesagt, bezeichnet die Geologie die starren Regionen, die im Laufe der erdgeschichtlichen Entwicklung nicht mehr gefaltet und von gebirgsbildenden Prozessen erfaßt wurden, als Schilde (Urkontinente, Blöcke oder Hochkratone), die beweglichen als Geosynklinalen (Erdgroßmulden). « ［如同地球内力造成地壳运动那一章［……］所述，地理学称之为刚性区域，它们在地质史发展过程中不再形成褶皱，不再被造山过程波及，如地盾（古陆、陆块或高克拉通），也即那些像大地向斜（地槽）那样可移动的区域。］按，这则读书笔记是策兰读 1950 年代德国地理教科书《布罗克豪斯地质学袖珍读本》（*Brockhaus-Taschenbuch der Geologie*）写下的摘记，见于其私人藏书（莱比锡 1955 年版本）第 224 页；转引自魏德曼编《保罗·策兰诗全编》一卷注释本，前揭，第 939 页相关注释。文中横线着重号为策兰所加。

此诗较早的一个手稿片段只有两行，写在一本信笺纸的封页正面：Über den Steinschild Pannoniens / stürzt ein Morgiger heim ［越过潘诺尼亚石盾／一个未来人匆匆归家］。另一早期片段，写在妻子吉赛尔一封来信（邮戳日期 1966 年 3 月 15 日）的信封背面：Groß und unverschwiegen: du［高大且永不沉默：你］。此片段后移作《棱角分明》（*Kantige*）一诗的材料（参看《全集》HKA 考订本，第 12 卷，前揭，第 145 页以下）。译按：潘诺尼亚（拉丁文 *Pannonia*），中欧古地名，曾是罗马帝国行省，位于多瑙河以北，大致辖今匈牙利、奥地利东部、克罗地亚、塞尔维亚、波斯尼亚－黑塞哥维那、斯洛文尼亚和斯洛伐克部分地区。潘诺尼亚盆地北端是喀尔巴阡山，南端为阿尔卑斯－迪那拉山脉（Dinarische Alpen）。策兰熟悉这些地区的地貌，尤其喀尔巴阡山。

［41］高岸深谷：此处为比喻，言人资质伟岸。定稿本中“你们高岸深谷……”句三行诗加了引号，不一定是直接的书摘引语，倒更像是作者自己的行文，特地在一系列画面（冰川草场，潘诺尼亚石盾，星辉，望断虚空的目光）中插入一个“画外音”。第 2 稿［HKA 本 H7］此节诗未加引号。译按：高岸深谷，原文 Tiefgesenke，由 tief ［深］＋ gesenke［崖谷］构成。据《格林氏德语大词典》，gesenke，中性名词，派生自动词 senken［下沉，下垂］，可略写成 gesenk；基本释义 1）地理上指 die neigung nach der tiefe［直落山谷的陡崖］，与 der abhang des felsen［石壁］同义；亦指 abflachender landstrich［山脉形成的狭长坡地］；2）矿山建筑指 schachtartiger bau［矿井］，尤指 das tiefste eines bergwerks［矿井纵深处］；3）渔具上用以指 die runden gewichte am saum der fischernetze［缀在鱼网边缘上的沉子］，今罕用。据诗中语境，策兰用的可能是第 1）义，指冰川槽谷，为地质学上冰蚀地貌类型之一，槽谷底部常有冰阶（岩槛）与岩盆。又，gesenke（崖谷）一词令人想到 Gesenke［捷克语 Jeseník］，指耶塞尼克山脉，即苏台德山脉东段，位于波兰的西里西亚和捷克的波希米亚之间，将穿越德国、捷克、斯洛伐克的埃尔茨山脉与喀尔巴阡山连接起来。耶塞尼克山脉依地势又分为高耶塞尼克山［Hohes Gesenke］和低耶塞尼克山［Niederes Gesenke］。中欧北部平原，受第四纪冰川作用，多冰川地形和湖泊。策兰年轻时生活在位于东喀尔巴阡山脉和德涅斯特河之间的布科维纳，曾游喀尔巴阡山麓的"鞑靼谷"，熟悉这些地区的地貌和风物，其作品中亦不止一次提到一些意味深长的地名，"高岸深谷"只是他从其丰富的地理知识中随手拈来的一个例子而已。

第 2 稿［HKA 本 H7］提到高岸深谷属"冰川"地貌：

Ihr Tiefgesenke, glazial, mit eurer
Erinnerung[en], [in] den
Trögen aus Lehm,
in Richtung
aufs noch zu Häufende hin

你们高岸深谷，冰川的，带着你们的
回忆，〖放在〗那些
黏土槽里，
朝着
还有待堆积的东西

译按："有待堆积的东西"亦是有待命名的东西。第 5 稿［HKA 本 H4，GN 本 F］此节诗末句一度考虑改作 aufs noch zu［Nennende］hin［朝着还有待〖命名的东西〗］。另，第 9 稿［HKA 本 H1a/b，GN 本 J］此节诗诗行排列与刊本所据第 7 稿不同，GN 本将其全文另行辑入附录：

„Ihr Tiefgesenke mit eurer
Trögen aus Lehm,
unterwegs“.

“你们高岸深谷带着自己的
黏土槽，
在路上”。

译按：德文 Trog 一词（复数 Trögen），通常指木制或石制的槽，如石凿成的水槽，喂牲口用的饲料槽等；地质学上指地壳形成的具有巨厚沉积建造的槽形坳陷，称地槽。此处“黏土槽”（Trögen aus Lehm）当是策兰据地质学概念构造的意象，亦可能暗指妻子吉赛尔制作铜蚀版画所用的硝酸溶液腐蚀槽。此处，“深谷”被拟人化了，像匠人带着“黏土槽”走在路上，又像大地自身的塑造和运动，而诗人的工作亦如地质构造那样，需让记忆之物沉积、运动、构造和成形。以上手稿异文参看《全集》HKA 本，第 12 卷，前揭，第 145-149 页；《策兰遗作集》，前揭，第 406-408 页。又按：此诗刊本 GN 本和 HKA 本所据稿本不同，第二节诗 GN 本分两节（“一个未来人……”句以下空一行），HKA 本仅作一节；又，第三节与第四节诗之间 GN 本空一行，HKA 本空两行。中译本从 HKA 本。

[42] 此处疑指妻子吉赛尔的铜版画制作。德语动词 schaben [刮]，有雕刻（版画）之义，亦指蚀刻版画的酸洗技术。策兰住院期间，吉赛尔正制作一批铜版画并策划在巴黎举办一次个展，为此在书信中多次与丈夫谈论一些铜版画的构思和制作，希望策兰就部分作品的标题提供意见。而策兰入院前大约半年，他与妻子的诗画合集《呼吸的结晶》（*Atemkristall*）已于 1965 年 9 月 23 日由列支敦士登的 Brunidor 出版社在巴黎出版珍藏本。该书收录策兰 21 首诗，配妻子吉赛尔八幅铜版画。大致同一年代，策兰曾多次谈到妻子吉赛尔的铜版画给他带来的安慰和激励：“我在你的铜版画里辨认出我的诗：它们化入其中，在里面继续生存。”“你的铜版画很美[……]我的诗很乐意呆在它们的色泽和光亮里，

呆在它们的槽纹里，接受它们砺世磨钝之气的引导。”参看《保罗·策兰与吉赛尔·策兰—莱特朗奇通信集》，前揭，卷I，第228页，第370页。

1966年3月7日，策兰在给妻子信中写道：“［……］你的版画已经走上大道，它们终于开辟了一条大路。我急于看到［你］在歌德学院的画展：那天我能回去吗，哪怕回去几个小时也好啊？”（详见《保罗·策兰与吉赛尔·策兰-莱特朗奇通信集》卷I，前揭，第379页。）同年4月18日至5月6日，吉赛尔的39幅铜版画及此前与丈夫合作出版的诗画合集《呼吸的结晶》一起在巴黎歌德学院展出。策兰希望临时出院去看吉赛尔的画展，未获医生批准。

上句“粗砺易碎之物”，参看策兰同年代读书摘记：»Massige, eckige, grobkörnige und rauhbrüchige Trümmer ergeben steile Schuttkegel mit Böschungswinkeln bis zu etwa 40°.«［大量有棱角、颗粒粗、风化易碎的岩屑堆积成倾斜角几乎接近40度的锥形陡峭岩屑堆。］转引自魏德曼编《保罗·策兰诗全编》一卷注释本，前揭，第939页相关注释；文中横线着重号为策兰所加。

第5稿［HKA本H4］“粗砺易碎之物”句曾拟作：［Etwas］schabt / an den Namen und Stimmen herum［〖有什么东西〗/在名字和声音上刮来刮去］。详见《全集》HKA手稿考订本，第12卷，前揭，第149页；《策兰遗作集》，前揭，第408页。而较早的第2稿［HKA本H7，GN本C］则有明确所指：

rauhbrüchig
Freihand

粗砺裂碎的
自由之手

同一稿本中，又一度改作：

Nothand
Augengneis
Schabt an den Stimmen herum

救难之手
眼睛片麻岩
在声音之上刮来刮去

详见《全集》HKA本，第12卷，前揭，第144-145页；《策兰遗作集》，前揭，第406页。译按：片麻岩（gneis），名称来源于德文Gneis（意为“硬”，“结实”）。片麻岩是一种变质岩，因变质程度深而形成片麻状或条带状构造，强度低，主要由长石、石英以及云母、辉石等暗色矿物组成。片麻岩被认为是形成地壳的古老岩石。“眼睛片麻岩”这个形象说法（亦见于其它诗稿，如《棱角分明》一诗手稿）并不是策兰的发明，而是来自地质学上所说的“眼状片麻岩”（Augengneis），一种含花岗岩成分的变质岩，因其由长石和云母组成的带状基质上含有大型透镜状（眼状或眼球状）长石晶体，故名。但在策兰这里，在诗人的语境里，这个地质学名词“诗化”了，变成了“石头的眼睛”或“目光粗实锐利”一类意象。

手稿异文Freihand［自由之手］，HKA本疑是Freiland［自由之地］之误（参看《全集》HKA本，第12卷，前揭，第145页）。译按：此说不确。参照策兰诗中出现的Nothand［救难之手］，Freihand符合作者思路，当非Freiland之误。手被形容为“粗砺”，当是暗示妻子吉赛尔从事铜版画制作及其使用的蚀刻技术，犹言经历风雨的“匠人之手”或“手艺纯熟”。亦不排除此为诗人自谦之词，称自己的诗艺为“粗砺裂碎的自由之手”。

下文“一只永恒的救难之手”：对于一个面临沉入精神黑夜的诗人，这只“救难之手”只能是诗本身带来的克服一切苦难的力量；而就策兰当时的心境而言，这句诗尤指妻子吉赛尔，她为减轻诗人在精神病院的痛苦而殚心竭虑，尽了一切能力。策兰住院期间，除了读书和写作，与妻子吉赛尔的书信往来，包括妻子来医院探访，是他唯一的精神支柱。

此期间策兰与妻子的通信，多次谈及二人的诗画互动。

1966年4月23日策兰从病院寄给吉赛尔的信中写道：“你说到的画展所有事情令我快慰。我感觉到，‘崇高地’，我们的心，在宁静中，‘相互’说话，彼此交谈。你用光喂养我，用光，我强烈感觉到并靠此而活着［……］”次日策兰另寄出一封短简，信中复用德文深情地写道：

Gisèle, mein Licht und mein Leben.

吉赛尔，我的光，我的生命。

吉赛尔在回信中谦卑地说："诗显然走得更远，通过版画制作，虽不能企及，但有时候诗对我并不陌生。"（1966 年 5 月 26 日致策兰信）以上信件详细内容参看《保罗·策兰与吉赛尔·策兰－莱特朗奇通信集》卷 I，前揭，第 436-437 页，第 440 页，第 465 页。

［43］"望断虚空"句，多份手稿中，主词前一度使用物主代词。第 3 稿［HKA 本 H6，GN 本 D］紧接"一个未来人"句下，曾拟作 Sein durch nichts zu trübender Blick［他那望断虚空也不模糊的目光］。第 5 稿［HKA 本 H4，GN 本 F］又一度改作：［Dein］durch nichts zu trübende［r］Blick［〖你那〗望断虚空也不模糊的目光］。详见《全集》HKA 手稿考订本，第 12 卷，前揭，第 146 页，第 149 页；《策兰遗作集》，前揭，第 407-408 页。

［44］第 2 稿［HKA 本 H7，GN 本 C（诗行排列略异）］尾声曾打算揉入两个分别以"死亡"和"重获新生"为内涵的草稿片段：

Einen Tod mehr als du
　　　　Die Sternenpächter | brennen herunter
ist er gestorben,
ja, einen mehr.

　　　　erbeutetes Silbergekröse im|Salzbauch

比你多一次死亡
　　　　那些租用星光的人 | 快燃尽了
他死过，
是的，多一次。

被夺走的白银内脏，在 | 盐碱的气味里

此处手稿中出现的“白银内脏”颇为奇崛，惨烈悲壮之感浮荡于词语之间。原文 Silbergekröse 出处不详，应是策兰发明的词语。译按：德文 Gekröse，解剖学上指肠系膜；普通释义多指肠子、内脏。“死亡”主题因这个词而变得强烈。此节诗第 3 稿［HKA 本 H6，GN 本 D］作 Durch nichts zu trübender Blick. / Von Fremden［erbeutetes Silber］im Salzhauch / erbeutetes Silbergekröse［望断虚空也不模糊的目光。/被陌生人〖夺走的银子〗在盐碱的气味里/夺走的白银内脏］。这个进一步改动的片段道出了比别人“多一次死亡”的原因：被劫掠的何止是诗，分明就是一个人的五脏六腑！如同开膛抛尸，浮在飘着“盐碱气味”的深潭积水之中。

按手稿的思路，这个片段应是一个宏大叙事的尾声。

这个片段里讲到被劫夺的东西，最初用的是“银子”一词(〖被夺走的银子〗)。“银子”与“金子”，“星光”和“粗砺之物”等，在策兰的诗歌词汇表里常用来喻珍贵之物，如“深海的双倍银子”（《以时间染红的唇》，载诗集《从门槛到门槛》），“听觉之银”（《沿着一道道山岗》，载诗集《面线太阳》），以及本卷中的“熔化的金子”，皆指艰苦的精神劳作所得之收获，包括对事物的理解，诗艺，诗之言和思想。诗人就像是“租用星光的人”，虽然“快燃尽了”，他依然遥望星空，星光如银，万古常在。诗人由此可能想到了象征犹太民族根基的“大卫星”，其救赎之光历尽劫难，仍伴随民族的命运长存不灭。故在同一稿本里，死亡不是一个民族的宿命，而是与再生联系在一起：

Die Stern[en]pacht, verascht und wieder
und wieder lenbendig

租来的星，化成了灰，一次
又一次重获生命

这个未及展开的主题，已经融化在诗开篇那个关于思想殆亡“没有证据”的结论里了。以上手稿异文详见《全集》HKA本，第12卷，前揭，第144-147页；《策兰遗作集》，前揭，第406-407页。

*

［45］族类：原文Sippe［复数Sippen］，通常指氏族，家族，宗族；亦借指词族，与Wortfamilie同义。句中"歪着脸"为复合形容词schiefgesichtig，德文口语中指人"拉着脸"或"满脸不高兴"的样子（ein schiefes Gesicht ziehen）。

关于Sippengesicht这个意象，参看策兰读美国作家托马斯·沃尔夫自传体小说《时间与河流》（1936年汉斯·施贝尔胡特德译本）写下的一则书摘：»Ein Fremder hätte bei der ersten Begegnung irgenwie gespürt, daß diese Frau einer weitverzweigten, zahlreichen Familie angehörte, und daß ihr Gesicht ein ausgesprochnes Sippengesicht war.«［一个外乡人，初次见面，怎么也猜得出，这女子肯定是一个世系庞大、人丁众多的家族中人，且那长相分明就是一副世家尊容。］转引自芭芭拉·魏德曼编《保罗·策兰诗全编》，前揭，第940页。"世家尊容"在沃氏英文原著中为"tribal look"，德文译者将其迻译为Sippengesicht。诗的内容来源显然综合了另一则读书笔记。策兰将沃氏书中这个异乡人的"世家尊容"与同一部小说中对一种蜘蛛的描述糅合在一起，作为诗的素材。参看策兰1966年3月间读同一部小说《时间与河流》所写书页旁批：»die Tarantel <u>kraucht</u> durch die verwitterte Eiche«, »ihr Gesicht = ein［entschieden］ausgesprochnes Sippengesicht«, »...zu jenen <u>erdhaftjähen</u>, völlig / ungebändigten Wesen«［"塔兰图拉毒蜘蛛从饱经风霜的橡树爬下来"，"它的脸相=分明是一副〈坚定的〉<u>氏族尊容</u>"，"……成了那种<u>一眼看去土里土气</u>，全然/不可驯服的东西"］。这些随手写下的书页旁批，其中一些句子已接近于一首诗的雏形，见于策兰所藏《时间与河流》施贝尔胡特译本第10页、第12页和第13页，页脚批注日期为"1966年3月25日"（托马斯·沃尔夫原著，参看*Of Time and the River*, Charles Scrinber's Son's, New York, 1971, 第2页）。不久，策兰又将这几则书摘批语抄在一个笔记本里，一些词语下面划上横线，标明："Notizen/<Vokabeln> Wendungen etc."［摘记/〈语汇〉词组，等等］，同时注明抄录日期为"1966年4月23日"。转引自《策兰遗作集》，前揭，第

409 页相关注释。译按：从作者标注的日期来看，这些词语摘录、书页旁批以及抄写于笔记本，均晚于《棱角分明》一诗的写作日期。不排除这是为一首新诗而预备的材料，或者是为保存《棱角分明》一诗资料来源而作的补记。

另外，第 1 稿［HKA 本 H8］曾打算以 Sippengesicht［族人的风采］为诗题；起首句亦拟出四节不同的草稿：

die Sippengesichter rund um die steile
einzeln gesichtete Pappel

族人的风采环绕着那棵挺拔的
望去孤零零的白杨

Die Sippengesichtigen, alle,
［steilgestellt neben den Pappeln］

具有世族风采的人，所有的，
〖巍然站立在那棵白杨树的旁边〗

Die Sippengesichtigen, alle,
ungebändigtes Holz

具有世族风采的人，所有的，
不可驯服的木头

Die Sippengesichter, alle,
［schließen］ schlossen den Ring um dich

族人的脸，所有的，
〖围拢过来〗在你四周围成一圈

第 2 稿［HKA 本 H7，GN 本 B］起首句改作 schiefgesichtige Sippe, am Boden, /［erspäht］mit Hölzernem erspäht［歪着脸的族类，在地上，/但见与那木头人站在一起］。译按："见"一词，erspähen（句中为第二分词 erspäht，作被动态），此德文动词通常指"望见"或"远远看见"。这个动词的使用，在诗中拓宽了视野。第 3 稿［HKA 本 H6，GN 本 C］以下诸稿，"木头人"改为"亮木"hellem Holz（第三格），直译"明亮的木头"。以上手稿异文详见《全集》HKA 本，第 12 卷，第 155 页；另见《策兰遗作集》，第 409 页。

［46］"挪蹭着爬过来"句，原文 dahergekraucht；动词原形 krauchen，副词前缀 daher 指"迎面过来"，亦起强调语气的作用；句中采用第二分词 gekraucht + kommen 句式，指一步一步缓慢地爬过来，含艰难和有毅力的意味。下句"王尘"系 Königsstaub 一词的直译。按：此词见于德国 19 世纪文学作品，借指历史风尘，社会沧桑，或旧时代王朝湮灭的故迹。参看阿道夫·格拉斯布伦纳（Adolf Glaßbrenner, 1810-1876）讽刺诗《史家者流》（*Die Geschichtlinge*）起首段中的诗句：Was uns früher Allergnädigst erlaubt / Im Königsstaub der Geschichte?［为何让我们早早就这般宽仁大度 / 在历史的烟尘中？］，详见格氏《禁诗集》（*Verbotene Lieder*，1844）。

又，策兰在抄寄妻子吉赛尔的诗笺中谈到 krauchen 与同义词 kriechen 的区别，指出前者"更有表现力"。

译按：krauchen，旧释 *sich ducken, sich schmiegen, kriechen*［蜷缩，蜷伏，匍匐］，今多释 *kriechen*［爬行，缓慢地挪动］，与拉丁文 *repere*［爬行，匍匐而行］释义相当；在某些德语方言中指（路途）曲折难行。据《格林氏德语大词典》释，krauchen 原是 kriechen 的古异体字，今仍见于萨克森、安哈尔特、柏林和莱茵地区方言，亦见于瑞士和卢森堡德语方言，词形及拼读略有差异，但用法更生动有趣。上引策兰读托马斯·沃尔夫小说《时间与河流》德译本读书笔记，言及从风吹雨打的橡树上爬下来的塔兰图拉蜘蛛有着"一副坚定的氏族尊容"。这种原产美洲热带的巨型蜘蛛性凶猛，又称"狼蛛"、"捕鸟蛛"，体硕者大如餐盘，身上多毛，牙有毒腺，能捕鸟、鼠和蜥蜴为食。策兰借这种蜘蛛的形象来表达一个民族身上强悍不屈的个性或他所想象的诗人性格："那种一眼看去土里土气，全然/不可驯服的东西"。

［47］这句诗最初（前四稿）仅列一行，句末有破折号：Hier wohnen wir nicht – ［我们不在这里居住——］，暗示与下文语境（身边“簇拥着……”）紧密关联：既然这个世界容不下一个诗人，他可以生活在别处，在诗里，在他内心永恒的事物里——Unverlierbar 这个德语词指的是“不会失去的东西”。HKA 刊本据最终打字稿［H_{1a}稿］将此句分作两行；GN 本和 KG 本据第 10 稿［K 稿］仅列一行（分两行的打字稿本另行辑入该书附录）。中译本从 HKA 本。

［48］“高大且永不沉默：你”，此句已见于之前完成的《思想之奄奄一息》初稿片段。第 2 稿此节诗曾拟作：

［Noch einmal］ Ein ums andre Mal:
［hier das］
［mit］ ［<inmitten des>］ ［Inkarnat］ umdrängt Unverlierbarem,
vertrau
dem ［kundigen］ erfahrenen Inkarnat

〖再一次〗每隔一次：
〖瞧这〗
〖肉色〗〖〈当中〉〗〖带着〗簇拥着永不失去的东西，
忠实于
那〖老练的〗饱经风霜的肉色

句中（第三行和第五行）Inkarnat［肉色］一词颇费解，疑借指人的本色。按：德文 Inkarnat［亦作 Karnat, Karnation］，中性名词，源自拉丁文 carnis（*genitiv*）或 carne（*ablatif*）［肉体，皮肤］，指人的肤色，与 Fleischfarbe, Fleischton 同义，多作绘画和艺术上用语。此当作“肉身”解。第 4 稿一度改作 Farben［颜色，色彩（复数）］，引申为“本色”，“风采”。参酌第 4 稿，Inkarnat 在此当可理解为（人的）本色。

又按，这节手稿删改较多，诗行中有难以辨读的字句。第二行［hier das］

［瞧这］和第五行［kundigen］［熟悉的］为 HKA 本校勘，GN 本分别考作［lies das］［读读这个］和［kantigen］［线条分明的］。中译本从 HKA 本。

第 6 稿［HKA 本 H6，GN 本 G］此节诗以下另有一节修改过的未定稿，透过一个“长着片麻岩眼睛的巨人”的目光，“人—诗人—作品”这三重形象（诗人心目中的完整人格）逐渐显现出来：

［ein Kiesel-］
［ein］Der Augengneis-Riese
［liest die unbändige Zeile:］
liest die ungebändigte Zeile［:］an dich, Liebesverschworne:

Groß und unverschwiegen: du.

〖一块卵石 –［此处阙文］〗
〖一个〗长着片麻岩眼睛的巨人
〖在读那不可遏制的字行：〗
在读那遏制不了的字行〖:〗你身上，爱的同谋：

高大且永不沉默：你。

第 7 稿［HKA 本 H5，GN 本 H］此节诗出现“书写峨然屹立”的意象：

Von Un-
verlierbarem umdrangt
von erfahrenen Farben umschlossen,
steht das Geschriebne

被永不
失去的东西簇拥着

被亲身经历的风采环抱着，
书写峨然屹立

译按：以上两节未定稿分别以“字行”和“书写”为核心，可视为上文诗人“本色”的进一步描绘，言明诗人的本分及态度：这个诗人属于一个坚强不屈，经历风雨，有过历史风采的古老“氏族”，或许，诗人在这里讲的“氏族”乃是一个“诗歌氏族”。作为其中一员，诗人永不会沉默，而且会有知音（“爱的同谋”）。参看《全集》HKA 本，第 12 卷，前揭，第 146 页，第 157 页；《策兰遗作集》，前揭，第 411 页。

［49］结句：虽然通行的德文词书里收有 einsehen, einblicken 和 einsprechen 这几个动词并给出习惯用法，但策兰这两行诗中的三个排比句几乎是不可译的。ein- 这个德文前缀通常表示“进入……”和“努力达于……”之义。译者勉为其难，在此提供的汉译虽力图接近原著，仍难达于原著句式的深度。类似的奇奥诗句亦见于策兰晚期作品《长号乐章》（*Die Posaunenstelle*）结束句：“hör dich ein / mit dem Mund.”［把你听进去吧/用嘴］。

*

［50］诗起首段，第 2 稿［HKA 本 H3, GN 本 B］曾拟作：

Unterwaschen
vom flutenden Schmerz,
seelenbitter,
unterhöhlt

冲刷
被奔涌的痛苦刷蚀，
灵魂苦涩，
底被掏空

参看《全集》HKA 手稿考订本，第 12 卷，前揭，第 164 页；《策兰遗作集》，前揭，第 413 页。另参本书注释 30，策兰住院期间读美国作家托马斯·沃尔夫自传体小说《时间与河流》写下的旁批：»unsre Leben sind unterwaschen vom Flutgang des Stroms«［我们的生命被河流冲蚀］。

［51］词语的奴性（Worthörigkeit）：疑指作家拘泥于词语，仅从词语去感受和理解世界。此句 GN 本据第 3 稿勘作 inmitten des Worthörigen［在词奴中间］；“词奴”，谓词的奴隶。译按，“词奴”句中作单数，似不合文意，或作中性集合名词，泛指“具有词语奴性者”。当据前二稿釐为复数 inmitten der Worthörigen。又，第一稿曾拟作 inmitten der Vormenschen［在史前人中间］。“史前人”当是比喻，犹言古董，守旧者流。参看《全集》HKA 本，第 12 卷，前揭，第 164 页；《策兰遗作集》，前揭，第 413 页。

［52］“震撼”句，第 2 稿曾作 geh, spür / die Schwingungen aus /［jenseits］［去吧，去感受/〖来自彼岸的〗/震撼］。策兰随后划去“jenseits”一词，故此句亦可读作“去吧，把那些/震撼找出来”。

译按：德文 Schwingung 指物体（如弓弦、弹簧等）的振动，钟声的回荡；转义指某事物（如音乐、舞蹈、艺术品等）对人引起的震动，震撼。句中用复数 Schwingungen；同一稿本中一度改作 das Schwingende［震撼之物］。

从“词语的奴性”到彼岸的“震撼”，策兰在此强调的是诗人不能仅从词语出发，更不能拘泥于词语，而是去倾听和感受词语以外的东西。又此行诗至结束句，诸本诗行排列不尽相同。HKA 刊本分三行，中间空一行；GN 本和 KG 本分四行，中间不空行：“那震撼，它们/又一次/到我们这里来/报到”。中译本从 HKA 本。详见《全集》HKA 本，第 12 卷，前揭，第 162 页，第 164 页；《策兰遗作集》，前揭，第 119 页；KG 本，前揭，第 488 页。

*

［53］起首三行疑写在精神病院的感受。参看策兰住院期间读托马斯·沃尔夫自

传体小说《时间与河流》（德译本）所作摘录：»Und Eugen saß da, krank vor Scham, vor Selbstekel und Verzweiflung, außerstande ihr zu erwidern.«［欧根坐在那里，因羞耻，因自我厌恶和绝望，难过得说不出话来。］（转引自魏德曼编《保罗·策兰诗全编》注释本，前揭，第 940 页）。沃氏书中人物欧根出狱后回家乡见到母亲时难过得说不出话来的描写，详见英文原著 *Of Time and the River*, Charles Scrinber's Son's, New York, 1971, 第 401 页。

译按：第 1 稿［HKA 本 H6，GN 本 A］前两节颇为凌乱，但文笔洒脱，语言意象极其丰富和生动，诗中隐晦地提到疯人院（“疯宅破院”）并插入一个“棺材”（暗示个人处境？）长出青枝绿叶的段落：

Selbstekel［vor［sich］dir［,］Scham, Verzweiflung［,］
vor dir,

reihst du dich［einen］ein,
die Knall[bude]-
bude,［na］berg‹/›an, bergab,

der Sarg,［innen］übergrünt［,］von Zweigen
wer［verarbeitet,］hört［das Unirdische］
das Unirdische,［wenns］
wenn es,
［Birken, – sprachfern, dahin］
［sprachen］sprachfern sich meldet –
bald kippt es um

自我厌恶〖对自己，〗羞耻，绝望〖，〗
对自己，

你加入了，
疯宅〖破院〗

破院，上山，下山，

这口棺材，〖里面〗泛绿了〖，〗长出嫩枝
谁〖被加工过了，〗在倾听〖非人世者〗
那非人世者，〖当它〗
当它，
〖白桦树，——语声远远，前往〗
〖说话〗语声远远前来报到——
差点踉跄跌倒

手稿片段第四、五行：Knallbude 是个带贬义的俚语词，见于某些德语方言词典，今罕用。《法耳茨方言词典》（*Pfälzisches Wörterbuch*）释义 schlechtes Gasthaus［条件极差的客店］；《莱茵方言词典》（*Rheinisches Wörterbuch*）则释为 altes, verfallenes Haus, elende Hütte［破败的老宅，陋室］。译按：德国达达主义先驱理查德·胡森贝克（Richard Huelsenbeck, 1892–1974）曾在一个短篇小说的篇名中使用“Knallbude”这个词（*Azteken oder die Knallbude*，1918），用以影射一种军事化的非人制度。策兰在诗中故意将这个复合词拆开分作两行写（Knall-/bude）。第 2 稿以后不复保留这个影射“疯人院”的词，但仍保留“棺材”意象：

der Sarg, übergrünt, ［überge］ übergönnt,
hört das Unirdische <schäumen>, liest dran,

sprachfern meldet es sich,
［bald］ kippt ［es］ in sich zurück,
［bald］ kippt ［es］ in sich, um sich

棺材，泛绿了，〖蒙（恩）〗施恩了，
听见那非人世者〈泡沫四溅〉，这下看出，

他语声远远前来报到，
〖很快〗跌回自己，
〖很快〗跌进自己，为了自己

译按："非人世者"（das Unirdische，中性名词），谓不属于人世者，或非此在之存在者。上引手稿第二行 schäumen［泡沫四溅］一词，转义指"勃然大怒"，亦指"极度兴奋"。此极写"非人世者"喜怒之状。参看《全集》HKA 本，第 12 卷，前揭，第 169-170 页；《策兰遗作集》，前揭，第 414-415 页。

［54］"泥土般到处躺卧者"一节，第 2 稿［HKA 本 H5，GN 本 B］拟作：

das steinern ［u］Umher-
liegende
wirft <zwischen> <neben ［Er］Ulmwurzeln,> ein neues Gelaß auf
［läßt das papierne Geträum］
［sein Werk tun,］
Einmal, immer.

zwischen jähen
Ulmwurzeln

这石头般到处
躺卧者
垒起〈在榆树根之间〉〈在〖他〗旁边〉一个新的蜗居
〖丢下那个纸梦〗
〖做自己的事，〗
一次，永远。

在错杂突兀的
榆树根之间

译按：上文 das Umherliegende ［到处躺卧者］为中性名词；定稿本作 beim Umherliegenden，第三格，可读作中性名词，亦可读作阳性名词。据语境，当读为中性名词，与前文 das Unirdische ［非人世者］同例。按策兰中后期诗歌的行文风格，形容词作中性名词，指物，亦指人的状态。-liegende，动词 liegen ［躺下，躺卧］，亦指“长眠”，“葬于……”，思路合上引第二稿中出现的“棺材”意象。“到处躺卧”谓在哪儿都能躺下（犹言“死在哪里都可以”）。又按：修饰语 steinern ［石的，石头般的］，转义指“冷漠的”，“呆滞的”。但此诗的调子并不灰暗。第 5 稿［HKA 本 H2，GN 本 E］，“蜗居”句一度拟作 ［hell］ hebt es ein neues Gelaß aus ［〖明亮地〗挖成一座新的蜗居］。Gelaß 一词原义指“小而暗的房间”，策兰用“明亮”去形容它，显示诗人在逆境中对生活保持信心。手稿中划去的“纸梦”［papieren Geträum］句，形容词 papieren［纸做的，像纸的］转义指干巴巴的，枯燥无味的，无想象力的。“丢开纸梦”，犹言丢开空洞无聊的文学梦。终稿更加干脆地改作 ohne Geträum［没有梦］，谓不再抱虚幻的梦想。手稿异文详见《全集》HKA 本，第 12 卷，前揭，第 170 页，173 页；《策兰遗作集》，前揭，第 414-416 页。

*

［55］第 2 稿［HKA 本 H4，GN 本 C］首节诗围绕狗（走狗，恶人）的描写曾拟出几个反复修改的片段：

hündisch
［daher］
im Kreis und sodann
rundum geredet,
mit hündischem Laut zwischenein

狗似的
〖跟来〗

兜着圈子，尔后
四周语声杂沓
间杂带有狗一样的叫声

Im Kreis
und runder und runder
dahergeredet, ［leer,］
mit hündischem Laut ［zwischenein］ in den Pausen

兜圈子
越兜越圆
胡言乱语，〖空洞，〗
带有狗一样的叫声〖间杂地〗在停顿间隙

上引第一节手稿起首句 hündisch（“狗似的”）疑是后添加，用铅笔写在手稿上端左侧，下划有横线，当是初拟标题。根据语境和这几节手稿的行文风格，im Kreis 这个介词短语可作多种解读：（1）围成一圈；（2）（围着）兜圈；（3）在圈里。译者倾向于取前二义。第二节手稿以“und runder und runder”［越兜越圆］形容“im Kreis”，尤见出“狗群”围上来的描写。疑影射附和“高尔事件”的诗评家和攻讦者。手稿异文见《全集》HKA 本，第 12 卷，前揭，第 174-175 页；《策兰遗作集》，前揭，第 417 页。

［56］诸稿起首段以下另有一行单列的诗（或分两行）：Was erkennst du heraus / aus solcherlei?［你看出什么来/这些玩意儿？］这行诗原是一个承上启下的插入句，至第四稿（最终定稿）方删去。参看《全集》HKA 本，第 12 卷，前揭，第 175 页以下；《策兰遗作集》，前揭，第 417 页以下。

［57］笨拙的嘴：前二稿作 stummen Mundes［哑默的嘴］。此节诗在第 3 稿［HKA 本 H2，GN 本 D］中有多处改动痕迹：

Sie höhnen dir nach, und tu [,] ,
[[mit] an vorbedeutenden [n] Münder]
[plum] mit Vorbedeuten [,]
in der Kehle, [das letzte] plumpen Mundes,
durchschwimmst die Strecke

他们跟在后面嘲笑，而你〖，〗
〖充满预兆的嘴上〖带着〗〗
〖笨拙地〗预兆之物
哽在喉头，〖最后的〗出自笨拙的嘴，
毅然飘游渡过险途

译按：此稿第一行 tu 当是 du 之误。第四行划去的 das letzte 句，指上文“预兆之物”。末句“险途”，终稿改为“命途”（Schicksalsstrecke）。详见《全集》HKA 考订本，第 12 卷，第 177 页；《策兰遗作集》，第 418 页。

[58] 结句两行：第 3 稿曾拟作：

der Schrei der schrillen Blume
langt dir nach dem
Dasein

那尖叫的花的呼喊
伸手去够你的
此生

译按：“此生”，原文 Dasein，此词作为存在论哲学术语通译“此在”。上句“那尖叫的花的呼喊”因使用动词 langen 而拟人化了。闻声如见其人，故言“伸手去够”。另据《策兰遗作集》考订，策兰曾在第 2 稿前两节诗的右侧备注 »die schrille Blume« [“尖叫的花”] 这一诗句，似乎想把这个句子嵌入一些诗行，使之重复出现，以达贯穿全篇之效果：

Im Kreis, leer ［rechts:］ die schrille Blume
daherreden gehört,
mit hündischem Laut
in den Pausen.

［Was erkennst du heraus
aus solcherlei?］ ［rechts :］ ［Du schrille Blume］

Sie höhn[t]en dir nach, und du,
stummen Mundes
schwimmst du aufs neue,
noch immer, noch immer

der Schrei der
schrillen Blume langt
［nach deinem］ dir nach Dasein

兜圈子，空洞地（/）尖叫的花
听得一片胡言乱语，
带着狗一样的叫声
在停顿间隙。

你看出什么来
这些玩意儿？（/）〖你，尖叫的花〗

他们跟在后面嘲笑，而你，
一张哑默的嘴
你重又迷茫漂游，

还在游，一直在游

那尖叫的花
长然一声抓来
伸手〖抓向〗欲够你的此生

译按：从此稿第六行推知，“尖叫的花”乃诗中的“你”或诗人自比。又第4稿“一张哑默的嘴”右侧有作者另笔写下的斟酌句：»einer Blume?«［“一朵花的？”］或可推定此句曾一度考虑拟作“一朵花的哑默的嘴”，似亦印证诗中“尖叫的花”乃诗人自比。花本寂寞之物，而能长然出声，谓诗人不畏命途，面对狗群的围攻讥笑而毅然放歌前行。此乃诗结句之义。异文校勘参看《策兰遗作集》，前揭，第416页以下。又“尖叫的花”这个意象已见于同期完成的《光明放弃之后》一诗手稿（参看本书注释4相关部分）。HKA本未将第2稿边页添加的备注辑为异文考订内容，仅录手稿末尾“尖叫的花”两行，详见《全集》HKA本，第12卷，前揭，第176页。

*

［59］“钩挂／在极限里”句，动词verhaken（句中为第二分词verhakt），释义(an etwas) hängen bleiben, sich verfangen，被（某物）钩住，挂住，绊住或卡住。根据策兰在给妻子吉赛尔的书信中所作解释，verhakt取accroché义，指被Haken［钩子或铁刺一类东西］钩住或挂住；令人想到伤疤如皮子张挂的物象。参看《保罗·策兰与吉赛尔·策兰－莱特朗奇通信集》卷I，第416页。第2稿［HKA本H8，GN本B］此节诗曾拟出四个不同稿本：

Narbenwahre, deiner Zeit
stehn die Erze entgegen

伤疤一样真，矿石
对抗你的时间

Narbenwahre, [die Stufen]
die Stufen hier
Narbenschön

伤疤一样真, 〖层层〗
层层在此
美如伤疤

[Narbenwahre,]
Seelenwahre,
Keine der Macht-

〖伤疤一样真, 〗
灵魂一样真,
没有任何力量 –(译按:此句疑阙文)

Narbenwahre, verhakt
[in[s] Sprechende]
ins zu Entwirrende, [letzte]

伤疤一样真,钩挂
〖在言说之物里〗
在该清理之物里, 〖最后的〗

译按:首句(亦为诗题)Narbenwahre,策兰在给妻子的诗笺中给出两种解释:(1)vrai comme une cicatrice [真如一块伤疤];(2)vrai-"cicatricement" [真如(伤口)结痂]。又上引第二节异文中 Stufe [句中为复数 Stufen]是个多义词,古高地德语作 stuofa,拉丁文释义 vestigium [痕迹,残迹,脚印], gradus [阶梯,层级,阶段];音乐上指音级;又指衣服上的褶子;采矿业上指矿块（将矿体分割成便于回采的矿段，亦称采场）。据文意，此处疑指“层层迭迭”。又，第三节异文中 Keine der Macht-，尾词带连字符，原文如此，疑阙文，大意“没有任何一种权力 –（……）”。第四节异文意味深长，其间插入一个明确的诗句“（钩挂）在言说之物里”。这个“言说之物”当指诗歌和语言创作，故伤痛乃在语言和诗歌之中。又，此节异文中 ins zu Entwirrende［在该清理之物里］，句中名词化分词 Entwirrende（派生自动词 entwirren）释义“解开”，“拆开”，“清理”，“理出头绪”。在策兰寄给妻子的诗笺中，“无法 / 拆开”句释为 impossible à dévider, à sortir de la confusion［无法抽出，无法从混乱中清理］，亦可印证该清理之物乃在语言和“言说之物”里。参看《全集》HKA 本，第 12 卷，前揭，第 182-183 页；《策兰遗作集》，前揭，第 419-420 页。另参看《保罗 · 策兰与吉赛尔 · 策兰 – 莱特朗奇通信集》卷 I，前揭，第 416 页。

［60］戏子的舞蹈：此语指涉不详。除此诗抄件以外，策兰另笺给出词的解释，la danse-“show”［舞蹈“表演”］，show 这个英文词打上了引号。同一笺中，策兰还提示，诗中 Schautanz 与下句中的 münzen［铸币，句中用第二分词 gemünzt］语意相关，有打成“Schaumünze”［纪念币］的隐喻。按：德文 Schau 通常指“表演”，亦指“做给人看”，犹今人所称“作秀”。

又，归入诗集《换气集》预备文档的一页笔记稿中有几段文字（可能是读书笔记或写作提纲），似与此诗有关。该页笔记稿正面写有：Schautanz / -i-Schautanze［舞蹈表演/场场舞蹈表演］；Ein Schautanz von Erz- / bringern［一场矿石/携运者的表演］。笔记稿背面标有笔记日期及随手写下的诗句片段：2. April 1966 / sich verhaken / Aber meine Augen verhaken sich in Buchstaben (...) und in einzelne Wort. Wie in ein［e］Gitterwerk. (...) Einmalige Gestalt längst abgewrackter, gestrandeter Schiffe［1966 年 4 月 2 日/卡住/可我的眼睛卡在字母里（……）在单个的词里。就像卡在一道栅格里。（……）那些早已被拆解、搁浅了的船只的唯一形态］。转引自《全集》HKA 本，第 12 卷，前揭，第 181-182 页；另参看《策兰遗作集》，前揭，第 419 页。

译按：以上几段笔记文字出处不详，笔记日期与此诗写作日期为同一天，其中一些基本词语（Schautanz, sich verhaken, abgewrackter）显然是为这首诗而预备的，策兰在这些词语下划了横线着重号。除部分关键词语（verhaken,

Schautanz）见于诗定稿外，笔记里提到的“船”和“拆解”意象亦见于诗手稿（第 2 稿）尾声原拟的一节未定稿：

［Schiffgespenster］
ziehn an den Masten
Abgewracktes empor

［And］ An den Masten, den Speeren］

〖船鬼们〗
把拆卸之物
升到桅杆上

〖桅杆上，标枪上〗

这节“船鬼”诗未展开，定稿中亦未保留。按手稿原来的思路，应是诗尾声的一个生动片段，回应起首段中“伤疤”张挂在极限里的意象。第四行 Speeren［标枪］一词是策兰常用词语，HKA 本疑是 Sperren［横木栅］之误（参看《全集》HKA 考订本，第 12 卷，第 184 页）。译按：手稿中使用 Abgewracktes［拆卸之物］这个词，带有乐观色彩，谓借助“拆解”可卸去语言中的历史之伤。定稿本最终仍用 nicht zu / Entwirrende［无法/拆下来］这个短句，显示诗人对语言之伤难以治愈的看法：伤疤难以从语言中揭下来。

又此节“船鬼”诗以下另有一节“土耳其丁香”未定稿，初仅二句：Auch <türkischer> Flieder kommt manchmal gegangen［，］/und erfragt sich den Duft［那枝〈土耳其〉丁香偶也走过来〖，〗/还给自己探得了花香］。

译按：这个“土耳其丁香”片段在第 3 至 5 稿中有所展开，最终还是割舍不用（参看《全集》HKA 本，第 12 卷，第 184 页，第 186 页；《策兰遗作集》第 421-422 页）。手稿研究显示，这个舍弃的片段最初只言“丁香”，“土耳其的”是后加的修饰语。策兰写到“丁香”的诗很多，尤见于其早期作品，但具体到言“土耳其丁香”，似乎仅见于此稿，是否另有特殊寓意，暂无资料可考。又策兰在其 1958 年著名散文《山中对话》里特别提到一种名为“头巾百合”的野百合花（学名 Lilium martagon，通称欧洲百合，其德文名称 Türkenbund 意为“土耳其缠头”），作为他想象自己与阿多诺（两个犹太人）在山中邂逅所见的风物；这野百合“开得荒凉，彷佛开在乌有之乡”，彷佛“犹太人和自然是两码事”，“一旦有个形象闯进来，即刻缠入那编织之物，当场就成了一根线，一根自己缠绕，围着那形象编织的线”；必须透过并非为自己发明的语言和大地，才能看清这“半是肖像半是面纱”的东西（参看《全集》HKA 本，卷 15 ／ 1，Suhrkamp 出版社，法兰克福，2014 年，第 27-28 页）。根据策兰后来的说法，这节“土耳其丁香”稿原是此诗一个富余的“尾声构思段落”，决定将其抽出，留作一首诗的单独题材。参看本书第 53 页《或者是它来了》（*Oder es kommt*）一诗题解注释资料。

［61］入口处：Einfahrt，此德文词多指大门入口。手稿中一度与“思想栅栏”等修饰语并用，似有抽象含义，疑指处于精神黑夜的关口，或命运的关口（参看《夜之断章》16-2 :“去吧，翻滚着／越过〈高高的〉大红／玄关（Einfahrtsschleife），给自己／摘个开花的火巢”。第 2 稿此句曾拟作 vorm großen Gedankengatter am Eingang［在入口处巨大的思想栅栏前］，复改作 vor der Einfahrt, vor / dem Gedankengatter［在入口前，在/思想的栅栏前］；第 6 稿［HKA 本 H3*，GN 本 J］“入口”作 Torweg［门道］。下文“一切还会再次发生”句，第 4 稿和第 5 稿［HKA 本 H5，H4］一度拟作 wo alles noch einmal geschieht / und geschehn kann［这里一切还会再次发生／而且肯定发生］。手稿异文详见《全集》HKA 本，第 12 卷，前揭，第 183-187 页；《策兰遗作集》，前揭，第 420-423 页。

*

［62］视觉泥巴：原文 Sehklumpen，策兰生造的复合词，由 Seh［视觉］+ Klumpen［凝块］构成。德文 Klumpen 指（黏糊糊的）一团东西，常与物质名词构成复合词，如 Blutklumpen（血块，血团），Erdklumpen（泥团，土块），Teigklumpen（生面团）等。而 Sehklumpen 这个说法，犹言“模糊的一团视觉”。在抄寄给妻子吉赛尔的诗笺中，策兰将 Sehklumpen 这个复合词解释为 motte oeilletée ［直译“一团长了眼睛的泥巴”］。译按：motte oeilletée 这个法语说法也可能是策兰的发明，词法怪异，却诗意盎然。

［63］第 2 稿［HKA 本 H7，GN 本 B］此节诗曾拟作：

erblickt, erblickt – durchstoßen,
du kennst den Schrei,
weißt,
daß er geschrien wird an deiner Statt
［...］

看见了，看见了——撞穿，
你熟悉那叫声，
你知道，
处在你的位置他也会喊出声来
［……］

［64］“超出那／该知道的……”句，第 2 稿作 mehr als das brauchst du / nicht zu wissen ［超出你/不该知道的］；第 6 稿［HKA 本 H3，GN 本 F］复改作 mehr als das / steht dir nicht zu ［超出你/无权得到的］。此句似说，有些事物可遇而不可求。

［65］“这游戏还在继续”句，前六稿均作 das Spiel geht ohnehin weiter［这游戏反正还会持续下去］。详见《全集》HKA 本，第 12 卷，前揭，第 190-194 页；《策兰遗作集》，前揭，第 426-428 页。

［66］此节诗首句“它翻滚着”，第 2 稿曾明确用“诗”做主语：

［das Gedicht］
<es> wälzt sich, durch die erste <beste> Buchstabenöffnung

und ［spricht von］Gewinn und Verlust.

〖诗〗
〈它〉翻滚着，穿过遇到的第一个字母的开启
从而〖谈论〗输赢与得失。

从这节手稿可推知，“这游戏”（das Spiel）指的就是诗歌写作本身的奥秘。诗人须有眼光，而词语需要开启，故诗人和灵感乃两厢情愿。这段手稿解释了诗中“游戏”的内涵，同时也印证了策兰在给妻子的信中所言，诗之得来乃“两厢情愿”之事——“它那边和我这边”。又“字母的开启”句，第4稿曾改作“敞开之域”：

durch den ersten［best］runden
［Mit］Selbstlaut der Schrift, durch
die Öffnung

穿过遇到的第一个丰满的
〖带有〗字迹的元音，穿过
这敞开之域

此处，“敞开之域”回应了开篇所言的视觉“碰撞”，也即视觉与视域的触碰，——撞开，撞穿，从而洞悉。译按：Öffnung 这个词在策兰诗中并不多见。此词的通常释义既指“开启”“揭示”，亦指空间的敞开——开裂，缝隙，视域，——某种东西在其间豁然开朗。德语诗歌传统，尤其在荷尔德林那里，Öffnung 这个词深具古典语文和古典哲学的含义，指“去蔽”和“洞开”，尤言世界之敞开和对本己之物的居有。策兰似乎更强调词本身的去蔽，打破对词语和阐释的迷恋，从而破除“词语的奴性”。惟其如此，一个人才能真正凭其思想去衡量和谈论语言创作的得失。此诗与上篇《底掏空了》不失为姊妹篇：诗在词语之中，亦在词语之外。下文“悄声报告”句，副词 ungehört［悄悄，不被注意（地）］有“人不知鬼不觉”的意思。此诗似写创作心得，盖好诗的得来全在“鬼斧”之下“神功”

之中。手稿参看《全集》HKA本，第12卷，第190页以下；《策兰遗作集》，第427页以下。

*

［67］不独是花香：这首四行小诗语句浅显，但意味深远，其寓意尽在结句之中。参看策兰1954年作品《衣冠塚》（Kenotaph）：Er aber hielts, da er manches erblickt, / mit den Blinden: / er ging und pflückte zuviel: / er pflückte den Duft – / und die's sahn, verziehn es ihm nicht.［而他，虽然见过好多世面，/却愿与盲者为伍：/他去采集，采得太多：/他采集花香——/见了的人，都不肯原谅。］载诗集《从门槛到门槛》（*Von Schwelle zu Schwelle*），《全集》HKA本，卷4/I，Suhrkamp出版社，2004年，第62页。

据《策兰遗作集》校勘，此诗除了德文原作，尚有策兰亲笔所拟多个法文译本，见于他寄给妻子吉赛尔的一份抄件（1966年4月8日）和另外四份存档手稿。校勘资料显示，策兰对此诗至少提供了他本人的六种法文译本。这些"译本"，策兰称之为德文原作的"法文变奏曲"（参看《保罗·策兰与吉赛尔·策兰－莱特朗奇通信集》卷I，第425页），虽然没有定形，但呈现出作者斟酌词句，变换词语，不断修改和打磨的痕迹，尤其是同一个诗句尝试不同表达方式，包括以括弧注出可能的用词和句式选择等。几乎可以肯定，他曾有意将此诗写成一个法文版本。现据手稿将策兰的六种法文译本逐录如下（这些手稿难以逐字翻译，译者在此提供的汉译仅是据手稿给出大意，供参考）：

(1) ...Ou bien s'en vient
le lilas à la turque,
questionnant,［obtenant］il obtient
plus［que］<du> parfum

……或者是它来了
那枝土耳其丁香，
一路探问，〖得到〗得来

不止是花香

(2) Ou bien s'en vient
le lilas à la turque
ses questions, à la ronde,
glanent plus que du parfum
(cueillant plus que du parfum (odeur etc.))

或者是它来了
那枝土耳其丁香
方圆四周，到处探问，
拾得的何止是花香
（采来多于花香（香味气味等））

(3) Ou bien s'en vient
le lilas turc,
et, à force de questions
obtient plus
que［n'en］［en］n'offre
［le salut］le seul parfum

或者是它来了
那枝土耳其丁香，
而且，因为它不停地探问
得来也多
多于〖何止〗
〖拯救〗孤芳之所赐

(4) Ou bien avec nous
s'en vient le［parfum］lilas turc

［se］ et obtient, de question en question,
davantage que du ［simple］ parfum

或者是跟着我们
来了那枝〖花香〗土耳其丁香
〖自己〗一次又一次打探，得来
胜过〖单纯的〗花香

(5) Ou bien s'en vient
le lilas turc
et, à force de questionner
obtient plus que <le> seul parfum

<et, reçoit, à force de questionner,
Plus que d[e]u parfum>

或者是它来了
那枝土耳其丁香
因为它不停地追问
得来不独是花香

〈而且，由于一路追问，收获
不止是花香〉

(6) Ou bien s'en vient
le lilas turc,
et à force de questions
il obtient, au-delà ［,］
de celui-ci,
plus que du parfum

或者是它来了
那枝土耳其丁香，
一个劲地追问，
得来的，远远超过〖，〗
此物，
不止是花香。

译按：策兰本人这同一首诗的六个法文翻译稿本，虽反复打磨，仍属信笔之作。手稿中反复比较的句式和留待斟酌的词语也说明，这些“译本”仍属未定稿。然细读之，读者不仅从中领略词语和句式变化带来的丰富和细腻，也能看到作者擅长“变换词语，变换钥匙”的写作手法。单是“得来”这个词，就有 obtenir［获得］，glaner［拾得］，cueillir［采撷］，recevoir［收获］等四种说法。第 2 份译稿添加的“方圆四周”［à la ronde］这个短语陡然增加了诗的空间感，令读者有柳暗花明又一村的感觉；第 3 份译稿出现的“拯救”［salut］一词更是突兀，显示了作者不拘一格的诗风。策兰在一首小诗里不仅用词大胆，且思路广阔，堪称微言大义。有些用词虽然最后删去不用，读者透过其初衷，透过不厌其烦反复出现的 plus que［德文 mehr als］（不独，何止，多于）这个副词短语，依然能听出这首小诗的弦外之音，进而揣摩出作者欲表达某种“探幽入隐”的深度意图来：词语即叩问，诗在语言中又在语言外。译按：parfum［香气，香味］这个法语词源于拉丁文 per fume，意为“由烟雾而来”，令人想到古时的香熏疗法或祭仪上的焚香，与救赎的观念有关，也许可以解释译稿中何以出现 salut［拯救］一词。这些，多少为我们解读这首小诗提供了一些线索。

*

［68］此节诗第一行 das，指示代词，指上文 Gefühl［感情］，或指“危难之歌”。第 2 稿［HKA 本 H5，GN 本 C］此句曾作 das hat / keine Namen［它不拥有/任何名字］；复改作 das hat［/］［keinerlei im］</>［Fahnentuch］［它的〖旗帜里〗〈/〉〖一无所有〗］；再度改作 das hat / <der> großgewiegten Namen nicht viele ［它拥有/〈那〉掂出分量的名字不多］。详见《全集》HKA 本，第 12 卷，前揭，第 200-201 页；《策兰遗作集》，前揭，第 431 页。

［69］硬叶灌木林［Hartlaubgebüsch］，又称硬叶常绿林，指分布于亚热带气候干燥地区，叶子小而坚硬、叶状多呈尖刺形或锯齿形的植物群落，具有较强的抗旱耐寒能力，尤以地中海气候带特有的“玛基亚”［macchia］小乔木和灌木群落最为典型。第 6 稿［HKA 本 H_2，GN 本 F］“硬叶灌木林”曾直接拟作 macchia。按：macchia，意大利文，派生自拉丁文 *macula*（原义为“斑点”，取灌木丛如斑点散布于山野之意），法文称作 maquis；策兰在给妻子吉赛尔的诗笺中给出过这个法文对等词。译按：二战德据时期，法国南部的这类丛林地带曾是抵抗运动游击队与敌周旋的根据地，诗人勒内 · 夏尔亦曾在丛林中与游击队并肩作战。另参看诗集《光明之迫》主题诗《我们已躺在》：Wir lagen / schon tief in der Macchia ［我们已躺在/玛基亚丛林深处］。上文“掂出分量的名字不多”以及下文“有刺/所以，不会认错”，言人在世，有骨气、值得信赖、能引为知己的朋友不多，能掂量出来的也就几个。1965 年 10 月 26 日，也即第一次进精神病院接受治疗之前，在一次独自南方之行的浪游旅途中，策兰曾乘兴登门，去位于普罗旺斯地区索格河畔的夏尔乡间住家拜访；不巧，那天夏尔外出未归。

译者又按：第 3 稿此句异文因字迹模糊，GN 本和 HKA 本校勘有异。GN 本勘作 aus de［n］m <Deckungen> ［从掩蔽处……］；HKA 本勘作 aus de[n] m [Dickungen] ［从茂密的树丛……］。

GN 本：

stachelig [war es] ists, <aus de[n]m [Deckungen]
Hartlaubgebüsch> zur Hand, <zur Brennessel-Hand, >
它〖曾经〗是多刺的，〈从〖掩蔽处〗
硬叶灌木林〉来到手上，〈来到荨麻手上，〉

HKA 本：

stachelig [war es] ists, <aus de[n]m [Dickungen]

Hartlaubgebüsch> zur Hand, <zur Brennessel-Hand, >

它〖曾经〗是多刺的，〈从〖茂密的小树丛〗

硬叶灌木林〉来到手上，〈来到荨麻手上，〉

第 4 稿［HKA 本 H4，GN 本 D］此节诗复改作：

stach[e]lig, unverkennbar, so［steht es］

［steht es der Nesselhand］

aus dem Hartlaubgebüsch,

steht es hervor, dir

［zur Hand,］ entgegen,

多刺，不会认错，就这样〖伸着〗

〖伸给荨麻手〗

从硬叶灌木林，

伸出，向你

〖手上，〗伸过来，

译按：荨麻手，原文 Nesselhand，Brennessel-Hand，策兰生造的复合词。荨麻［德文 Nessel，亦作 Brennessel］，拉丁学名 Urtica；多年生草本植物，生命力旺盛，常见于山地林下或沟边路旁，茎叶上有带毒性的蜇毛，能灼人致皮肤红肿，故又称“火麻”，“蜇人草”。“荨麻”是策兰诗中多用的意象。参看策兰 1956 年作品《声音》（*Stimmen*）：“来自荨麻小径的声音：// 过来吧，用手走路来找我们。/ 与灯独处的人，/ 只有手能阅读。”（载诗集《语之栅》，《全集》HKA 本，卷 5/1，Suhrkamp 出版社，法兰克福，2002 年，第 11 页。）译按：“荨麻”在西人名物学中有“苦难”的象征含义，但在策兰这首诗中，“荨麻手”在苦难的意味之外，亦指诗人风骨——取荨麻蜇人之特性，谓性格刚强，坚定无畏。终稿未保留这一意象，但读者透过“危难”，“多刺”，“硬叶灌木”这一系列词语，应能体会策兰书信中所说这首诗“严峻，艰涩，粗犷”的风格。

另，上引手稿第 4 行“向你”句，GN 本和 KG 本均无逗号，HKA 刊本据文意添加逗号。译按：策兰手稿此处未见逗号。中译本从 GN 本和 KG 本。详见《全集》HKA 本，第 12 卷，前揭，第 201-203 页；《策兰遗作集》，前揭，第 431-432 页。

*

［70］卷云（Zirrus, 复数 Zirren, 拉丁文 Cirrus）：高云的一种，通常在高空形成飘逸的丝条状，形状若羽，又似乱丝马尾，或纤细分散，或云丝密集，云体白而无暗影。第 2 稿［HKA 本 H6，GN 本 B］此句作 unterhalb / der <drei> Schleierzirren［悬在/〈三朵〉面纱般的卷云下］。见《全集》HKA 本，第 12 卷，前揭，第 206 页；《策兰遗作集》，前揭，第 433 页。

灰如女巫：原文 sibyllengrau；按，女巫 Sibylle［希腊文 *σίβυλλα*］即古希腊传说中的女占卜师，称西彼拉。在神示所时代，西彼拉虽然也被视为阿波罗的女祭司，但与德尔斐女祭司皮提娅司职不同，她并非专职祭司；皮提娅的职务是传达神谕，西彼拉只是作为民间独立女巫从事占卜与预言。古文献中提及的西彼拉共有十位。后世辑有《西彼拉占语集》（*Libri Sibyllini*），相传为罗马王政时代第七任君主卢修斯·塔克文·苏佩布（Lucius Tarquinius Superbus，？ – 前 496 年）从一位西彼拉手中购得。西彼拉的预言通常晦涩难懂，后世常用“西彼拉占语”来形容神秘的话语或预言。

［71］漂流者：原文 Schwimmend, 名词化分词第一式，句中为阳性，第二格。译按：动词 schwimmen 本义为泅水，漂浮；转义指漂泊，亦指人迷惘失去方向。第 1 稿［HKA 本 H7，GN 本 A］“漂流者”曾作 Ertrunknen［淹死者］，复改作 Getauchten［沉渊者］（参看《全集》HKA 本，第 12 卷，第 206 页；《策兰遗作集》第 432 页）。

Enthimmeltes［in］um
die Boje des ersten［Ertrunknen］Getauchten

天谪之物环绕着

第一个〖淹死者〗沉渊者的浮标

［72］迷离失所：德文 Ortlosigkeit，源于古希腊文ἀτοπία［ἄτοπος, adj.］，原义指不得其所，出离本源，引伸为怪异、离奇、不合时宜。德文 ortlos 保留了ἄτοπος这个希腊词的词构和古义，通释不得其所的，无以归置的，本源迷失的，或者在地点和根源上搞不清的，参看《格林氏德语大词典》；按，今多作哲学用语，汉译有"失位"等译法，但尚无通用之定译。又上句"在同一地点"，第1稿曾作 an diesem Ort［在这个地点］（《全集》HKA 本，第12卷，第206页），疑指作者身在的精神病院。写作此诗时，策兰已是第三次进精神病院。依"迷离失所"一词的语义，"同一地点"亦可引申为"存在的处所"，故"迷离失所"也即人失其存在的处所。从诗结尾二句可以体味出，"疯"即迷离失所于世；然"疯"者若此，不就是"狂放一世"么？——此乃诗之大旨。

［73］"安顿"句，第1稿［HKA 本 H7，GN 本 A］一度拟作：

dich bettet in ihr[e] – con sordino
［Hintergedanken］〈Fahnen-〉Hurrah –［con sordino］

将你安顿——悄悄地
在它的〖心事〗〈旗帜的〉乌拉声里——〖悄悄地〗

第2稿［HKA 本 H6，GN 本 B］改作：

dich betten komm[t]en | con sordino
in all ihr | zerschlissenes
Fahnen-Hurrah

过来将你安顿 | 悄悄地
在它所有 | 穿破了的
乌拉之旗里

译按：con sordino，意大利文。音乐术语，指在乐器上加弱音器，转义指悄悄地（做某事）。手稿研究显示，原稿叙事中保持着某种乐观的基调（“心事”，“旗帜”，“乌拉（欢呼声）”），定稿最后让位于较黯淡的想法（“亡矣之旗”），但结句透过狷狂的形象（“傻子铃铛／智者铃铛”）而显露出嘲笑命运的叛逆精神。参看《全集》HKA本，第12卷，前揭，第206页以下；《策兰遗作集》，前揭，第432页以下。

*

［74］大叶藻：Seetang，亦称Seegras，学名Zostera marina；俗称海带。多年生沉水草本植物，常见于浅海及海滩中的潮带。译按：策兰在此指的可能是法国布列塔尼和诺曼底海滩常见的一种褐藻，法文名varech，此词在诺曼底方言中意为被海浪冲打到岸边的“残骸”或“漂浮物”。又句中动词“戴上”，德文gefesselt［fesseln］，通常指被戴上镣铐，亦指捆住，缚住。

初稿［HKA本H7，GN本A］首句未使用含义较重的fesseln这一动词，而是用geschmeiden［佩戴（饰物）］和umwinden［缠上］这两个有“妆点”意味的动词：Mit geschmeidigtem Seetang umwunden［缠上做成佩物的大叶藻］；Geschmeidet von Seetang［佩起大叶藻］。第2稿以后改用fesseln，有拿“锁链”当佩身的凛然气度。参看《全集》HKA本，第12卷，前揭，第213页以下；《策兰遗作集》，前揭，第435页以下。

［75］呼喊：Anrufungen（名词，复数；派生自动词anrufen）；《格林氏德语大词典》援拉丁文释义*invocatio*［恳求，吁请］，旧指求神乞灵，今多指为某人某事呼吁呐喊，含申诉和求助义。第1稿此句曾作：

Anrufungen, meerwassergrün, –
Seetang, ［hart］ harthörig

声声呼喊，海水般泛绿，——
大叶藻，充耳不闻

Anrufungen, meergrün, in mitten
von geschmeidigem Seetang

声声呼喊，海一样绿，在
柔韧的大叶藻中间

又，第2稿至第6稿此节诗一度由Vorher这个表示“先前”的时间副词引出，措词、语气及诗行排列亦有所不同：

第2稿：
Mit geschmeidigtem Seetang ［umwu］gefesselt
(Vorher: die Anrufungen frei-
    getrunken –
    die kämpferischen Klagelaute
    erlauscht)
Hier herrscht die Ertrunkene Kette

〖缠上〗戴上做成佩饰的大叶藻
（先前：呼喊任人
    喝——
    勇士的嗟叹声
    听得见）
这里到处是淹毙的锁链

第4稿：
Mit geschmeidigtem Seetang gefesselt.

Vorher：die Anrufungen, alle, freigetrunken
die kämpferischen Klagelaute – freigelauscht.

Hier herrscht die Ertrunkene Kette.

戴上做成佩饰的大叶藻。

先前：呼喊，所有的，任人喝；
勇士的嗟叹——任人听。

这里到处是淹毙的锁链。

在第 1 稿里，诗人对人世倾听正义呼声曾经怀抱一线希望：kämpferiche[r] Klagelaute / ［erlauscht, im Gehördämmer］［勇士的嗟叹/听得见，在听觉的黎明］。随后六稿，期待得到倾听和理解的希望不复存在了，诗人只有默默肩负“剩余的黎明之载”——劫难过后，历史重新开始，而新开端既是希望也是光明即将来临的重负。译按：上引第 2 稿“先前”句置于括号之中，似乎只是作为全诗的一个回顾性插入片段，暗示“呼喊”和“嗟叹”都已徒然成为过去，诗人不再求助和叹息。第 4 稿以后，这个插入片段完全敞开，不再置于括号之中，而是直接揉入叙事，衔接了“当下”的语境。参看《全集》HKA 本，第 12 卷，前揭，第 212 页以下；《策兰遗作集》，前揭，第 435 页以下。

［76］“黎明之载”句，第 2 稿曾作［Auf］［s］chmalste[r]n Schulter<n> /［kommt］[noch weiteres] wird weitere Dämmerfracht［〖更宽广的〗更辽阔的黎明之载〖落在〗/瘦小的肩上］。译按：德文 Fracht 一词，通释（海船等）运载的货物；转义指“重负”，与 Last 同义，然近世用法中“重负”义已多为 Last 取代。第 7 稿［HKA 本 H1，GN 本 G］此节诗多出两行：

Den schmalsten Schultern aufgeladen,
wie die ［üppige］ übrige Sommerstag
Den schmalsten Schultern aufgeladen
die übrige Dämmerfracht.

最瘦小的肩膀放上了，
多么〖盛大的〗富余的夏日
最瘦小的肩膀放上了
剩余的黎明之载。

译按：以上四行（两句）原是一句诗的两个斟酌版本，在第 7 稿（最后誊清稿）中保留如此，未作取舍。前句为誊写时新加，可能是策兰留待最后斟酌的句子，这也是造成目前刊本不一致的原因。GN 本和 KG 本采后句（参看《策兰遗作集》，第 128 页）；HKA 本未提供校勘整理稿，仅提供原始手稿（详见《全集》HKA 考订本，第 12 卷，第 217 页）。译者以为 GN 本此处校勘得当，中译从此本。

［77］此句两个“你”并列出现（Du hier und du），语气跳转，颇晦涩，似援事自陈，言今生与往事，或指彼时的“你”和今生的“你”都得留下，哪怕与深海之藻为伴。第 2 稿 、第 3 稿和第 5 稿曾拟作：

Du – du,
bleibt hier: Es ist euch
noch ［Schwereres］ <Anderes> zugedacht

你——你，
都留下来：还给你们
备好了〖更沉重的东西〗〈别的东西〉

译按：这个“你——你”，句中动词使用祈使句第二人称复数 bleibt，下文亦用人称代词“你们”。诸稿中，惟有第 3 稿［HKA 本 H5］一度使用第二人称单数（祈使句）：［Du – bleib hier, du］〖你——留在这儿，你〗。参看《全集》HKA 本，第 12 卷，前揭，第 213 页以下；《策兰遗作集》，前揭，第 435 页以下。

［78］译按：“回到哀叹之中”句，KG 本句末增补逗号，GN 本和 HKA 本依手

稿均无标点。中译本从 GN 本和 HKA 本。

*

［79］第 1 稿［HKA 本 H10］起首句曾作 Seiltänzer-Zorn,［am Tatort］［走钢丝者的愤怒，〖在现场〗］；手稿上方另有两行备注：Seiltänzerzorn / der Zorn des düpierten Seiltänzers // Erhebungen am Tatort［走钢丝者的愤怒/被愚弄的走钢丝者的愤怒 // 当场起来反抗］。参看《全集》HKA 本，第 12 卷，前揭，第 220 页。此项备注的内容见于诗集《换气集》预备文档中一则未标日期的创作手记，与《从高素上》一诗创作有关，也可能是《绳》这首诗最早的来源。参看本书注释〔8〕相关部分。

第 3 稿［HKA 本 H8］篇首曾作［Ein Tänzer］〖一个舞者〗，文句下划有横线，可能也是最初考虑采用的诗题之一。又，诗起首段核心意象（“绳”/“头颅”）在最初几稿中有多个措辞不尽相同的版本：

第 1 稿
das Seil, zwischen zwei Köpfen gespannt,
langt nach dem ewigen Draußen

绳，绷在两个头颅之间，
去抓那永恒的外面

das Seil, zwischen［die］zwei Köpfen benannt,
langt nach dem［bestä］［ewigen］beständigen Draußen

绳，绷在〖那〗两个叫做头颅的东西之间，
去抓那〖万古的〗〖永恒的〗万古不变的外面

第 2 稿
das Seil, zwischen zwei hoch-

wohlgeborenen Köpfen gespannt,
langt nach

绳，绷在两个
生来高贵的头颅之间，
去抓［原稿此处阙文］

Das Seil, zwischen zwei hoch-
wohlgeborene［n］Köpfe gespannt, oben,
langt nach dem ewigen Draußen

绳，绷在两个
生来高贵的头颅之间，高高在上，
去抓那永恒的外面

这些手稿异文呈现细微的变化。第1稿第二节“两个叫做头颅的东西”及“万古不变的外面”含义颇重。以上手稿参看《全集》HKA本，第12卷，前揭，第220页以下；《策兰遗作集》，前揭，第423页以下。

［80］“一种音调”句，第5稿［HKA本H6，GN本E］作Ein［Kreischen］［一声〖尖叫〗］。前四稿构思不同，或以“八音盒”为意象，或以“铃”为核心。初稿作［die］der Spieldose[n]［, hal］［h］［〖那只〗八音盒〖，响起〗］，复又拟作Spieluhren kommen［走来音乐闹钟］。译按：“八音盒”是古老的乐器。策兰诗中，“八音盒”和“音乐闹钟”（可能来自诗人童年生活的记忆）常借喻纯真的歌唱。第3稿［HKA本H8，GN本C］取“铃”的意象并有进一步的描写：Das Scheppern der / <Schellen-> Attrappe — vorläufig / reicht<s> [es] aus.［以假乱真的〈小铃铛〉/叮叮当当响——暂且/足够了］。译按：此处Attrappe［逼真的仿制品、模拟物］一词，指自己的作品，当是戏言或自谦之辞，言己在精神病院能以此寒碜之物来对付命运，足矣。同一旨趣的诗句亦可参看同期作品《时间空隙》一诗结尾（“傻子铃铛／智者铃铛”）。第4稿［HKA本H7，GN本D］

尾声分两节，诗行中一度出现影射疯人院的“疯宅破院”[knallbude]一词：

Die heisere Glocken-Attrappe,
knallbudenecht,
reißt an den Siegeln, mit Tönen

daran
geht
[aus meinem Sack]

这沙哑的仿钟，
跟疯宅破院一样真实，
它要撕开封条，用铃声

开始
了
〖出自我的布袋〗

这节手稿很风趣。“仿钟”(Glocken-Attrappe)指仿制的钟铃，与上面提到的“以假乱真的小铃铛”(Schellen-Attrappe)一样，皆作者将自己的作品比作钟铃一类的鸣器，欲借之去敲开现实的墙壁(策兰在别处亦称之为“深海的镜面”——参看《埃德加与梦中之梦》一文)或者撕开命运的封条。这些意象当然来自一种诗歌经验，如《底掏空了》一诗手稿提到的来自彼岸的“震撼”，再如《椴树叶的》一诗言及的“金属之声”——这些日常经验最终凝结为作品，策兰在给妻子吉赛尔的诗笺中称为“小诗”，“日常之作”，“度日之诗”。用作者自己的说法，在病院烦闷的日常中，这些细小的东西“暂且足够了”。这些“鸣器”虽小，却在诗中发出不同凡响的音调。末句“布袋”(Sack)一词颇叫人称奇，不难揣测出这里面有来自童话风格的东西，当与魔术师的袋子或“百宝箱”一类比喻相仿，犹言诗人的武器——“诗歌之囊”。读这些诗行，我们不能不为之感到心灵震撼：一个面临精神黑夜的人，能用如此风趣的语言去调侃命运，必有他自己的诗歌秘诀。译按：Sack 一词在手稿中字迹模糊，GN 本付诸阙如，未予勘校（详见《策兰遗作集》，第 425 页；《全集》HKA 本，第 12 卷第 222-223 页）。又此节诗中“疯宅破院”［knallbude］一语，已见于之前的另一首诗《因为羞耻》手稿（参看本书注释〔53〕）。

*

［81］空寂的中间：第 1 稿［HKA 本 H6，GN 本 A］作 die feige Mitte ［胆怯的中间］（详见《全集》HKA 本，第 12 卷，第 228 页；《策兰遗作集》，第 437 页）。译按：德文词 Mitte，古高地德语作 mittĭ，源自哥特语 midjis，拉丁文释义 medium，指空间和场所的“中心”，“中央”，与边缘相对；亦指两地之间的中间地带或不同事物交汇的区域；抽象意义则指“不偏不倚”，尤指中立或公允，或指居中，在冲突的关系或不同意见之间达成和谐［*der gleichmäszige abstand von zwei entgegengesetzten verhältnissen oder meinungen*］（《格林氏德语大词典》）。关于此词在策兰诗歌中的内涵，可参看其 1960 年作品《两只手上》（*Zu beiden Händen*，载诗集《无人的玫瑰》*Die Niemandrose*,《全集》HKA 本，卷 6/1，Suhrkamp 出版社，法兰克福，2001 年，第 21 页）：

O diese wandernde leere
gastliche Mitte. Getrennt,
fall ich dir zu, fällst
du mir zu, einander
entfallen, sehn wir
hindurch:

Das
Selbe
hat uns
verloren, das
Selbe

hat uns
vergessen［...］

哦，这飘移的空寂的
好客的中间。一旦分开，
我落你身上，你
落我身上，彼此
都失落了，于是我们
看穿：

那
同一者
断送
了我们，那
同一者
忘却
了我们［……］

另，Mitte 一词在德语中带上的特定历史文化内涵，包括它在德语诗歌乃至欧洲文学及文化语境中的理想主义色彩，可参看席勒的长诗《厄琉息斯庆典》（*Das Eleusische Fest*）和《女人的尊严》（*Würde der Frauen*）：

Freiheit liebt das Thier der Wüste,
Frei im Aether herrscht der Gott,
Ihrer Brust gewalt'ge Lüste
Zähmet das Naturgebot;
Doch der Mensch in ihrer Mitte
Soll sich an den Menschen reihn,
Und allein durch seine Sitte
Kann er frei und mächtig seyn.

荒野的动物喜欢自由自在，
而神在以太中自由主宰，
自然之律限制了
彼等心中的强烈欲望；
人处在两者中间
故人须与人相聚在一起，
惟有遵循礼法
方能自由和强大。

Schiller, *Das Eleusische Fest*（《厄琉息斯庆典》）
unter dem Titel „Bürgerlied" im Musen-Almanach 1799

Schwankt mit ungewissem Schritte,
Zwischen Glück und Recht getheilt,
Und verliert die schöne Mitte,
Wo die Menschheit fröhlich weilt.

［人］以不确定的脚步蹒跚而行，
在幸福和法权之间撕裂为二，
结果失去美好的中间，
人类快乐逗留之地。

Schiller, *Würde der Frauen*（《女人的尊严》）
Musen-Almanach, 1796, Herhausgegeben von Schiller
Neustreliz, bei dem Hofbuchhändler Michaelis, pp.186-192.

［82］第 1 稿此句曾作 als sie leer- und hinaufsah ［当它空寂地向上遥望］；复改作 als sie leerstand, nach oben［当它空寂地立着，向着高处］。详见《全集》HKA 本，第 12 卷，前揭，第 228 页；《策兰遗作集》，前揭，第 437-438 页。

［83］麦饼：按诗语境，指“有酵饼”或“无酵饼”。译按：犹太人在逾越节期间遵习俗吃无酵饼。1966 年逾越节落在 4 月 5 日至 11 日，策兰作此诗时，为期一周的逾越节刚过不久，故诗中言及无酵饼并隐含地涉及逾越节由来之义。第 1 稿“麦饼”曾拟作 Schiffe［船］，Boote［小船］：

Die leere Mitte, der wir singen halfen,
als sie［be］nach oben stand, hell,
und die［Schiffe］［Boote］Brote vorbeiließ, gesäuert | und ungesäuert,

空寂的中间，我们曾经为之助歌，
当它向高处耸立，明亮，
而且放过〖船只〗〖小船〗麦饼，有酵的 | 无酵的

译按：逾越节（Pessa'h），按圣经旧约《利未记》的说法（23:6-8），原本分为逾越节和除酵节；为期一周的除酵节就紧跟在逾越节这天之后，后来犹太人将其合为一个节日。逾越节，顾名思义（希伯来文意为“越过”），乃纪念耶和华神击杀埃及人长子时，越过犹太人家门不杀，使犹太人得以幸免。守除酵节则是纪念犹太人离开埃及时的急迫和困境，做麦饼都没有时间发酵。参看圣经旧约所述犹太人出埃及事：

> 于是，摩西召了以色列的众长老来，对他们说：“你们要按着家口取出羊羔，把这逾越节的羊羔宰了。拿一把牛膝草，蘸盆里的血，打在门楣上和左右的门框上。你们谁也不可出自己的房门，直到早晨。因为耶和华要巡行击杀埃及人，他看见血在门楣上和左右门框上，就必越过那门，不容灭命的进你们的房屋，击杀你们。这例你们要守着，作为你们和你们的子孙永远的定例。日后，你们到了耶和华按着应许赐给你们的那地，就要守着礼。你们的儿女问你们说：‘行这礼是什么意思？’你们就说：‘这是献给耶和华逾越节的祭。当以色列人在埃及的时候，他击杀埃及人，越过以色列人的房屋，救了我们各家。’”（《出

埃及记》12:21-27 ）

你们要纪念这日，守为耶和华的节，作为你们世世代代远远的定例。“你们要吃无酵饼七日。头一日要把酵从你们各家中除去，因为从头一日起，到第七日为止，凡吃有酵之饼的，必从以色列中剪除［……］你们要守无酵节，因为我正当这日把你们的军队从埃及地领出来；所以你们要守这日，作为世世代代永远的定例。从正月十四日晚上，直到二十一日晚上，你们吃无酵饼。你们各家中，七日之内不可有酵，因为凡吃有酵之物的，无论是寄居的，是本地的，必从以色列的会中剪除。有酵的物，你们都不可吃，在你们一切住处要吃无酵饼。”（《出埃及记》12:14-20）

译按：摩西带领以色列人出埃及，过红海，经旷野抵迦南，常被犹太学者和圣经学者解释为一个民族脱离奴役走向自由之路。策兰诗中虽涉圣经事典，然立意远远超出通常人们对事典的解释。圣经旧约讲以色列人过逾越节，家中不可有酵，七日之内须吃无酵饼，是为世代“永远的定例”；又言守节期内凡吃有酵之物者，必革出会门。策兰设想的人类共存空间，也即人们曾经为之讴歌的那个“美好的中间”，其自由之义乃在于无论食有酵饼者还是食无酵饼者皆允通行和居止。——“有酵的，无酵的”这一诗句，当是此诗大旨之所在。

［84］红得四周变暗了：此句颇晦涩，疑取意于圣经叙事。旧约《出埃及记》记叙：“以色列人出埃及地［……］日间，耶和华在云柱中领他们的路；夜间，在火柱中光照他们，使他们日夜都可以行走。日间云柱，夜间火柱，总不离开百姓的面前。”（13:18-22）埃及追兵追至红海边时，“在埃及营和以色列营中间有云柱，一边黑暗，一边发光，终夜两下不得相近”（14:20）。神导“云柱”“火柱”助犹太人脱离奴役的叙事，成了一个民族走向自由的往事，也成为人们预设一个“美好的中间”的想象。但在策兰看来，这个“中间”，——这个曾经放过“无酵饼”，放过渡海逃亡的“小船”，多少人曾经为之讴歌的“人类的中间”，在奥斯威辛之后已然成了疑问。

*

[85]“传译失真”句，动词 vorbeidolmetschen（句中为分词第二式做形容词）。按，dolmetschen（中古高地德语作 tolmetzen），拉丁文释义 *interpretari*［翻译，诠释］，多指口头传译；动词前缀 vorbei，指失误。欧洲中世后期民间讽刺剧中多用此词描述犹太经师拉比将经文圣歌诠译成德语（参看《格林氏德语大词典》dolmetschen 词条）。又，派生名词 Dolmetsch 今多用来指“诠释者”和“代言人”的角色。策兰使用这个旧词，似有影射当今这类“代言人”或文明“诠释者”之用意。

[86]“如此轻”句，前七稿作：

So leicht wird unsereins,
lobsingend, nicht satt.

我们这样的人变得如此的轻，
唱着赞歌，不知餍足。

译按：动词 lobsingen（由 lob + singen 构成的缩合词，句中为分词第一式 lobsingend），旧指信徒唱称颂主的赞美歌（《格林氏德语大词典》），转义指为某人某事唱赞歌。这两行诗，句中作状语的分词 lobsingend 终稿改为受系动词表语约束的介词短语 von Lobgesängen，语义似乎更加明晰。句子大意：因为我们这样的人很轻（leicht 有“轻”，“轻贱”，“轻率”诸义），所以对赞美歌总是津津乐道，从不餍足。nicht satt，指乐此不疲或不厌其烦。据语境，这句诗似含批评意，言吾人或同胞一昧为“传译失真的彼岸”唱赞歌，而看不到民族的艰辛和苦难。手稿异文详见《全集》HKA 本，第 12 卷，前揭，第 232 页；《策兰遗作集》，前揭，第 438 页。又按：此诗乃继上篇《空寂的中间》之后完成，在策兰生前拟出的几份《暗蚀》目录中或排在《空寂的中间》之前，或紧接其后，两相印证，可视为互文甚或姊妹篇。参看《全集》HKA 版本，第 12 卷，前揭，第 26-31 页。

[87] 六个火花：“六个”，泛指多；似亦暗指犹太民族的六角星（大卫星）标

志。下文“艰辛”［Härte, *zählb.*］，第1稿曾拟作［Die uns ins Rückgrat］〖那渗入我们脊梁骨的〗；复改作 Es kommen, <bei Zeiten,> die Härten / und kein Nebenbei［那些艰辛总是〈准时〉到来/且无半点附带］。《全集》HKA 本，第12卷，前揭，第232页；《策兰遗作集》，前揭，第438-439页。

*

［88］“不要完全熄灭”句，第1稿［HKA 本 H_{13}，GN 本 A］曾拟作 Erlisch nicht ganz im Nu, / wie andere es[t] taten, weit von dir | und mir［不要一下子就完全熄灭，/就像他人曾经这么做，远离你和我］。参看《全集》HKA 本，第12卷，前揭，第238页；《策兰遗作集》，前揭，第440页。另据 HKA 本校勘，第13稿此句以下原打算增补三行诗作为一个嵌入的片段：schreib dich nicht / zwischen die Welten, / vertrau der Tränenspur［别把你写进/世界之间，/相信泪痕］。策兰随后改变主意，另笔在这三行诗页边标注：selbständiges Gedicht / b.w［单独成篇/转下页］（《全集》HKA 本，第12卷，前揭，第249页）。这个片段随后抽出，单独写成《别把你写进》（*Schreib dich nicht*）一诗（见本书第75页）。

［89］“家”这节诗，手稿中有多个反复打磨的片段，从中可窥见主题拓展和深化的脉络。第2稿［HKA 本 H_{12}，GN 本 B］曾拟作：

die Umarmungen, abends, nach
dem Knospenregen, ［wenden］ sind
［wenden］［sich］einander zu, ［so oft］ stärker und stärker

相互拥抱，傍晚，在
花蕾绽开的雨后，〖转身〗
〖转身〗〖彼此〗向着对方，〖所以时常〗强壮更强壮

第3稿［HKA 本 H_{11}，GN 本 C］“家”一度拟作“你的家”，整节诗亦以“星

星”，“穹顶”，“石头”构成天空与家园意象：

die Umarmungen, abends, nach
dem Knospenregen,
［Dein］Das Haus,［abends］［<unterm Stern>］<mit seinem Stern>, nach
dem Knospenregen,［w］
wölbt sich über uns hin,
mit den soeben
geernteten Steinen

相互拥抱，傍晚，在
花蕾绽开的雨后，
〖你的〗家，〖傍晚〗〖〈在星光下〉〗〈带着它的星〉，在
花蕾绽开的雨后，
穹顶筑起在我们上方，
用那正好
采集来的石头

第 4 稿［HKA 本 H_{10}，GN 本 D］改用简洁的笔调，以一颗星在家宅上方照耀为中心，而以“奇异的光亮”统摄全篇：

das Haus, nach
dem Knospenregen,
mit seinem Stern über sich,
wölbt sich über uns hin
mit dem fremden hell

家，在
花蕾绽开的雨后，
它的星高耀其上，

而穹顶起在我们上方
以那片奇异的光

此稿稍后又复改用家宅“以星辰筑穹”为核心意象：

das Haus, ［unterm］［auf den Stern zu,］
nach dem Knospenregen,
wölbt sich über uns hin,
<auch> mit den soeben
geernteten Sternen

家，〖在星光下〗〖朝向那颗星，〗
于花蕾绽开的雨后，
穹顶起在我们上方，
〈而且〉用的就是刚好
采集来的星辰

第 6 稿［HKA 本 H8，GN 本 F］再度修改，采“以石筑穹”为意象，但石头变得有生命，家变得宽广，令人想到“广夏”庇于苍天下：

Das Haus, nach
den Umarmungen, ［nach］ nach
dem Knospenregen,
［wölbt］ weitet sich über uns ［hin］ aus,
mit den ［geernteten］ mitgewachsenen Steinen

家，在
相互拥抱之后，〖在〗在
花蕾绽开的雨后，
〖隆起〗在我们上方变得宽广，

靠那〖采集来的〗一起成长的石头

第 7 稿［HKA 本 H7，GN 本 G］“家”主题再度深化，强调一同成长，共建家宅之义：

Das Haus, nach
den Umarmungen, nach
dem Knospenregen,
weitet sich über uns aus
mit den ［zuweilen］ mit-
［geernteten］ wachsenden Steinen, <mit den mit-
gewachsen［d］en Steinen,>

家，在
人人拥抱之后，在
花蕾绽开的雨后，
于我们头顶变得宽广
靠那〖时常〗共同
〖采集来的〗成长的石头，〈靠一起
长大的石头，〉

译按：以上数稿“拥抱”一词均用复数 Umarmungen，第 11 稿以后改用单数 Umarmung，句前无修饰语。惟第 9 稿［HKA 本 H5，GN 本 J］一度拟作“沉沦的拥抱”，但随后划去：

das Haus, nach
dem Knospenregen
weitet sich über uns aus
mit den fest-
gewachsenen Steinen,

［der in die Musik］
［getauchten Umarmung,］

家，在
花蕾绽开的雨后
于我们头顶变得宽广
靠那长得
坚固的石头，
〖在乐曲中〗
〖沉沦的拥抱，〗

以上手稿异文详见《全集》HKA本，第12卷，前揭，第238页以下；《策兰遗作集》，前揭，第440以下。关于这首诗的“家”和“家园”主题，参看六十年代初策兰读舍斯托夫《反对自明》一文（《在约伯的天平上》一书第一部分第一章）时写下的一段眉批：“只有当人在自己的头顶上看到的不再是一角天空，而是广袤的穹顶，生活的地方不再有高墙，到处伸展的是无限的空间和无限的自由，才会有真正的、丰富而充满意义的人生。”参看《保罗·策兰的哲学书架》（*Paul Celan La Bibliothèque philosophique*），亚历山德拉·李希特、帕特里克·阿拉克、贝特朗·巴迪欧编，乌尔姆街出版社（Éditions Rue d'Ulm）/巴黎高等师范学校出版社联合出版，2004年，第625-626页。

［90］这节“烛台”诗，手稿中亦有多个反复推敲和打磨的片段。第2稿［HKA本H_{12}，GN本B］曾拟作：

ein Leuchter, groß,
［und］ gar nicht allein
und die aufgesprungene heimliche
Fülle
weiß, wo die ［Augen jetzt］ offnen
Augen jetzt stehn

morgens, mittags, abends, nachts.

一盏烛台，高大，
〖且〗一点也不冷清
还有跃然荡起来的神秘的
丰盈
白色的，里面那些〖眼睛至今〗合不上的
眼睛至今睁着
在早晨，在中午，在傍晚，在夜里。

译按："那些合不上的眼睛"指死者死不瞑目。第 3 稿［HKA 本 H11，GN 本 C］此节诗增加动词 erblicken ［瞥见］和 erfahren［得知］，"烛台"拟人化而成为句中主语：

ein Leuchter, groß
und gar nicht allein
erblickt
die aufgesprungene heimliche
Fülle,
als erster erfährt er,
wo die offnen Augen jetzt stehn,
morgens, mittags, abends, nachts.

一盏烛台，高大
且一点也不冷清
瞥见
那突然荡起来的神秘的
丰盈，
他第一个得知，
那里，那些合不上的眼睛至今睁着，

在早晨，在中午，在傍晚，在夜里。

译按：“烛台”（Leuchter），在犹太教中指摩西所制“七连烛台”，为犹太人最古标志。此或为诗人自比，或为诗人精神寄托之物，不仅能照亮，而且能辨别和察视。参看策兰 1953 年诗作《在一盏烛火前》（*Vor einer Kerze*，载诗集《从门槛到门槛》）：“用精敲的金子，就像/你嘱咐我的那样，妈妈，/我打了这盏烛台［……］”第 4 稿［HKA 本 H10，GN 本 D］增加神秘之物破壳而出的描写，如同拂去光影，洞见物象（“神秘的丰盈”）：

Ein Leuchter, herab-
getaucht, groß und
gar nicht allein,

erkennt, ［als erster,］ <als die Schale barst,>
die aufgesprungene
heimliche Fülle,
als die Schale barst,
die heimliche Fülle,
erfährt,
wo die offnen Augen jetzt stehn,
morgens, mittags, abends, nachts.

一盏烛台，跳了
下来，高大且
一点不冷清，

看见，〖第一个察觉到，〗〈像壳裂开，〉
那跃跃绽出的
神秘的丰盈，
像壳裂开，

那神秘的充盈，
于是得知，
那里，那些合不上的眼睛至今睁着，
在早晨，在中午，在傍晚，在夜里。

第 5 稿［HKA 本 H9，GN 本 E］欲求深化，强调“保藏之物”：

Ein Leuchter, ein einziger,
herabgetaucht, groß und
nicht völlig allein,
［erfährt］erkennt,［als］wo die Schale birst,
die［heimliche］geborgene Fülle,
erfährt,
wo die offenen Augen jetzt stehn,
morgens, mittags, abends, nachts.

一盏烛台，独一无二，
跳了下来，高大
且不完全冷清，
〖得知〗看见，〖如同〗壳在那里裂开，
那〖神秘的〗保藏下来的丰盈，
于是得知，
那里，那些合不上的眼睛至今睁着，
在早晨，在中午，在傍晚，在夜里。

第 6 稿［HKA 本 H8，GN 本 F］尝试刻化“烛台”的特征：

ein Leuchter,［ein］［herab-］hinzu-
［einziger,］getaucht, groß und
［gar nicht so völlig allein,］<begleitet>

erkennt,

als die Schale birst,
die heimliche Fülle,

［erkennt］
erfährt,
wo die offenen Augen jetzt stehn,
morgens, mittags, abends, nachts.

一盏烛台，〖一盏〗〖下来〗进来
〖独一无二，〗跳进来，高大且
〖不是那样完全冷清，〗〈伴有〉

看见，

如同壳裂开，
那神秘的丰盈，

〖认出〗
于是得知，
那里，那些合不上的眼睛至今睁着，
在早晨，在中午，在傍晚，在夜里。

第7稿［HKA本H7，GN本G］复作梳理，叙事一气呵成：

ein Leuchter, hinzu-
getaucht, groß und
gar nicht so völlig allein,

erkennt, als die Schale birst,
die heimliche Fülle,

erfährt,
wo die offenen Augen jetzt stehn,
morgens, mittags, abends, nachts.

一盏烛台，跳了
进来，高大
且不是那样完全冷清，
看见，如同壳裂开，
那神秘的丰盈，

于是得知，
那里，那些合不上的眼睛至今睁着，
在早晨，在中午，在傍晚，在夜里。

第 8 稿［HKA 本 H6，GN 本 H］复作综合改动，分作三节：

ein Leuchter, hinzu-
getaucht, groß und
von seinesgleichen begleitet,

erkennt,
als Schale birst,
die verborgene Fülle,

erfährt,
wo die offenen Augen jetzt stehn,
morgens, mittags, abends, nachts.

一盏烛台，跳了
进来，高大
且有志同道合者与之同行，

看见，
如同壳裂开，
那保藏下来的丰盈，

于是得知，
那里，那些合不上的眼睛至今睁着，
在早晨，在中午，在傍晚，在夜里。

第 9 稿［HKA 本 H5，GN 本 J］就“丰盈”之象再作深入描写：

ein Leuchter, hinzu-
getaucht, groß und
［gar nicht］［so völlig］allein,
erkennt, als die Schale［birst,］aufbricht,
［die heimliche Fülle,］<［wieviel］
wieviel
unabwendbar an Verborgenem bleibt,>

erfährt,
wo die offenen Augen jetzt stehn,
morgens, mittags, abends, nachts.

一盏烛台，跳了
进来，高大且
〖不是〗〖那样完全地〗冷清，

看见，如同壳〖裂开，〗突然打开，
〖那神秘的丰盈，〗〈〖这么多〗
这么多
注定保藏下来的东西，〉

于是得知，
那里，那些合不上的眼睛至今睁着，
在早晨，在中午，在傍晚，在夜里。

译按：这个“烛台”片段，光是从其“冷清”之境的描写，就可以看出诗人不仅掂量词语，也在掂量自己的心境：allein［孤独，清冷］这个词反复掂量，从最初的“一点也不清冷”，到“不是那样完全地清冷”，再到“有志同道合者同行”，最后落回“清冷”二字，足见诗人心境随词语起伏，从恍然瞥见“丰盈”那一刻的悲喜交集，到最后对死者在九泉之下死不瞑目的伤悲，彷佛罄尽词语也写不完这悲情。手稿异文参看《全集》HKA 本，第 12 卷，前揭，第 238 页以下；《策兰遗作集》，前揭，第 440 页以下。

［91］第 10 稿和第 11 稿［HKA 本 H4，H3，GN 本 K，L］“壳”一度作“棺壳”：als die Sargschale, ganz aus Porphyr, / aufbricht［如同棺壳，整个由斑岩做成，突然打开］。“棺壳”，指死者的棺木。策兰在最后一稿将“棺”字划去，因为死者没有棺材，甚至连灰渣也不存。参看《全集》HKA 本，第 12 卷，前揭，第 247 页以下；《策兰遗作集》，前揭，第 445 页。

*

［92］荒凉：原文 Wildnis，今释义多指“荒原”或“荒芜地区”，然此词最初古义不单指地点性，亦指“荒凉”的景象（Wildheit），参看《格林氏德语大词典》。策兰此诗多份手稿反复描写荒芜之被打进光天，织入白昼，最终与光天白昼浑然不分的情景。此诗最早的一个手稿片段仅两行，颇有深意，亦见复用于多份手稿，终未保留：um deinen schönen Tod hast du dich selbst betrogen / und außer dir manch einen［你骗过了你自己那美丽的死亡／以及你之外的某个死亡］（《全集》HKA本，第12卷，第252页）。第2稿［HKA本H$_{11}$，GN本B］采用“阶梯式”排列：

um deinen schönen Tod
hast du dich selbst
betrogen

你那美丽的死亡
你本人
骗过了它

第3稿［HKA本H$_{10}$，GN本C］重起一韵：

In den Tag hineingeschmiedete‹r› Wild[nis]wuchs:
mußt stehen, atmen

被打入光天的〖荒野〗荒蛮植物：
你必须站立，呼吸

第5稿［HKA本H$_{8}$，GN本E］回到初稿意象，综合前稿内容：

Um deinen schönen Tod
hast du dich selbst betrogen –

Du,
in den Tag </> hineingeschmiedete,
hineingewobene Wildnis:
mußt stehen, atmen

你那美丽的死

你本人骗过了它——

你，
被打入 | 光天，
织进白昼的荒野：
必须站立，呼吸

译按：依第 3 稿中“荒蛮植物”和第 5 稿中“你，／被打入光天，／织进白昼的荒野”的说法，似有自比“荒野”和荒蛮之物的意味。诗人似乎在这里说，你骗过了死神，但你依然像钉在光天化日之中的荒芜之象，必须挺起腰杆才能坚持下去。第 7 稿［HKA 本 H6，GN 本 G］一度拟用“你那美丽的死”作标题：

Um deinen schönen Tod
hast du dich selbst betrogen,

in den Tag hinein-
gewobene Wildnis,
mußt stehen jetzt, bestehn.

你那美丽的死
你本人骗过了它，

织入白昼
的荒野，
你现在必须站直，挺住。

第 8 稿［HKA 本 H5，GN 本 H］“美丽的死”改作“明亮的死”：

Um deinen hellen Tod
hast du dich selbst betrogen

Wildnis, metallen, ［einverwoben］ ein-
verwoben dem Tag
mußt ［atmen］ mitatmen, stehn

你那明亮的死
你本人骗过了它

荒芜，金属般的，〖交织〗浑然
交织于白昼
你必须〖呼吸〗同呼吸，站立

译按：此稿有两处关键改动，一是将荒芜之物形容为“金属般的”，这在作者“暗蚀”时期的写作中具有特殊意义，如《时间空隙》和《绳》手稿中反复描写的“钟铃”一类响器，再如《椴树叶的》一诗中提及的“铮铮作响”的金石之音，皆喻刚强的人格和诗人的诗性；二是核心词语“织入”在尝试 hineingeschmiedet，hineingewobenn 几个动词（分词第二式）之后，落定在 einverwoben（einverweben）一词。按，德文 einverweben 是个罕用的动词缩合词，兼有“织入”（einweben）和“织尽，耗尽”（verweben）双重含义。此词除了“交织”和“缠入”的通释之外，亦有“消隐”和“化入”之义，故神秘学文献中多用它来描绘鬼魂附身或灵界异物的化身进入人体后融为一体之状。这个意味浓重的缩合词，在诗中营造了一种精神与天地交融之象。策兰选词之精确，由此可见一斑。第 9 稿［HKA 本 H4，GN 本 J］重新釐定诗行段落：

Um deinen hellen Tag
hast du dich selbst betrogen

Dem Tag
einverwobene Wildnis :
mußt stehen.

Wildnisse einverwoben
den redenden Stunden.

你那明丽的白昼
你本人骗过了它

与白昼
浑然交织的荒野：
你必须站立。

荒野交织于
会说话的时辰。

此稿第三节言及“会说话的时辰”，盖时间也是有言的，某个时刻必出来为诗人作证。手稿中此类一再尝试和打磨的意象，最终在定稿中均予剔除，盖诗之言贵在精炼，或出于短诗吝词之构想。第 10 稿［HKA 本 H3，GN 本 K］将首节诗压缩为三行，最后压缩为一行，并确定标题“荒野”：

Um diesen <hellen> Tag
mit den Wildnissen, ihm einverwoben
hast du dich selbst betrogen.

这〈明亮的〉白昼
带着与之浑然交织的荒芜
你本人骗过了它。

Wildnisse, den Tagen <um uns> einverwoben.
荒凉，织进了〈我们四周的〉白昼。

这个句子为接下来的六行诗（一只飞鸟越过荒野上空的意象）定下了基调。以上手稿异文参看《全集》HKA 本，第 12 卷，前揭，第 252 页，第 255-257 页；《策兰遗作集》，前揭，第 446-448 页。

［93］“飞鸟”句，第 6 稿［HKA 本 H7，GN 本 F］曾拟作：

rauscht eines großen, nicht wiedererkennbaren
Vogels ［Flügel］ rechter
［hinzu］ Flügel hinzu,
［ax］ durch die Geräusche
von den Meldetürmen
hindurch.

一只硕大的，无法再次辨认的
巨鸟的〖翅膀〗右
翼飞来，
从瞭望塔的
喧嚣声中
穿过。

上稿第一行“无法再次辨认”，言飞鸟之翔每次振翮都是唯一的一次。这个颇有芝诺“飞矢不动”意味的说法，表达了一种恒态，一种持续，每次震撼都是新的震撼，同时又处在一种永恒的运动中。这其中也有诗人之言一以贯之的想法，恰如作者在给妻子信中谈及此诗时表达的感情：“（这首诗）也想告诉你们，在我正在做的事情中，我多么的亲近你们，一次又一次”（参看《保罗·策兰与吉瑟尔·策兰－莱特朗奇通信集》卷 I，前揭，2001 年，第 434-435 页）。策兰这个“飞鸟之翼”无法二次辨认的隐喻，也是作者由来已久关于诗歌写作的信念，即每一首诗的创作都是不可替代的，每次都是“唯一的一次”。第 9 稿此节诗结尾一度添加诗所面向的亲人：“你”“你们”：

［...］
［die］eines großen nicht wieder-
erkennbaren Vogels
［rech］weißer［F］
Flügel <zu［euch］dir> hinzu.

［……］
〖那只〗一只硕大的无法再次
辨认的巨鸟，它的
白色〖右〗〖翼〗
翅膀飞来〈〖你们〗你〉身边。

第10稿［HKA本H3，GN本K］句中人称有变化，鸟翼落在“你”身边，改作“飞到我们当中”：

［...］
eines großen weißer Vogels
rechte Schwinge［hinzu］
［zu uns hinzu］

［……］
一只巨大白鸟的
右翼〖飞来〗
〖飞到我们当中〗

这首短诗由一个名词句和一个由动词 rauschen 组织起来的陈述句（分成六行）构成，两句之间空一行，一静一动，既起点题和起兴的作用，亦标示一种关联，前者勾勒一个开阔的视野，后者是这片视野中发生的事情。按，德语不及物动词 rauschen (*V.i*) 泛指自然界中的各种声响，如树叶簌簌，或风的呼啸；此词亦用来指禽鸟等飞行时发出响声（rauschend fliegen）。策兰的诗注重气韵。这几节手稿尤见出一气呵成的功夫，可分动词 hinzurauschen［呼啸而来，扑扑飞来］词干 -rauscht 置于句首，由于诗行错落跌宕，彷佛气韵在空气中跨越漫长空间，才随可分离动词前缀 hinzu 落在结句末尾，读来彷佛听见大鸟扑扑簌簌的翅膀声贯穿全诗。以上手稿异文参看《全集》HKA 本，第 12 卷，前揭，第 254-257 页；《策兰遗作集》，前揭，第 446-448 页。

*

［94］第 2 稿［HKA 本 H10］“别把你写进/世界之间”以下有一行划去的字句：［und lerne sterben］〖学会死亡〗（参看《全集》HKA 本，第 12 卷，第 260 页），接下来的九份手稿中未见再出现这一诗句，而代之以“学会生活”。译按：lerne sterben［学会死亡］——此语听起来令人震慑，然生死之学，在古老的存在论意义上实为一回事，譬如古希腊诗人阿基罗库斯的一个残篇就说：**πάντα πόνος τεύχει θνητοῖς μελέτη τε βροτείη**［苦难给能死者以一切，包括学会能死的条件］。参看《阿基罗库斯残篇》（*Archiloque Fragments*），布德本（Association Guillaume Budé），fr. 331，美文书局（Société d'édition Les Belles Lettres），巴黎，1968 年，第 89 页。

［95］“相信泪痕”句，第 1 稿［HKA 本 H11］ 作 am Rand der Tränespur lerne / leben ［在泪痕的边缘学会/生活］。译按：此稿写作日期有争议。HKA 本勘为最早稿本，但未能确定日期；GN 本则据手稿下方标注的归档日期（1966 年 7 月 12 日）推定为策兰后期修改稿，并于通行本以外以附录形式另文刊出：

Schreib dich nicht
zwischen die Welten,

am Rand der Tränespur lerne
leben.

别把你写进

世界之间，

在泪痕的边缘学会
生活。

又按：此稿中 Tränespur［泪痕］一词写法不太合乎德语词法惯例，HKA 本疑是 Tränenspur 之笔误。另，第 2 稿"泪痕"句曾拟作 <Bau auf die Tränespur> / und lerne leben［〈在泪痕之上安家〉/ 并学会生活］。参看《全集》HKA 本，第 12 卷，前揭，第 260 页；《策兰遗作集》，前揭，第 320 页（附录）及第 448-449 页校勘说明。

*

［96］"滔滔流"：德文 flüssig（形容词）今多指"液态的"，"流质的"，而古义乃指"奔流的"（überflüssig, 拉丁文释义 abundans, redundans），得自江河奔流貌（gebildet von fluȝ），参看《格林氏德语大词典》。此诗当是作者读书偶得，据"地质学"概念写成，意象得自冰川涌动之貌。诗人从"地下水"联想到"血脉"，从"血脉"引申到大地、精神和本色，而核心思路是"大地与你的生命纠缠在一起"。手稿研究可推知"陆地漂移"是这首诗最初的题材来源，最早的一份提纲见于策兰本人据《布罗克豪斯地质学袖珍读本》（*Brockhuaus-Taschenbuch der Geologie*，莱比锡 1955 年版本）读书笔记准备的词语，用铅笔写在一页稿纸上：

im gleichen Schrittmaß
Klüftung

Gerölle
nagelkopfähnlich

Mur
Murverbauung（Mauern, Faschinen）

klüpfig

Narbe (dinarische)
-i- Karpatische Narbe ??

以相等的<u>脚步丈量</u>
<u>节理</u>

碎石
钉头似的

泥石崩塌
挡土墙（垛子，柴捆）
多裂缝的

地疤（迪那拉山的）
-i- 喀尔巴阡山地疤？？

译按：提纲中的 Klüftung［节理］，地质学名词，指岩石受力变形、断裂而产生的破裂面或断层。Mur［多作 Mure，复数 Muren］，今罕用，指山体崩塌的泥石。Murverbauung，指边坡支护等防止山体崩塌的加固设施，通称“挡土墙”。又，提纲中的“-i-”系法文 image［意象］一词的缩写，策兰经常使用这个缩写符号，标于书页或手稿中，表示灵感、意象、题材或可资参考的资料来源。这份提纲中的部分词汇虽来自地质学专词，但在策兰这里，它们“入诗”之后往往获得新的意象和含义。上个世纪六七十年代德文地理教科书中有 alpin-dinarische Narbe［阿尔卑斯－迪那拉地疤］之说，又称 Periadriatische Naht［亚得里亚边缘缝合带］，指中阿尔卑斯山与东阿尔卑斯山隔开的地质断裂带。“缝合带”指大陆碰撞后衔接的地方，而“地疤”是形象化说法，指地质学缝合带上形成的“伤疤”，即最终隆起在地表的山脉。“喀尔巴阡山地疤”可能是策兰本人的想象，地质学教科书中是否曾经有这个说法，暂无法查考。诗人显然对 Narbe［伤疤］这个词的本义更感兴趣，将它从构造地质学术语还原为生活意义上的"伤疤"。此诗最早的一个简短提钢提到"大地与你的生命纠缠在一起。"这里，"大地"系指故乡的大地。也许"喀尔巴阡山地疤"之说，让诗人联想到他的故乡切尔诺维茨，这座故乡城市就坐落在喀尔巴阡山北麓山坡脚下。"喀尔巴阡山地疤"犹言诗人身上的喀尔巴阡山印记，故乡的印记。参看《全集》HKA 本，第 12 卷，前揭，第 265 页。又按，HKA 本勘为第 1 稿［H15 稿］有两个片段，可能是此诗最初的写作提纲，间有随手写下的词语和备注，大致形成诗的雏形：

Megagäa

Polarkappen – Schellenkappen
Verflochten die Erde und dein Leben

Verflochten
die Erde und dein Leben,
bis weit hinauf,
bis weit hinab,

wo das Schellenklingen

古陆

极地冰盖——小丑铃铛帽
大地和你的生命纠缠在一起

纠缠在一起
大地和你的生命，
直到高高向上，
直到远远向下，

那里有铃声叮当

Wasseransammlungen Faltenkranz
-i- Bei Blutansammlungen

<Blut,>
angesammelt, wie Wasser,
[im] den Schild, kristallin, inmitten

Kristallin
der Schild, kristallin

水积聚 睫状体
-i- 在积聚的血里

〈血，〉
积聚起来，如水体，
〖在〗地盾，晶体的，在中间

晶体的
盾，晶质透亮

译按: 从这两个手稿片段，可见出“材料”综合形成新主题的轨迹。手稿中“古陆”一词，下划有横线，不排除是初拟标题。按，古陆（Megagäa），又称“原始大陆”、“泛古陆”，地质构造学及地球演化史名称，源自古希腊文 μἐγαγαἱα〔由 μἐγας（大）+ γαῖα（陆地）构成〕；地球漂移说之父魏格纳（Alfred Lothar Wegener, 1880-1930）称作 Pangäa〔泛古陆，由古希腊文 πᾶν（泛）+ γαῖα（陆地）构成〕，指古生代至中生代形成的大片地球陆地。策兰在《布罗克豪斯地质学袖珍读本》书页旁批中亦摘录 Megagäa / Großerde［古陆/大地］这两个词（参看魏德曼编《保罗·策兰诗全编》全一卷，2003 年第 1 版，第 944 页；2018 年修订版，第 1119 页相关注释）。地盾［Schild］，地质学名词，指克拉通中前震旦纪或前寒武纪结晶基底大面积出露地表的部分，因其轮廓呈盾形，故名。又上引手稿第一节，把极地冰盖比作“小丑铃铛帽”［Schellenkappen］颇为有趣，令人联想到《时间空隙》一诗结句“傻子铃铛 / 智者铃铛”；而“大地和你的生命纠缠在一起”句，当是此诗最初的构思，亦是全诗的核心内容。惟 Faltenkranz 一词出现在此处手稿中颇费解。按，此词为医学专词，拉丁文释义 corona ciliaris，通释“睫状体”，解剖学上指人或动物眼球壁中膜增厚的部分，其内表面有许多细小褶皱，称睫状突，分泌能维持眼内压的房水。手稿详见《全集》HKA 本，第 12 卷，前揭，第 267-269 页；《策兰遗作集》，前揭，第 451-455 页。

第 2 稿［HKA 本 H14，GN 本 C］以“血”字［Das Blut］起首，而以“盾”［Schild］被遣送（发配）到极地冰盖附近为线索，初步形成诗的主干：

Das Blut, randvoll
angesammelt, wie Wasser,
der Schild, kristallin,［inmitten］［rundum,］
dorthin

verwiesen

Einer［Eiskappe groß gegenüber］Polar-
kappe groß genüber［sic］

Gerölle, nagelkopfähnlich, <Muren>
［die Muren］
die schöne Klüftung
unter dem ein-
äugigen Stern

Einer Polar-
kappe groß gegenüber,

Gerölle, nagelkopfähnlich, Muren, ［Mauern］
<Versuche mit> Mauern, Faschinen, ［doch unau］<fürstlich>unaufhatsam.

血，满溢
积聚起来，如水体，
盾，晶体的，〖在中间〗〖四周〗
此去

放逐

〖至冰盖对面〗高大地
对着一座极地冰盖

砾石，钉头似的，〈泥石崩塌〉
〖泥石崩塌〗
美丽的节理
在那个
独眼的星辰下

屹然面对
一座极地冰盖，

砾石，钉头似的，泥石崩塌，〖垛子〗
〈试试看〉垛子，柴捆，〖可是〗〈洪水滔天〉势不可挡。

译按：上引第三行“盾”［Schild］，取构造地貌学术语“地盾”意象，在诗中当又暗示犹太民族最古标志“大卫盾”［Schild Davids］，又称“大卫星”

［Davidstern］。第六行 Eiskappe ［又作 Polarkappe］，地质学名词，指极地冰盖；覆盖形冰川的一种，因其形状为巨型圆顶状冰覆，故又称冰冠，冰帽，冰穹。末句言诗人欲用“垛子”和“柴捆”去阻挡势如洪水的“泥石崩塌”。

第 4 稿［HKA 本 H12，GN 本 E］以“古老血脉”为核心诗句：

Blut, ［randvoll］ bis zum Weltrand
angesammelt, wie Wasser,
in Urgefäßen, grundwasserhin

血，〖满溢〗直至世界的边缘
积聚起来，如水体，
在古老的血脉里，若地下水涌流

第 5 稿［HKA 本 H11，GN 本 F］起首句改用“精神”［Der Geist］，全诗主旨亦由此确定：

［Blut］<Der Geist, flüssig,> bis an den ［Weltrand］ Weltbecherrand
angesammelt, wie Wasser,
［in Urgefäßen,］
［der］ Ein［*sic*］ Schild, kristallin,
dorthin verwiesen, einer
Polarkappe ［schräg gegenüber］ nah
Urmeere, ［mit］ Urgefäß［en］ < – > ［,］ ［Urlaut,］

〖血〗〈精神，滔滔流〉直至〖世界边缘〗人世之杯的边缘
积聚起来，如水体，
〖在原始血脉里，〗
〖那〗一面盾，晶体的，
发配到那边，挨着

〖斜对着〗一座极地冰穹
古海，〖带着〗原生血脉〈——〉〖，〗〖古老声音〗

此稿确定诗题：“精神，滔滔流”。并将之喻为“古海”，“原生血脉”，“古老声音”。以上诸稿参看《全集》HKA 本，第 12 卷，前揭，第 265-270 页；《策兰遗作集》，前揭，第 450-452 页。

［97］第 11 稿［HKA 本 H5，GN 本 M］“烟雾腾腾的石盾”曾作 der riesige Steinschild［巨大的石盾］。“石盾”当是诗人据地质学词语“地盾”构造的新词，已见于同期稍早完成的《思想之奄奄一息》一诗（参看本书注释〔40〕）。又，之前第 4 稿［HKA 本 H5，GH 本 M］此三行诗曾拟作：

der Schild, kristallin,
dorthin verwiesen, einer
Polarkappe schräg gegenüber

这盾，晶质的，
放逐到那边，斜对着
一座极地冰穹

同一稿（第 4 稿）此节诗以下另有三节逐步展开的草稿：

［die Urge］［der］der Urgefäße
Ratschlagen unterdessen
Urmeere <Urmeere> in Urgefäßen

Gerölle, nagelköpfig, Muren,
Vermurung,
Stauversuche mit Mauern, Faschinen –
vergeblich.

Die schöne Klüftung [jedoch] [,] –
Der Großerde [Freude] [und] und
des ihr zugeordneten, welt-
äudigen Sterns [.]
Freude daran.

〖原生的〗古老血脉
这期间有过商议
古海，古老血脉里的〈古海〉

砾石，钉头似的，泥石崩塌，
泥石流，
设法阻挡，以垛子，柴捆——
徒劳无功。

〖然而〗美丽的节理〖，〗——
大地〖欢乐〗〖以及〗以及
那分派给它，眨着世界
眼睛的星辰〖。〗
乐在其中。

第 8 稿［HKA 本 H7，GN 本 K］浓缩为两节：

Hier: kein Stauversuch mehr,
Gerölle, Muren,
Vermurung,

Hier: die schöne Klüftung
der Grosserde und

die ihr zugeordnete,
weitäugige,
gleichnamige
Sternmasse da.

这里：没有任何阻挡的法子了，
砾石，泥石崩塌，
泥石流，

这里：大地美丽的
节理以及
那分派给它，
眨着浩瀚眼睛的
同名
星群都在这儿。

第 11 稿再度压缩，浓缩为一节：

［Bei uns hier: Kein Stauversuch mehr.］
Gerölle［, Muren,］hier bei uns, Muren,
Vermurung［,］–

［<Von> hier［:］<aus, sichtbar:>］
die schöne Klüftung
der Großerde und
die ihr zugeordnete[n],
weitäugige[n]
gleichnamige
［Sternmasse.］［Stern］
Sternmasse

〖我们这里：没有任何阻挡的法子了。〗
砾石〖，泥石崩塌，〗我们这里，泥石崩塌，
泥石流〖，〗——

〖〈从〉这里〖：〗〈望去，看得见：〉〗
大地美丽的
节理以及
那分派给它，
眨着浩瀚眼睛的
同名
〖星群。〗〖星〗
星群

同一稿本中这节诗再度修改和调整如下：

［Von wo aus jetzt sichtbar］
Sichtbar,［(woher?): die schöne］
［Klüftung］noch immer,
［der Großerde］
die［Erde］<Großerde>
und die ihr zugefallene
weitäugige
Stern | masse

〖从哪里才能看得见〗
看得见，〖（从何来？）：那美丽的〗
〖节理〗万古如斯，
〖大地的〗
〖地球〗〈大地〉

以及那归其所有
眨着浩瀚眼睛的
星 | 群

译按: 策兰此诗手稿庞杂(前后易十五稿),思路广阔,意象博大。从"古陆"、"古海"、"极地冰盖"到"浩瀚星群",从"古老血脉"到古老的语言和"古老声音",从地下涌动的流水到"精神,滔滔流",诗人的想象精邃深远,犹灵魂翱翔于天地之间。虽然初稿构思的核心语句"大地与你的生命纠缠在一起"没有保留下来,但经由"精神"滔滔汩汩这一主题的流动而体现在最终定稿本里,并且超越了"你""我"等个体的生命,而跃入自古以来天地为人预设的共同空间:大地以及指派给它的星群不仅"同名",而且"万古如斯"。第5稿结句原作Freude daran[乐在其中],尤见出诗人畅游天地之间的喜悦心情。原稿中阻挡"泥石流"一节(疑影射"高尔风波"或各种人世的灾难),融合个人切身经历,原是手稿中上阕与下阕之间的一个衔接段落,见于第2、3、4稿以及稍后的第6、7、8、9稿,及至第14稿方舍去不用,仅保留下阕所见六行诗。

这些诗稿,有些片段重复修改打磨,包括文字斟酌、替换或移行,显得凌乱,然酣畅淋漓之间,作者匠心悉见于其中矣。译者在此给出的手稿"译文"仅是文句大意,手稿中的异文及修改痕迹参看《全集》HKA本,第12卷,前揭,第265页以下;《策兰遗作集》,前揭,第450页以下。

*

[98] 浇祭[Weihguß]:古代以酒、奶或油等浇地以祭神的仪式。汉籍称灌祭,盥献,亦称祭醊,祭酹,皆指酌酒浇地以祭神。《圣经》汉译称"浇奠":"我以你们的信心为供献的祭物,我若被浇奠在其上,也是喜乐,并且与你们众人一同喜乐。"(《腓立比书》2:17)在这首诗中,"浇祭"乃祭死者。关于题材来源,参看策兰1966年3月27日至4月26日读荷马史诗《奥德修纪》(W. Schadewaldt译本,汉堡,1958年)在书页旁作的几则摘引:

wie sie mit Bechern den Weihguß taten für den gutspähenden

Argostöter, dem sie als letztem zu spenden pflegten, wenn sie der Ruhe gedenken wollten.

他们正用酒杯，为那位目光远大、杀死百眼巨人阿尔古斯的英雄最后祭一杯酒，他们习惯于这么做，在他们临去休息之时 。

Hast du gemischt den Mischkrug, so teile allen den Wein zu durch die Halle, damit wir auch dem Zeus, dem blitzfrohen, den Weihguß tun, der mit den Schutzsuchenden ist, denen Scheu gebührt.

你调好了酒，就在殿堂里与众人分了，让我们也给宙斯这好施雷霆的神行浇祭之礼，他总是与令人起敬的寻求庇护者站在一起。

so grabe alsdann eine Grube, eine Elle lang hierhin und dorthin, und gieße um sie den Weihguß für alle Toten.

于是挖了一个坑，这头到那头长宽约一肘见方，在四周以酒浇地，祭所有的死者。

以上策兰读书摘记引自魏德曼编《保罗·策兰诗全编》一卷本，2003 年版，第 944-945 页相关注释，文下横线着重号为策兰所加。策兰所据版本为德国古典语文学家沃尔夫冈·沙德瓦尔特 1958 年德译本（汉堡本）。读者亦可参看沙氏译本今通行本，Artemis Verlags AG Zürich, 1966 年，第 117 页，第 119 页，第 187 页。沙德瓦尔特所译荷马史诗採散文体逐译，其译本以译笔精湛著称。策兰书摘内容见于《奥德修纪》卷七和卷十一，希腊文本逐录如下，共读者参考。

εὗρε δὲ Φαιήκων ἡγήτορας ἠδὲ μέδοντας
σπένδοντας δεπάεσσιν ἐυσκόπῳ ἀργεϊφόντῃ,
ᾧ πυμάτῳ σπένδεσκον, ὅτε μνησαίατο κοίτου.
Ὀδύσσεια,VII /136-138

他看见费阿刻斯人的首领和统帅
正端着酒杯，为目光远大，杀死阿尔古斯的英雄
最后祭一杯酒，在他们临去寝息之时。

（《奥德修纪》卷七，第136-138行）

Ποντόνοε, κρητῆρα κερασσάμενος μέθυ νεῖμον
πᾶσιν ἀνὰ μέγαρον, ἵνα καὶ Διὶ τερπικεραύνῳ
σπείσομεν, ὅς θ' ἱκέτῃσιν ἅμ' αἰδοίοισιν ὀπηδεῖ.
Ὀδύσσεια,VII /179-181

蓬托诺俄斯，你用双耳壶调好了酒，就分给
大厅里的人，让大家都来祭一祭好施雷霆的
宙斯，他总是与值得尊敬的求助者站在一起。

（《奥德修纪》卷七，第179-181行）

ἔνθ' ἱερήια μὲν Περιμήδης Εὐρύλοχός τε
ἔσχον: ἐγὼ δ' ἄορ ὀξὺ ἐρυσσάμενος παρὰ μηροῦ
βόθρον ὄρυξ' ὅσσον τε πυγούσιον ἔνθα καὶ ἔνθα,
ἀμφ' αὐτῷ δὲ χοὴν χεόμην πᾶσιν νεκύεσσι,
πρῶτα μελικρήτῳ, μετέπειτα δὲ ἡδέι οἴνῳ,
τὸ τρίτον αὖθ' ὕδατι: ἐπὶ δ' ἄλφιτα λευκὰ πάλυνον.
Ὀδύσσεια ,XI /23-28

就在那里，珀里墨得和欧律罗科斯
把祭牲抓来，我抽出佩在腰胯的利剑
在地上掘了一个坑，长宽约一肘见方，
然后在四周以酒酹地，祭所有死者，
先是浇上蜜奶，尔后洒以美酒，
最后又在四周浇一圈水，撒上白面。

（《奥德修纪》卷十一，第23-28行）

［99］第1稿［HKA本H8，GN本A］以“橄榄叶”起句：

aus Ölblättern
baust du den Abgott

Weihgüsse, zur Nacht, aus lehmigen
Mündern

用橄榄叶
　　你造出这神偶
浇祭，在夜里，出自黏土做的
嘴

第 5 稿［HKA 本 H4，GN 本 E］改以“浇祭”开篇：

Weihgüsse, zur Nacht,
aus lehmigen Mündern, – :
［entgegengenommen.］

浇祭，在夜里，
出自黏土做的嘴，——：
〖皆已领受。〗

第 6、7 稿［HKA 本 H3，H2，GN 本 E］“黏土做的嘴”改为“黏土手”：

Weihgüsse, zur Nacht,
aus der Tiefe
lehmiger Hände gespendet

浇祭，在夜里，
出自深处
慷慨付出的黏土手

［100］“神明”［Gott］，前七稿均作“神偶”［Abgott］。译按：Abgott（古高地德语作 apcot）通释“偶像”，拉丁文 idolum 的德文转写，与 Götze 同义，

指相对于犹太基督教神学，出于避讳或畏真神（*a vero deo abhorrens*）而发明的其他崇拜物，亦称伪神（参看《格林氏德语大辞典》）。第 1 稿此节诗曾拟作：

Aus Ölreisern, unterm
<abgespaltenen Leuchter>
bau ［du den Abgott］ hier
den ［lauschenden］ Abgott hinein,
dem ［du huldigst］ zögernd huldigst

用橄榄树嫩枝，在这
〈裂开的烛台〉下
请把它〖那神偶〗安在这里
这〖会倾听的〗神偶，
你向它〖表示敬重〗迟豫地表示敬重

第 3 稿［HKA 本 H6，GN 本 C］改作：

Aus Ölreisern, beblättert,
unter[m]
abgespalte[n]ten Lichtern［,］:
hier bau ［hier］ den Abgott hinein,
den für immer ［erscheinenden,］ <flüchtig> aufscheinenden
dem du zögernd
huldigen ［kamst.］ kommst,
die große ［P］
Pause
um dich.

用橄榄树嫩枝，长满了叶子，
在〖这盏〗

破开的烛台下：
请把那神偶安放进去，
它总是〖闪烁不定，〗〈匆匆〉一闪而过
你迟豫地
〖曾来〗前来向它表示敬重，
这伟大的
间隙
就在你四周。

第5稿［HKA本H4，GN本E］改作：

Aus Ölreisern, [unter] bei
[ab]gespaltene[n]<m> Licht[ern]:
der von dir
hineingebaute,
für immer entstiegen[d]e,
flüchtig aufscheinende
Abgott,

dem [du abermals] <ein Stück von dir> huldigen komm[s]t,
[inmitten der Großen]
[Pause] in der Pause.

用橄榄树嫩枝，在
〖裂出〗裂开的光亮里：
被你
安在里面，
那永远从中升起，
匆匆闪现的
神偶，

〖你再次〗〈你身上的一截〉前来向它表示敬重，
〖在这伟大的〗
〖间隙〗在这间歇时刻。

译按：此诗虽言祭事，然整体上似为一首谈论写作的诗（poetologisches Gedicht）。策兰诗中“黏土”多含“创造”之隐喻；“黏土嘴”和“黏土手”谓（诗人的）言说和创作。“神偶”（终稿作“神明”）在此当指值得敬畏之事；惟其来临也神秘，又稍纵即逝，把抓不易，故言“伟大的间隙”，故言“敬重”，故言“迟豫”。手稿异文参看《全集》HKA 本，第 12 卷，前揭，第 281 页以下；《策兰遗作集》，前揭，第 456 页以下。

*

［101］粗枝大叶：原文 Versäumnis ［阴性名词，句中为复数］，通释疏忽，耽搁，误事，失职。在抄寄此诗的信中，策兰曾向妻子抱怨院方“出错”，耽误他的治疗，但在随后的一封信里他更正说“疗程”按正常程序进行（参看《保罗·策兰与吉赛尔·策兰－莱特朗奇通信集》卷 I，第 445 页，第 450 页）。译按：“都是粗枝大叶……”这些诗句出自病院生活，非专指某一事或某一特定情境，当从生存和写作更深广的语境去理解。关于治疗和身心状况，策兰后来在与友人伊兰娜·施缪丽书信中谈及精神病院期间的情况时说：“你了解我的状况，你知道，事情走到这一步，医生在其中负有很多责任，每一天都是一个负担，你所说的‘健康’——更准确地说‘我个人的健康’，也许永远都不会有了，毁灭（Zerstörungen）已触及我生存的内核。当然，我还站立着，但愿——我希望——能挺住，再挺一阵子［……］”（1970 年 3 月 6 日致伊兰娜·施缪丽）参看《保罗·策兰与伊兰娜·施缪丽通信集》（*Paul Celan / Ilana Shmueli, Briefwechsel*），Suhrkamp 出版社，2004 年，法兰克福，第 113 页。按，策兰信中说的“毁灭已触及我生存的内核”，——“毁灭”（Zerstörungen）一词正是此诗的标题；只是写这首诗时，诗人的“毁灭”预感还没有那么深重，他在标题后加了一个问号。

［102］斑尾林鸽：学名 Columba palumbus，欧洲常见野鸽。体形比普通鸽子大，颈部有明显的白色项圈（德文 Ringeltaube 当得名于此），叫声粗重，栖山地林下，常结群在农地果园觅食。第 1 稿［HKA 本 H4，GN 本 A］此节诗拟作：

Es sind die Versäumnisse,
an ihrem Rand:

die ［Ringe］ geschwätzige Ringeltaube

都是粗枝大叶，
在它们边上：

那只多嘴的斑尾林鸽

［103］目光和听觉：第 1 稿作“目光和眼眸”［Blick und Aug］。下句“登上讲台”一度拟作“爬上杆子”［erklettern die Stange］。“伯爵领地”初作“风景”：

Blick und Aug, zusammengewachsen［en］,
erklettern die ［Stange］ Kanzel
über der ［weitgehend］ weithin
［bereits］
zerschnittenen ［Landschaft］ Grafschaft

目光和眼眸，长到一起，
爬上〖杆子〗讲台
俯瞰那〖绵延远去的〗直至远处
〖早已〗
被剪碎的〖风景〗伯爵领地

译按：“爬上讲台”句，德文 Kanzel 一词通常指教堂里的布道坛、大学讲席或各种集会的讲台，亦指猎人架在木桩或树上的狩猎瞭望台。故此句亦可读作“爬上瞭望台”。手稿异文参看《全集》HKA本，第12卷，前揭，第288-290页；《策兰遗作集》，前揭，第458-459页。

*

［104］喜沙草［Strandhafer］：又称滨草，沙茅草，蔗茅草，固沙草；学名Ammophila arenaria，一种根系发达、耐寒、耐旱、抗风沙的禾草。原产美洲，多见于沿海地带，可种植用于加固和稳定沙丘。策兰诗中不止一次写到这种生命力强的植物。

*

［105］眩晕无力：疑与作者在精神病院接受胰岛素休克疗法的状况有关。这可能是《暗蚀》（含外篇）书中唯一隐含地写到精神病治疗的语句。写作此诗当天，策兰开始接受胰岛素休克疗法（又称“塞克尔疗法”），此疗法旨在通过肌肉注射胰岛素来降低血糖，使患者出现休克，达到减轻精神错乱之目的；大剂量注射胰岛素会引起病人抽搐、昏迷，甚至死亡。胰岛素休克疗法至上个世纪六十年代仍广泛使用，今已弃止。策兰在其它诗稿中亦曾写到他本人接受这一疗法的情况，参看其同期写作计划“夜之断章”（Nachtstück）中的手稿片段：

> Nach überschrittener Ohnmacht　　– coma dépassé –
> die große, gereinigte Zuckung.

> 在横穿而过的眩晕无力之后　——过度的昏迷——
> 巨大的，净化了的抽搐。

详见本书第101页，《夜之断章》手稿《晦》之［2］；亦可参看《全集》HKA本，第13卷（《1963年至1968年诗歌遗稿》），Suhrkamp出版社，柏林，2011年，第1版，第261页。

又，此诗初稿首句曾拟作：Lindenblättrige Ohnmacht, [zweimal] ［oftmals durch[tobt] [atmet]: ］［椴树叶的眩晕无力，〖两次〗〖多次呼啸而过〗〖呼吸而过〗：］参看《全集》HKA本，第12卷，前揭，第296-297页；《策兰遗作集》，前揭，第460-461页。译按：首句以下der / Hinaufgestürzten［那／向上翻卷之物］为阴性单数第二格或复数第二格（限定结句“诗篇”），然德语指物名词化形容词通常为中性且罕用复数；HKA本疑der系des之误。若果，则此句读作中性单数第二格亦说得通。

又“铮铮作响”句，德文klirrender，第一分词做定语（派生自动词klirren），阳性，第一格；释义：通常指物体（如玻璃器皿、门窗、金属物等）碰撞发出清脆响声或震颤声，转义指（寒风）凛冽。初稿首句曾用toben一词，指风的呼啸。风动树木发出萧萧声，合首句“椴树叶”之象。然策兰在寄给妻子吉赛尔的诗笺中解释，此诗结句的意思是“成就一阕诗篇，在一种金属声音里”。此“金属声”当是比喻，形容文辞精妙，音韵铿锵，有如金石碰撞发出的声音。言风吹草木有如金石（钟磬）之声，这个比喻古已有之，如西汉大辞赋家司马相如《上林赋》就有“蓟莅崇歙，盖象金石之声”的描写。查《格林氏德语大词典》，klirren词条下亦举近似的形象化用法，指铿锵有力的语言风格：“diese harten klirrenden worte”［“这些刚健的铮铮响的文辞”］。译按：此语出自策兰喜爱的德国浪漫主义文学先驱让·保罗（Jean Paul，1763–1825）的名著《泰坦》（*Titan*）第一卷第十六章。

［106］第3稿［HKA本H3］“诗篇”［Psalm］一度改作“半诗”［Halbpsalm］。此稿亦标有“定稿/66年5月2日”字样。GN本推定Halbpsalm一词是后加，极有可能是作者后来再作修改的保留稿，故将此稿勘为终稿（第4稿），另文收进附录。此稿迻录如下，供读者参考。

Lindenblättrige Ohnmacht, der
Hinaufgestürzten
klirrender
Halbpsalm.

椴树叶的眩晕无力，那
向上翻卷之物
铮铮作响的
半诗。

译按：此处“半诗”亦可作“半阕诗”解，盖自谦之词。然于得意之作，敢谦言“半诗”者几何？以小见大，言人之不言，惟大诗人耳。是故策兰劝人“要有勇气接受这么短小的诗”。详见《策兰遗作集》，前揭，第 321 页（附录），第 461 页相关注释；《全集》HKA 本，第 12 卷，前揭，第 297 页。

《夜之断章》（手稿）注释

［107］“测出来的”：原文 geaicht；动词 aichen 的第二分词。译按：aichen 是个罕用的德文旧词，多见于医学和天文学文献，释义“测出”，“估量出”，或“观测到”，与 messen 同义。

［108］“火场”以下四个词语，当是作者记录下来留待挖掘的意象；在接下来的一节诗里有所体现。

锯鳐：生活在热带和亚热带浅水区的一种鱼类，学名 Pristis，独成一科，称锯鳐科（Pristidae）；其吻部突出延长成一狭长平板，通常占其体长的三分之一，两侧有突起的锯齿状吻齿，形状像一把锯，故名。锯鳐的锯吻用于摄食，亦用于自卫或攻击其它鱼群。

蛴螬：又名白土蚕，金龟子的幼虫，生活在土里，通常一到两年甚至三年一代，为昆虫中生活史较长的虫类，成虫即为金龟子。植食性蛴螬能给果园苗圃及多种农作物造成危害。

［109］星星杂碎：原文 Sterngekröse；按，德文 Gekröse 一词指牛羊下水，肠肚，内脏。列《暗蚀外篇》的《思想之奄奄一息》一诗手稿异文“租用星光的人”一节亦有类似用词“白银内脏”（Silbergekröse）。参看本书注释〔44〕。下文“金色的脑”句：Bregen［脑］一词，为德国西北地区方言中沿用的一个古老用词；据《格林氏德语大词典》释，此词原指滑溜溜的东西，得自雨天湿淋淋的物象；今多指烹调用的牛羊等家畜脑子；口语中也用来謔称人的脑袋瓜。

［110］疯子束身衣：德文 Zwangsjacke，指精神病院为约束狂暴精神病人而让其穿上的特制紧身衣。参看策兰 1967 年作品《爱情》：Die Liebe, zwangsjackenschön, / hält auf das Kranichpaar zu. // Wen, da er durchs Nichts fährt, / holt das Veratmete hier / in eine des Welten herüber？［爱情，漂亮的疯子束身衣，／见了一对鹤就扑上去。// 谁，一头撞入空无，／那岔了气儿的

东西 / 还能把他领进一个世界？］载诗集《棉线太阳》（Fadensonnen），《全集》HKA 本，卷 8/I，Suhrkamp 出版社，法兰克福，1991 年，第 63 页。

［111］鸡血石［Heliotrop］：蕴藏于辰砂条带的一种矿石，含辰砂、石英、地开石和高岭石等矿石成分，因硫化汞含量高而呈现鲜红如鸡血的颜色，故名“鸡血石”；多用于制作印章、首饰及装饰品。译按，“鸡血石”系汉语俗称，西文名称 Heliotrop 来源于希腊文*Ἥλιος-τροπή*，意为“见日石”或“向日石”，见述于古罗马博物学家老普林尼（Gaius Plinius Secundus）所著《自然史》。

［112］过度昏迷：手稿中原文为法文。译按：Le coma dépassé［过度昏迷］系“脑死亡”概念的最早提法，由法国神经科专家莫拉亥（Pierre Mollaret）和古隆（Maurice Goulon）于 1959 年首次提出，被定义为脑死亡的临床表现。此节诗极写个人在精神病院接受胰岛素休克疗法的痛苦感受，在横穿而过的昏厥和剧烈的抽搐之后，整个人犹如“被摘除了脑子”。

［113］手稿此处原文如此，仅见前半括弧，阙文。

［114］前沿方阵：Phalanx［希腊文 φάλαγξ 语义为“树干”，“滚轴”］，指古代希腊步兵军团密集的前沿方队阵列；今转义指严整的方队或精锐部队。

［115］“双重的”：手稿中置于行下，作者后添加的形容词，当修饰“字母”。

［116］此行诗另笔写于手稿边页，注明“接第 10 行”。句中“祭神面包”，德文 Schaubrot，尤指犹太教祭神用的面包或麦饼，通常为无酵面包或无酵饼。

［117］“非脸”：原文 Ungesicht，多指（某人）不真实的形象或外观，与 Maske［面具，假面，伪装］同义。译者在此据语境采直译，指已非原来的面目，或言面目全非的脸。译按：Ungesicht 一词虽见于 15 世纪以来的德语文学作品（如 Hans Folz 和 Jean Paul 的作品），仍属罕用词，未见收录于普通辞书。

[118] 亚昏迷性休克：指胰岛素休克疗法（又称胰岛素昏迷疗法）。此疗法通过向患者肌肉注射胰岛素，使患者在半昏迷状态出现休克及全身抽搐，以达到减轻精神错乱之目的。策兰在巴黎圣安娜精神病院住院期间曾接受此一疗法。

[119] 此处“标准符号”等三个词组写在手稿下方右侧边页，当是作者随手写下用作备注的词语或有待拓展的意象。

[120] 这篇诗稿为《晦》六份手稿中唯一打字稿，稿上端有作者另笔添加的一个词语：»Halblicht«［“半明半暗”］，疑是此诗待定的标题，或与题旨密切相关。关于 Halblicht 一词的含义，可参看归入《夜之断章》等同期文稿档案的一封策兰未寄出的致奥地利诗人马克斯·赫尔泽（Max Hölzer）诗简草稿：

> Lieber Max Hölzer / ich glaube, ich weiß etwas von / Grenzen – im Dezember 1947 / überschritt ich, nachts, über / hartgefrorenes Ackerland, ins / Slovenisch-burgenländische / eine solche Grenze und landete, // nachdem ich alle finster- / erzitterten Fenster abgeklopft / hatte – im allerletzten / Gehöft dieses / Dorfs – es hieß Schattendorf (oder : Schallendorf). / Übergänge, wie oft. Und / dann, wider alles Hoffen und / Sagen, das Halblicht einer // Stimme, an der man sich, für die / Ewigkeit eines Augenblicks, festlebt.

亲爱的马克斯·赫尔泽
我相信，我对边界
有所体会——1947 年 12 月
某个深夜，我偷偷越过
斯洛文尼亚和布尔根兰交界处
冻得僵硬的田野，
过了这样一道边界，

我敲了敲

黑得颤巍巍的窗户
而后——便进入当地
最近的
一个农庄——叫沙滕道夫（或沙伦道夫）。
穿越，能有几回。而且
出乎一切期待和
传说，一个声部

半明半暗，人的一生
就为瞬间的永恒而固定下来。

译按：这封诗简没有标注日期。从诗简手稿上方有策兰另笔写下的同期诗稿片段推测，此诗简可能是在圣安娜精神病院住院期间或出院后不久写的。以个人生活中的一个经历（越境）来比喻精神的穿越，可能与作者的病院生活和渡过精神沉沦有关，因而与《暗蚀》这部诗集及相关遗稿的写作有关。信文详见《全集》HKA 本第 13 卷，前揭，第 266 页。

信中提及的“偷越边界”，指的是策兰本人 1947 年 11 月底至 12 月中旬从罗马尼亚越境出走的经历。他先是从布加勒斯特前往罗马尼亚西北边陲，越过罗匈边界抵达匈牙利首都布达佩斯，尔后辗转多地，经斯洛文尼亚北部边界进入奥地利边陲小镇沙滕道夫，最后穿过马奇菲尔德（Marchfeld）平原，抵达维也纳。沙滕道夫（Schattendorf，意为“影子农庄”）是奥地利布尔根兰州马特斯堡县与匈牙利交界的一个边地村镇；信中提到的另一小镇沙伦道夫（Schallendorf），则是布尔根兰州居辛县南面靠近斯洛文尼亚边界的一个小镇。按策兰描述的路线，他可能是先进入沙伦道夫，复北行抵达沙滕道夫；两地距维也纳有七八十公里。策兰最后前往维也纳的具体线路不甚清楚，他在 1958 年一首诗《路堤，路基，空地，碎石》（*Bahndämme, Wegränder, Ödplätze, Schutt*）（载诗集《话语之栅》）中曾提及他 1947 年越境进入奥地利后，穿过多瑙河以北荒草萋萋的马奇菲尔德“大草原”到达维也纳的情形。

［121］栏木：Schlagbaum，此词通常指通道口或平交路口用作栏障的横木，在

诗中具体所指不详；疑指一切标有“不得擅入”标志的通道，借喻险境或人生的关口。策兰“暗蚀”时期的作品有不少写到这种“关口”和“入口”，如《暗蚀外篇》中《那伤疤一样真的》一诗：“在这里，入口处／一切还会再次发生”；再如《夜之断章》第16/1篇：“去吧，翻滚着越过入口的弯道／给自己／摘个开花的火巢”。译按：此句与下句（“脑流图”）写在手稿上端，疑是后加的诗句；下文“火星云，脑浆般奔流”应是写接受脑电图检查的感受。

［122］虚拱：Blendbogen，建筑上用于装饰的不穿透封闭拱，又称盲拱。

［123］萨特（Jean-Paul Sartre, 1905-1980），法国存在主义哲学家；《恶心》是他于1938年发表的一部半自传哲理小说。译按：手稿中这段文字为法文。

［124］斯威登堡（Emanuel Swedenborg, 1688-1772），瑞典科学家、神学家和神秘主义哲学家。著有三卷《哲学和矿物学著作集》（*Opera philosophica et mineralia*），两卷《灵界记闻录》（*Diarium Spirituale*），十二卷《属天的奥秘》（*Arcana Cœlestia*）等哲学、神学和神秘学著作。塞拉非塔：巴尔扎克受斯威登堡影响而写的长篇小说《塞拉菲塔》的主人公。译按：“阐释的”至“塞拉菲塔”三段文字写在稿纸天头，疑是备注、题旨或留待开掘的材料。

［125］这份手稿写在一张卡片上，简短附文中有Lichtschwielen［光波］一词，疑是此诗初拟标题。

［126］声声“是谁”：此句见于策兰1965年7月17日所作《与天同燔》（*Der mit Himmeln geheizte*）一诗（载《换气集》*Atemwende*）：Die Wer da ?-Rufe / in seinem Innern［声声“是谁”的呐喊／在他内心］。参看《全集》HKA本，卷7/1，Suhrkamp出版社，法兰克福，1990年第一版，第101页。

［127］该隐：圣经人物，亚当和夏娃的两个儿子之一；因弟弟亚伯的供物被耶和华神看中而心生妒嫉，于是在二人发生争执时杀了弟弟亚伯。该隐因杀亲而受到神的惩罚，神让他在地上流离飘荡不得安生。该隐对耶和华说，自己的刑

罚太重，担心无论到哪里都必遭人杀。耶和华神于是给该隐立了一个号，以免该隐人见人杀。参看圣经旧约《创世记》（4:3-15）。

［128］圣安娜（Sainte Anne）：指圣安娜精神病院。这是策兰第一次（也是唯一的一次）在诗稿中提到这座著名精神病院的名称。位于巴黎十四区卡巴尼斯（Cabanis）街1号的圣安娜精神病院，是法国历史最悠久的精神病院；其前身是17世纪中叶国王路易十四下诏兴建的圣安娜医院（以国王母亲的名字安娜命名）；及至1863年，拿破仑三世决定将它改成一所专门的精神病院。法国著名作家、戏剧理论家、诗人安托南·阿尔托（Antonin Artaud, 1896-1948）、哲学家路易·阿尔图塞（Louis Althusser, 1918-1990）以及意大利“红色旅”第二代成员玛丽娜·彼特雷拉（Marina Petrella, 1954-）都曾因精神失常被送进这家精神病院接受治疗。策兰两度进这家精神病院，第一次是1966年2月7日至同年6月11日，第二次是1967年2月13日至同年10月17日。

［129］Und：德语表示并列或递进关系的连接词，相当于汉语的“和、与、而、而且、以及”等。句中首字母大写，作名词用。此处疑取“而且”义：“这撕不碎的‘而且’”。姑存原文，以示慎重。

［130］“四面绝望笼罩的……”句，手稿原文作 verweiflungsumrigte，应是 verzweiflungsumrigte 之误。译文据此诗第二稿［14-2］校改。——译注。

［131］钟虫：原文 Glockenlarve ［德文通书 Glockentierchen, *Pl*, 钟虫属］，拉丁学名 Vorticella，一种纤毛纲原生动物，形状如倒置的钟，其钟口口盘可由虫体张缩而敞开或闭合。钟虫生活在淡水中，单体，常簇生，多附着于水草或石头上，以水中的细菌为食。策兰诗中用 -Larve 一词似别有用意，此词通指“幼虫”，转义指“面具”，“面孔”，更形象。

［132］此稿写在妻子吉赛尔一封来信（邮戳日期1966年7月7日）信封背面。铅笔写稿，未标注日期。《保罗·策兰与吉赛尔·策兰－莱特朗奇通信集》未见收录吉赛尔此信内容。疑信文佚失。

［133］手稿原文如此，括弧内阙文。

［134］“艺金香”：Kunstulpenwald（手稿原文如此），或是Kunsttulipenwald［艺术郁金香之林］之误？疑策兰故意在此做一个小小的文字拼读游戏，将复合词中间的两个t缩成一个。姑且译为“艺金香”。

［135］参看策兰1961年的一则格言体散文诗：“子午线：隐秘的，为了看不见的、充满生命力的韵律。”详见《细晶石，小石头（保罗·策兰散文遗稿）》，芭芭拉·魏德曼、贝特朗·巴迪欧编，Suhrkamp出版社，法兰克福，2005年，第30页。

［136］原稿至此结束。

保罗·策兰著作版本缩写

保罗·策兰生前编定及发表的诗集版本

SU　*Der Sand aus den Urnen*《骨灰瓮之沙》，A. Sexl 出版社，维也纳，1948 年。

MG　*Mohn und Gedächtnis*《罂粟与记忆》，德意志出版社（Deutsche Verlags-Anstalt，简称 DVA），斯图加特，1952-1953 年。

VS　*Von Schwelle zu Schwelle*《从门槛到门槛》，德意志出版社（Deutsche Verlags-Anstalt，简称 DVA），斯图加特，1955 年。

SG　*Sprachgitter*《语之栅》，S. Fischer 出版社，法兰克福，1959 年。

Schulausgabe　*Paul Celan: Gedichte. Eine Auswahl*《保罗·策兰诗选》（学生文库版），S. Fischer 出版社，法兰克福，1962 年。

NR　*Die Niemandsrose*《无人的玫瑰》，S. Fischer 出版社，法兰克福，1963 年。

AK　*Atemkristall*《呼吸的结晶》（收录诗集《光明之迫》中列为第一辑的 21 首诗，配吉赛尔·策兰-莱特朗奇八幅铜版画插图），珍藏版，仅印 85 册，列兹敦士登 Brunidor 出版社，巴黎，1965 年 9 月。

MBC　*Paul Celan: Gedichte* [Auswahl im Modernen Buch-Club]《保罗·策兰诗选》（现代图书俱乐部版），达姆斯塔特，1966 年。

AW　*Atemwende*《换气集》，Suhrkamp 出版社，法兰克福，1967 年。

AG　*Ausgewählte Gedichte, Paul Celan*《保罗·策兰诗选》（书末附两篇获奖演说辞），Suhrkamp 出版社，法兰克福，1968 年。

FS　*Fadensonnen*《棉线太阳》，Suhrkamp 出版社，法兰克福，1968 年。

ED　*Eingedunkelt*《暗蚀》组诗（11 首），载多人诗选合集《来自荒废的工作室》（*Aus aufgegebenen Werken*），西格弗里德·翁赛特（Siegfried Unseld）主编，Suhrkamp 出版社，法兰克福，1968 年。

Todtnauberg《托特瑙山》单行本（珍藏版），初版仅印 50 册，列兹敦士登 Brunidor 出版社，瓦杜茨，1968 年 1 月。

SM *Schwarzmaut*《黑关税》（收录诗集《光明之迫》中列为第一辑的 14 首诗，配吉赛尔·策兰－莱特朗奇 15 幅铜版画插图），珍藏版，初版仅印 85 册，列兹敦士登 Brunidor 出版社，巴黎，1969 年 3 月。

LZ *Lichtzwang*《光明之迫》，Suhrkamp 出版社，法兰克福，1970 年。

SP *Schneepart*《雪之部》（遗作），Suhrkamp 出版社，法兰克福，1971 年。

ZG *Zeitgehöft*《时间山园》（遗作），Suhrkamp 出版社，法兰克福，1976 年。

后人编辑出版的保罗·策兰全集及遗作版本

Gedichte in zwei Bänden《保罗·策兰诗全集》（两卷本），Suhrkamp 出版社，法兰克福，1975 年。

GW *Gesammelte Werke in fünf Bänden*《保罗·策兰作品全集》（五卷本），贝达·阿勒曼（Beda Allemann）、施特凡·赖歇特（Stefan Reichert）主编，Suhrkamp 出版社，法兰克福，1983 年。

Gedichte 1938-1944, *Paul Celan*. Faksimile-Transkription der Handschrift. Mit einem Vorwort von Ruth Kraft.《保罗·策兰 1938-1944 诗稿》（手稿影印本和铅字印刷本），露特·克拉夫特注释序，Suhrkamp 出版社，法兰克福，1985 年。

MuP *Der Meridian und andere Prosa*《〈子午线〉及其他散文》，Suhrkamp 出版社，法兰克福，1988 年。

FW *Paul Celan: Das Frühwerk*《保罗·策兰早期作品》，芭芭拉·魏德曼编，Suhrkamp 出版社，法兰克福，1989 年。

EDU *Eingedunkeltund andere Gedichte aus dem Umkreis von »Eingedunkelt«*《〈暗蚀〉组诗及相关诗稿》，贝特朗·巴迪欧（Bertrand Badiou）、让－克洛德·兰巴赫（Jean-Claude Rambach）编，

Suhrkamp 出版社，法兰克福，1991 年。

Gesammelte Werke in sieben Bänden《保罗·策兰诗全集》（七卷本），Suhrkamp 出版社，法兰克福，2000 年。

TCA　*Werke*, Tübinger Celan-Ausgabe. Vorstufen – Textgenese – Endfassung《保罗·策兰作品集》图宾根校勘本（九卷），于根·韦特海默尔（Jürgen Wertheimer）主编，Suhrkamp 出版社，法兰克福 1996-2004 年。

– TCA/MG　《罂粟与记忆》图宾根校勘本，2004 年。

– TCA/VS　《从门槛到门槛》图宾根校勘本，2002 年。

– TCA/SG　《话语之栅》图宾根校勘本，1996 年。

– TCA/NR　《无人的玫瑰》图宾根校勘本，1996 年。

– TCA/AW　《换气集》图宾根校勘本，2000 年。

– TCA/FS　《棉线太阳》图宾根校勘本，2000 年。

– TCA/LZ　《光明之迫》图宾根校勘本，2001 年。

– TCA/SP　《雪之部》图宾根校勘本，2002 年。

– TCA/Meridian　《子午线》图宾根校勘本，1999 年。

HKA　Paul Celan Werke, Historisch-kritische Ausgabe. I. Abteilung:Lyrik und Prosa《保罗·策兰全集》历史考订本，（又称波恩本 BCA），由波恩大学日耳曼文学教授毕歇尔（Rolf Bücher）和亚琛理工大学日耳曼文学研究所教授葛豪斯（Axel Gellhaus, 1950-2013）领导的编辑组负责编辑，Suhrkamp 出版社出版。全书初步计划分十六卷，前十四卷为诗歌卷，后两卷为散文卷；1990 年至今已出十五卷，其中第二、三合为一卷；第十六卷正在编辑之中。

第一卷 *Frühe Gedichte*《早期诗歌》，2003 年。

第二、三卷（合集）*Der Sand aus den Urnen / Mohn und Gedächtnis*《骨灰瓮之沙》/《罂粟与记忆》，2003 年。

第四卷 *Von Schwelle zu Schwelle*《从门槛到门槛》，2004 年。

第五卷 *Sprachgitter*《语之栅》，2002 年。

第六卷 *Die Niemandsrose*《无人的玫瑰》，2001 年。

第七卷 *Atemwende*《换气集》，1990 年。

第八卷 *Fadensonnen*《棉线太阳》，1991 年。

第九卷 *Lichtzwang*《光明之迫》，1997 年。

第十卷 *Schneepart*《雪之部》，1994 年。

第十一卷 *Verstreut gedruckte Gedichte. Nachgelassene Gedichtebis* 1963《已刊未结集散作／1963 年以前诗歌遗稿》，2006 年。

第十二卷 *Eingedunkelt*《暗蚀》，2006 年。

第十三卷 *Nachgelassene Gedichte* 1963–1968《1963-1968 年诗歌遗稿》，2011 年。

第十四卷 *Nachgelassene Gedichte* 1968-1970《1968-1970 年诗歌遗稿》，2012 年。

第十五卷 *Prosa I. Zu Lebzeiten publizierte Prosa und Reden*《散文卷上：生前已刊散文及讲演》，2014 年。

第十六卷 *Prosa II. Materialien zu Band 15. Prosa im Nachlaß*（散文卷下：上卷相关资料及散文遗稿），*2017* 年。

KG *Paul Celan, Die Gedichte*. Kommentierte Gesamtausgabe in einem Band《保罗·策兰诗全编》全一卷注释本，芭芭拉·魏德曼编，Suhrkamp 出版社，法兰克福，第一版，2003 年；修订版，2018 年。

GN *Die Gedichte aus dem Nachlaß*《策兰遗作集》，贝特朗·巴迪欧、让－克洛德·兰巴赫、芭芭拉·魏德曼编，Suhrkamp 出版社，法兰克福，1997 年。

RB *»Kyrillisches, Freunde, auch das...«. Die russische Bibliothek Paul Celans im Deutschen Literaturarchiv Marbach*《朋友，这也是西里尔文字……（德意志文学档案馆藏保罗·策兰俄文藏书）》，克莉丝汀·伊凡诺维奇（Christine Ivanović）编，德国席勒学会（Deutsche Schillergesellschaft）出版，马尔巴赫，1996 年。

GA *Die Goll-Affäre. Documente zu einer »Infamie«*《保罗·策兰与

高尔事件资料汇编》，芭芭拉·魏德曼编，Suhrkamp 出版社，法兰克福，2000 年。

PhB *Paul Celan La Bibliothèque philosophique, Catalogue raisonné des annotations*《保罗·策兰的哲学书架》（眉批，旁批，摘录，读书笔记），亚历山德拉·李希特（Alexandra Richter）、帕特里克·阿拉克（Patrick Alac）、贝特朗·巴迪欧编，乌尔姆街印书馆（Éditions Rue d'Ulm）/巴黎高等师范学校出版社联合出版，2004 年。

PN *Paul Celan:Mikrolithen sinds, Steinchen. Die Prosa aus dem Nachlaß*《细晶石，小石头（保罗·策兰散文遗稿）》，芭芭拉·魏德曼、贝特朗·巴迪欧编，Suhrkamp 出版社，法兰克福，2005 年。

保罗·策兰通信集

PC/Sachs *Paul Celan – Nelly Sachs : Briefwechsel*《保罗·策兰与内莉·萨克斯通信集》，芭芭拉·魏德曼编，Suhrkamp 出版社，法兰克福，1993 年。

PC/FW *Paul Celan – Franz Wurm : Briefwechsel*《保罗·策兰与弗兰茨·武尔姆通信集》，芭芭拉·魏德曼编，Suhrkamp 出版社，法兰克福，1995 年。

PC/EE *Paul Celan-Erich Einhorn: »Einhorn : du weißt um die Steine...«. Briefwechsel*《"独角兽：你知道石头……"》（保罗·策兰与埃里希·艾因霍恩通信集），马琳娜·季米特里耶娃－艾因霍恩（Marina Dmitrieva-Einhorn）编，弗里德瑙出版社（Friedenauer Presse），柏林，1999 年。

PC/HHL *Paul* Celan-Hanne und Hermann Lenz : Briefwechsel《保罗·策兰与汉娜和赫尔曼·伦茨通信集》，芭芭拉·魏德曼编，Suhrkamp 出版社，法兰克福，2001 年。

PC/GCL *Paul Celan-Gisèle Celan-Lestrange : Correspondance (1951-1970) Avec un choix de lettres de Paul Celan à son fils Eric*《保罗·策

兰与吉赛尔·策兰－莱特朗奇通信集》，贝特朗·巴迪欧主编，埃里克·策兰协编，Seuil 出版社，巴黎，2001 年。

PC/GCL *Paul Celan-Gisèle Celan-Lestrange : Briefwechsel: Miteiner Auswahl von Briefen Paul Celans an seinen Sohn Eric*《保罗·策兰与吉赛尔·策兰－莱特朗奇通信集》(德文版)，贝特朗·巴迪欧主编，埃里克·策兰协编，欧根·赫尔姆勒译，Suhrkamp 出版社，法兰克福，2001 年。

PC/DKB Paul Celan, »Du mußt versuchen, auch den Schweigenden zu hören«, Briefe an Diet Kloos-Barendregt《"你也要试着听一听静者"——保罗·策兰致荻特·克鲁斯－巴伦德尔格特书信集》，保罗·萨尔斯（Paul Sars）编，Suhrkamp 出版社，法兰克福，2002 年。

PC/ISh *Paul Celan-Ilana Shmueli: Briefwechsel*《保罗·策兰与伊兰娜·施缪丽通信集》，伊兰娜·施缪丽与托马斯·施帕尔合编，Suhrkamp 出版社，法兰克福，2004 年。

PC/RH *Paul Celan-Rudolf Hirsch: Briefwechsel*《保罗·策兰与鲁道夫·希尔施通信集》，约阿希姆·申格（Joachim Seng）编，Suhrkamp 出版社，法兰克福，2004 年。

PC/Heidegger Hadrien France-Lanord: Document, in *Paul Celan et Martin Heidegger. Le sens d'un dialogue*《保罗·策兰与马丁·海德格尔通信汇编》，载阿德里安·法朗士－拉诺尔著《保罗·策兰与马丁·海德格尔：一种对话的意义》，Fayard 出版社，巴黎，2004 年，第 223-269 页。

PC/PSz Paul Celan-Peter Szondi : Briefwechsel《保罗·策兰与彼得·史衷迪通信集》，克里斯托弗·柯尼希编，Suhrkamp 出版社，法兰克福，2005 年。

PC/IB Herzzeit. Ingeborg Bachmann-Paul Celan Der Briefwechsel《心的时间。英格褒·巴赫曼与保罗·策兰通信集》，贝特朗·巴

迪欧、汉斯·赫勒、安德雷亚·施托尔、芭芭拉·魏德曼编,Suhrkamp 出版社，法兰克福，2008 年。

PC/KND *Paul Celan-Klaus und Nani Demus: Briefwechsel*《保罗·策兰与克劳斯和娜尼·德慕斯通信集》，约阿希姆·申格编，Suhrkamp 出版社，法兰克福，2009 年。

PC/GCh *»Ich brauche Deine Briefe«*《我需要你的来信》（保罗·策兰与古斯塔夫·肖梅特通信集），芭芭拉·魏德曼、于根·柯切尔合编，Suhrkamp 出版社，法兰克福，2010 年。

PC/ES *Paul Celan – Edith Silbermann. Zeugnisse einer Freundschaft / Gedichte, Briefwechsel, Erinnerungen*《保罗·策兰与艾迪特·希伯尔曼：一段友谊的见证／诗歌，书信，回忆》，艾迪特·希伯尔曼、艾米－黛安娜·柯琳（Amy-Diana Colin）合编，Wilhelm Fink 出版社，帕德博恩，2010 年。

PC/SSB *Paul Celan, Briefwechsel mit den rheinschen Freunden Heinrich Böll, Paul Schallück und Rolf Schroers*《保罗·策兰与莱茵地区友人通信集》，芭芭拉·魏德曼编，Suhrkamp 出版社，法兰克福，2011 年。

PC/GD *Paul Celan-Gisela Dischner, Wie aus weiter Ferne zu Dir:Briefwechsel*《如同从远方抵达你。保罗·策兰与吉塞拉·狄施奈通信集》，芭芭拉·魏德曼编，Suhrkamp 出版社，法兰克福，2012 年。

PC/RCh *Paul Celan-René Char: Correspondance 1954-1968*《保罗·策兰与勒内·夏尔通信集（1954-1868）》，贝特朗·巴迪欧编，Gallimard 出版社，巴黎，2015 年。

本卷策兰诗德文索引

Angefochtener Stein / 20

ausgelöscht / 100

Bedenkenlos / 4

das All / 118

Das All / 128

Das am Gluteisen hier / 68

das an der hauchdünnen Goldmaske flickende / 154,156

Das Narbenwahre / 48

Das Seil / 62

Der Geist / 76

Deutlich / 10

Die Atemlosigkeiten des Denkens / 36

Die entzweite Denkmusik / 140,142,144

Die leere Mitte / 66

die Schwellengesänge der Stirnnaht / 158

Die vom Bettelknochen / 148,150,152

Die Zerstörungen? / 82

Du hörst / 120,124

Einbruch / 26

Eingedunkelt / 22

ein rostiger Nagel / 172

Elendslappalien mitten im Grün / 114

Erlisch nicht ganz / 70

Fahrende sind in der Luft / 94

Flüssiges Gold / 34

Füll die Ödnis / 24

Geh / 166,168

glockenverlarvt / 164

Heiligtümer aus Abgas / 132

Herbeigewehte / 86

Im Holz-Ei zu Phalanx / 104

Im Kreis / 46

in den Augen der Nährlösung gärt / 162

in den teerigen Schlaglöchern / 106

In der Baugrube / 110,112,122

in der Nährlösung gärt / 160

In der Stimmritze schläft / 136

In die zerrissene Vene am Ursprung / 134

Kantige / 40

Lindenblättrige / 88

Marsgewölk / 130

Mit dem rotierenden / 50

Mit Seetang-Geschmeide gefesselt / 60

Mit uns / 28

Nach dem Lichtverzicht / 6

Notgesang / 54

Oder es kommt / 52

Rauf- und runtergemeuchelt / 138

Schreib dich nicht / 74

Sprechend / 116,126

Über die Köpfe / 16

Um dein Gesicht / 32

Unterhöhlt / 42

Vom Hochseil / 12

Vor Scham / 44

Weihgüsse / 78

Wieviel / 174

Wildnisse / 72

Wirfst du / 18

Zeitlücke / 56

图书在版编目(CIP)数据

保罗·策兰诗全集. 第八卷, 暗蚀/(德)保罗·策兰著；孟明译.
—上海:华东师范大学出版社,2017.8

ISBN 978-7-5675-6243-1

Ⅰ.①保… Ⅱ.①保… ②孟… Ⅲ.①诗集—德国—现代
Ⅳ.①I516.25

中国版本图书馆CIP数据核字(2017)第041687号

华东师范大学出版社六点分社
企划人 倪为国

保罗·策兰诗全集 第八卷 暗蚀

著　　者　(德)保罗·策兰
译　　者　孟　明
责任编辑　倪为国　古　冈
德文编辑　温玉伟
封面设计　梁依宁

出版发行　华东师范大学出版社
社　　址　上海市中山北路3663号　邮编　200062
网　　址　www.ecnupress.com.cn
电　　话　021-60821666　行政传真　021-62572105
客服电话　021-62865537　门市(邮购)电话　021-62869887
地　　址　上海市中山北路3663号华东师范大学校内先锋路口
网　　店　http://hdsdcbs.tmall.com

印 刷 者　上海盛隆印务有限公司
开　　本　889×1194　1/32
插　　页　4
印　　张　12
字　　数　105千字
版　　次　2017年8月第1版
印　　次　2024年1月第3次
书　　号　ISBN 978-7-5675-6243-1/I·1659
定　　价　78.00元

出 版 人　王　焰

(如发现本版图书有印订质量问题,请寄回本社客服中心调换或电话021-62865537联系)